Daniel Zahno
Mama Mafia

Roman

LESEEXEMPLAR

ab dem 08.02.2017
im Buchhandel

Besprechungen bitte nicht vorher

Schöffling & Co.

Der Autor dankt dem Fachausschuss Literatur beider Basel
und der Stiftung Felsengrund.

Erste Auflage 2017

Satz: Fotosatz Amann, Memmingen
Druck & Bindung: Pustet, Regensburg
ISBN 978-3-89561-012-7

www.schoeffling.de
www.danielzahno.ch

MAMA MAFIA

1

Alles fing im Apple Store an. Harvy entdeckte auf einem der Holztische das neue iPhone: dünn und leicht sah es aus, silbergrau leuchtete es ihm entgegen. Er befühlte sein altes in der Hosentasche, seine Finger glitten über den Sprung im Display. Manchmal brachen die Anrufe mitten im Gespräch ab oder es kam erst gar keine Verbindung zustande. Vielleicht bockte der Akku oder was auch immer. Selbst Jeff vom Handy-Hospital hatte nur ratlos den Kopf geschüttelt, und Jeff war eine Koryphäe.

Bei seinem Job als Fahrradkurier hatte das unsägliche Gerät Harvy schon manchen Auftrag gekostet. Und auch in dem Coffee-Shop, wo er arbeitete, sorgte es immer wieder für Unmut, wenn Chefin Clarice ihn nicht erreichen konnte. Sollte er den Coffee-Job verlieren oder von den City Bike Messengers keine Aufträge mehr erhalten, wäre alles aus. Sein kompliziertes, sorgsam aufgebautes Musikerleben würde in seine Einzelteile zerfallen.

Das schlanke Ding auf dem polierten Tisch funkelte Harvy verschwörerisch an. Aber er war blank. Eigentlich war er blanker als blank, gerade stotterte er Schulden ab, und die waren nicht klein. Doch wenn nicht alles noch schlimmer werden sollte, wenn er überhaupt eine Chance haben wollte, aus diesem verfluchten Schlamassel herauszukommen, dann brauchte er ein neues Handy, eines, das tadellos funktionierte.

Er schielte auf das glänzende Teil, hatte Lust, es zu schnappen und einzustecken, aber Dutzende von Apple-Mitarbeitern standen in blauen T-Shirts um die Tische herum, es wäre Wahnsinn, einfach zuzugreifen und das Telefon in der Jackentasche verschwinden zu lassen. Gewiss würde der Alarm losgehen, wenn er es vom Kabel losmachte, oder ein Kunde würde es bemerken und einen Mitarbeiter rufen. Überall waren Kameras. Sicher gab es Ladendetektive. Es war aussichtslos. Kamikaze.

Jennifer zupfte ihn am Ärmel. »Komm, lass uns gehen«, drängte sie. Jennifer hatte ihn über die Marmortreppe auf die Galerie der Grand Central Station gelockt, in diesen gigantischen Apple Store, den größten, den es gab. Nun blickte sie hinunter zur goldenen Uhr, die immer vorging, auf das Gewusel der Pendler, die zu ihren Zügen nach Poughkeepsie und New Haven hetzten, und dann hoch zum Deckengewölbe, in den türkisfarbenen Sternenhimmel mit dem kleinen schwarzen Fleck, der an den jahrzehntelangen Qualm im Bahnhof erinnerte. Harvy sah auf das iPhone.

»Einen Moment noch«, erwiderte er. So einfach wollte er sich nicht geschlagen geben. Dass das neue iPhone so offen dalag und sich seiner Hand geradezu anbot, provozierte ihn. Es dort zu lassen, wäre feige. Die Vorstellung, das Unmögliche zu wagen und es einzustecken, war ungleich reizvoller. Er liebte dieses Herzklopfen und den Kitzel, die sich jedes Mal einstellten, wenn er zugriff. Außerdem war das Gerät unentbehrlich, um ihn aus dem Strudel zu ziehen.

Natürlich wusste er, dass das Ganze eigentlich nicht ganz richtig war – er stahl. Aber ließ die Firma Apple die Geräte nicht in China zu widerwärtigen Bedingungen herstellen? Mussten die chinesischen Arbeiter nicht unter menschenunwürdigen Umständen Handyteile zusammenbauen, ohne Pinkel- und Kaffeepause, zwölf Stunden am Stück, für einen Hungerlohn, für den er keinen Finger rühren würde? Dem Unternehmen gegenüber, das im großen Stil Moralverstöße betrieb, um den Gewinn zu maximieren, waren Skrupel nicht angebracht. Er kämpfte ums Überleben, niemand konnte ihm ernsthaft etwas vorwerfen. Mit dem gesunden Menschenverstand war die klitzekleine Umverteilung durchaus nachvollziehbar.

Ja, er war in Therapie. Stunde um Stunde saß er bei einem Shrink ab, und zusammen versuchten sie, Harvys Griffe und seine Glücksgefühle dabei zu erklären. »Pathologisches Stehlen« lautete die Diagnose, die Doktor Cohen stellte. Seit Harvy ein einziges Mal erwischt worden war, bewahrte ihn das Straflager auf der Couch immerhin vor dem Gefängnis.

Doktor Cohens Fimmel jedoch, minutenlang nichts zu sagen außer »Fahren Sie bitte fort« und danach alles auf seinen Vater zurückzuführen, der für eine Spritztour einmal einen Cadillac geknackt hatte, war Harvy von Anfang an genauso auf den Wecker gegangen wie seine Theorien über abnorme Gewohnheiten und Störungen der Impulskontrolle. Dass das Stehlen eine Ersatzbefriedigung für unterdrückte Wünsche sei – ein Witz! Dass die entwendeten Objekte bloß einen symbolischen Wert besäßen und auf verdrängte Bewusstseinsbereiche hinwiesen – absurd! Wenn er jetzt nach diesem iPhone griff, dann, weil das seine Rettung war, weil er sonst seine Jobs verlor und sein Leben auseinanderfiel.

Jennifer warf ihm ihren Na-was-ist-denn-los-Blick zu. Doch er brauchte noch ein bisschen Zeit. Er lächelte entschuldigend zurück. Jennifer trug ein blaues Kleid und braune Pumps, die laut auf dem Marmorboden klackerten. Ihr langes rotes Haar umrahmte ein hübsches Gesicht mit Wangengrübchen. Jeder halbwegs normale Mann hätte sich in sie verliebt.

Vor Kurzem hatten sie sich auf einer Partnerbörse kennengelernt. Jennifers E-Mails waren charmant und einfallsreich gewesen. Aber das Internet und die Realität hatten sich schnell als zwei ziemlich verschiedene Paar Stiefel erwiesen.

Er fühlte ein Kribbeln im Bauch. Dass Jennifer bei diesem ohnehin riskanten Einsatz dabei war und nichts ahnte, befeuerte ihn zusätzlich. Er überlegte, ein billiges Kabel zu kaufen, um das Verkaufspersonal abzulenken, dann scheinbar absichtslos durch den Laden zu schlendern und im richtigen Moment zuzugreifen. Aber vermutlich ging es auch ohne dieses Manöver. Er sah sich um, einen Augenblick war kein Verkäufer in der Nähe, ihm gegenüber hatte sich ein Chinese in eine App vertieft und ein Schwarzer spielte mit einem anderen Gerät. Er wandte sich mit dem Rücken zu Jennifer, damit sie nichts sah, und nahm das silbergraue iPhone in die Hand. Er fühlte die abgerundeten Kanten, fühlte, wie glatt es war, leicht wie eine Hostie. Wenn er es vom Kabel zog und der Alarm losginge, würde er es gleich wieder festmachen und so tun, als sei es ein Versehen gewesen. Mit Daumen und Zeigefinger fasste er das weiße Kabel und befreite das Telefon von seiner Nabelschnur. Harvy hielt den Atem an. Nichts tat sich, kein Alarm, kein Piepsen, gar nichts. Der Chinese war noch immer versunken, der Schwarze auch. Die nächsten Blaushirts standen ein paar Tische weiter hinter einer Theke im angeregten Gespräch mit Kunden. Rasch ließ er das Gerät in seiner Jackentasche verschwinden. Er spürte die wunderbare Leichtigkeit in seiner Tasche, gleich darauf bemerkte er die Blicke eines Mitarbeiters, der ihn musterte. Der Mann schaute wohlwollend, offensichtlich hatte er nichts mitbekommen. Eine Woge des Glücks überwältigte Harvy, er hätte weinen können vor Freude, und nur mit Mühe widerstand er der Versuchung, immer wieder in die Jackentasche zu greifen, um zu spüren, wie sich das Ding anfühlte.

Er winkte Jennifer, spazierte lachend zu ihr und den iPads hinüber, wollte sie galant hinausführen, als der Alarm doch noch losging – genau dort, wo er gestanden hatte. Verdammt!, fluchte er in sich hinein, und sogleich standen bei der Marmortreppe, über die man den Shop verlassen musste, verkabelte Sicherheitsleute, kahl rasierte, stiernackige, im Fitnessstudio gestählte Kraftpakete, die mit ausgesuchter Freundlichkeit die Taschen und Jacken von allen Hinausströmenden untersuchten. Verdammt!, schimpfte Harvy immer wieder im Stillen und fragte sich, ob es einen anderen Ausgang gab. Weiter hinten, in der nächsten Galerie, befanden sich eine Treppe und ein Lift, aber die führten zu den Büros der Blaushirts und in die Reparaturabteilung. Von der hintersten Galerie hätte man über ein Mäuerchen auf die Rolltreppe, die vom Metlife Building in die Halle führte, hinunterspringen können, aber das war zu waghalsig.

»Was ist denn hier los?«, fragte Jennifer überrascht, als sie die Security-Leute bei der Marmortreppe entdeckte.

»Keine Ahnung. Hat wohl jemand etwas mitgehen lassen«, versuchte er so beiläufig wie möglich zu erwidern.

Er musste handeln. Er konnte das iPhone irgendwo unauffällig ablegen, aber wenn das jemand bemerkte, war er geliefert. Er konnte es Jennifer in die halb offene Tasche schmuggeln. Oder er könnte versuchen, in seiner Jackentasche das vergilbte, speckige Lederetui seines alten iPhones unauffällig über das neue zu stülpen, in der Hoffnung, sich so bei der kahl rasierten Rübennase vorbeizumogeln, die nur darauf zu warten schien, auch dem ehrenwertesten, mit ethisch hohen Standards versehenen Umverteilungsaktivisten den Schädel einzuschlagen.

»Ich muss mal zur Genius Bar, ich habe noch eine Frage zur neuen Bike App, bin gleich wieder da«, sagte er zu Jennifer, die sich über sein Zaudern zu wundern begann, aber darauf konnte er jetzt keine Rücksicht nehmen. Er verschwand in der kleinen Halle zwischen den Galerien, wo sich weniger Leute aufhielten und wo er glaubte, die Etui-Warenbewegung ungestörter vornehmen zu können. Ein blutjunger Verkäufer, der beim Lift stand, ein Babyface mit unschuldigem Ausdruck, beäugte ihn skeptisch, und ein vierschrötiger Kraftprotz bei den Computertischen gaffte ihn aus dumpfen Augen düster an, so dass er während des Etuiwechsels spürte, wie ihm Schweißperlen auf die Stirn traten. Auch im Nacken fühlte er den Schweiß, der ihm über den Rücken in die Unterhose rann. Aber in der Jackentasche lief alles glatt, und wenn die Security-Leute bei der Treppe, wie er annahm, ein bisschen bescheuert waren, dann hatte er eine Chance. Wenn die Kahlköpfe allerdings doch nicht so auf den Kopf gefallen waren, wie sie aussahen, dann gute Nacht, dann gab es, ganz zu schweigen von der Demütigung vor Jennifer, eine Anzeige, ein Bußgeld, wenn er Pech hatte, vielleicht gar Knast, was zur Folge hätte, dass er seine Jobs verlöre, dass er nicht mehr Musik machen könnte und sein ganzes Leben aus den Fugen geriete.

Harvy schickte ein Stoßgebet zum lieben Gott, bat ihn um Beistand, um Verzeihung und versprach, das nächste Mal etwas weniger Teures mitgehen zu lassen.

Wieder bei Jennifer ließ er sein altes iPhone unbemerkt

von hinten in ihre Tasche gleiten, denn zwei iPhones mitzuführen, war verdächtig. Schließlich gingen sie Richtung Ausgang zur Treppe.

Wie er vermutet hatte, wurde Jennifer nicht richtig kontrolliert, die Rübennase ließ sie mehr oder weniger unbehelligt passieren. Dabei gingen siebzig Prozent aller Diebstähle auf das Konto von Frauen! Kleptomanie war, wie er von seinem Shrink erfahren hatte, vornehmlich ein weibliches Problem, deshalb hatte Cohen ihn auch verdächtigt, schwul zu sein oder zumindest metrosexuell.

Im Gegensatz zu Jennifer wurde er mit einem Metalldetektor untersucht, sein Körper wurde von oben bis unten abgetastet, und dabei kam das iPhone im speckigen Lederetui zum Vorschein. Er hielt den Atem an, zwang sich, locker und unbeteiligt zu wirken. Sein Herz raste, während die Rübennase versunken auf das Teil starrte, es umdrehte, stutzte und in Gedanken schon daran schien, die Handschellen klicken zu lassen. Kam er notfalls an dem Brocken vorbei? War er schneller als der Bulle, konnte er über die Treppe fliehen und in der Menge der Pendler nach New Haven untertauchen? Während der Hüne das Etui begutachtete, versuchte er sich auf Meldungen aus seinem Ohrstöpsel zu konzentrieren, wurde immer gereizter und legte die Stirn in Falten. Der Faltenwurf überschritt das übliche Maß, so schien es Harvy, und der Adamsapfel der Rübennase drohte fast aus dem Hals zu springen. Der Typ brummte etwas Unverständliches in sein Headphone, horchte, dann entspannten sich seine Züge und er nickte Harvy zu.

»Danke«, sagte er höflich und winkte ihn durch.

Harvy atmete auf. Fast wie ein Heiliger schwebte er über die Marmortreppe, federte mit Jennifer durch die Halle und klopfte sich im Stillen auf die immer breiter werdende Brust. Noch bevor sie zum Kissing Room kamen, wo sich Paare in den goldenen Dreißigern verabschiedet hatten oder zur Begrüßung in die Arme gefallen waren, küsste er sie im Überschwang auf den Mund. Er hätte jeden küssen mögen, der gerade durch die Grand Central Station ging, so berauscht war er von dem Coup, der ihm gelungen war. Nach der ersten Überrumpelung küsste Jennifer zurück und drückte ihn fest an sich.

Ursprünglich hatten sie in der Nähe einen Kaffee trinken wollen, aber dieser Plan war wohl nicht mehr gültig. Beschwingt verließen sie die Grand Central Station und traten hinaus auf die Zweiundvierzigste Straße, auf der Böen ihre Haare durcheinanderwirbelten.

»Meinst du, die haben den Dieb erwischt?«, fragte Jennifer, während sie gegen den Wind ankämpften, der durch die Häuserschluchten pfiff. Sie schlug den Weg zu seinem Studio ein, woher kannte sie die Adresse?

»Vermutlich schon«, sagte Harvy. »Bei dem riesigen Sicherheitsaufgebot.«

»Schon verrückt, was die Leute riskieren. Ein saftiges Bußgeld, Eintrag ins Strafregister, Gefängnis, und das alles für so ein albernes Gerät.«

»Es kann sich eben nicht jeder ein iPhone leisten. Und nicht jeder hat einen gut bezahlten Job in einer Galerie.«

Jennifer schüttelte den Kopf, blieb mitten auf dem Gehsteig stehen und sah ihn scharf an.

»Hast du den Schwarzen dir gegenüber bemerkt?«

»Den Farbigen?«

»Ja, der mit einem iPhone herumhantierte. Der kam mir irgendwie verdächtig vor. Da ging doch der Alarm los.«

»Ich weiß nicht«, sagte Harvy, obwohl es ihm eigentlich recht sein musste, wenn sie den Schwarzen verdächtigte. Aber es war ihm zuwider, dass sie den unschuldigen Mann für den Dieb hielt. Überhaupt war ihm dieses Gespräch zuwider. Je länger es ging, desto mehr verflüchtigten sich seine Lust und seine Glücksgefühle.

»Der sah so seltsam um sich. Wie ein verängstigtes Tier.«

»Kann schon sein«, erwiderte er. »Aber wer hat keine Angst, wenn plötzlich Sicherheitsleute auftauchen, um dich von Kopf bis Fuß zu durchsuchen?«

Sie erreichten den Wolkenkratzer aus den Zwanzigern, in dem Harvy seit drei Jahren ein Studio im elften Stock bewohnte. Beim Eintreten in die Lobby fürchtete er, dass Jennifer die Nase rümpfen würde.

Im Apartment ließ sie zunächst den Blick durch den Raum gleiten: ein Bett, ein Tisch, ein Büchergestell, mehr war nicht da. Auf dem Tisch eine Schale mit Orangen. Dann entdeckte sie das Regal mit den Apparaten: eine Hasselblad mit 40 Megapixeln, eine Nikon mit ungeheurer Tonwertabstufung und flüsterleiser Auslösung, eine Panasonic mit Superzoom und eine Canon mit Schnittbildindikator – das Fotografieren war ihm mehr als nur ein Hobby, eines seiner Katzenbilder lagerte im Archiv des MoMA.

Auf einem anderen Regal standen mehrere blitzend saubere Kaffeemaschinen, eine glänzende Speedster von Kees van der Westen, ein Edelstahlteil von Marzocco, diverse Modelle von Vibiemme und Pavoni, eine schöner als die andere. Eine Sammlung eleganter Kaffeemaschinen, jede für sich ein Kunstwerk, deren bloßer Anblick den Duft von Espresso in die Nase strömen ließ. Jennifer beugte sich vor, starrte mit großen Augen auf seine Heiligtümer und brachte kein Wort heraus. Bevor sie Fragen stellen konnte, legte er die Arme von hinten um sie, führte sie zum Bett, küsste sie und gab sich ihren Küssen hin. Sie zogen sich aus, und als sie nackt vor ihm war, wollte sie, dass er ihr sagte, wie schön ihre Muschi sei, was ihm seltsam schien, das auf Befehl sagen zu müssen, auch wenn sie schön war, aber um die Situation nicht zuzuspitzen und zur Unzeit eine Diskussion darüber vom Zaun zu brechen, was er sagen wollte und was nicht, sagte er: »Hey, hast du eine schöne Muschi!«

Danach blieben sie lange liegen. Jennifer war eingeschlafen, Harvy lag hellwach, sah auf seine Kaffeemaschinen und kam sich vor wie ein trauriger Clown. Er fühlte sich einsam und leer, er hätte auf seine innere Stimme hören und nicht mit Jennifer schlafen sollen. Hoffentlich ging sie, wenn sie aufwachte. Am liebsten hätte er gleich in seine Jackentasche gegriffen. Er stellte sich den Schatz darin vor, durchlebte noch einmal den wunderbaren Moment, als die Rübennase »Danke!« gebrummt und ihn durchgewunken hatte. Er hatte verdammt viel riskiert. Und er hatte verdammt viel Schwein gehabt. Sobald Jennifer weg war, würde er das Gerät zu Jeff bringen, damit dieser die SIM-Karte ersetzte, die eingravierte Seriennummer zurechtschliff und die Innereien so präparierte, dass das iPhone vor dem Zugriff von Apple- oder FBI-Fuzzis sicher war und niemand mehr eruieren konnte, woher es stammte.

Noch ehe er den Gedanken zu Ende denken konnte, läutete es in seiner Jackentasche. Er zuckte zusammen. Jemand vom Apple Store in der Grand Central Station versuchte, ihn anzurufen, wer sonst kannte die Nummer? War es möglich, seinen Standort ausfindig zu machen? GPS-Tracking, fuhr es ihm durch den Kopf. War er mit einem Bein schon im Knast? Jennifer schreckte aus dem Schlaf.

»Warum gehst du nicht ran?«

»Ich mag jetzt mit niemandem sprechen.«

Der Anrufer war hartnäckig, ließ es klingeln und klingeln. Dann war endlich Stille.

»Deine Freundin?«, fragte Jennifer mit zusammengekniffenen Augen.

»Du kennst doch mein Online-Profil.«

Jennifer sah ihn skeptisch an, wand sich aus dem Bett und suchte ihre Sachen zusammen. Doktor Cohen hatte Harvy vorgehalten, er hätte eine stärkere Bindung zu seinen Kaffeemaschinen als zu seinen Freundinnen. Aber was wusste Cohen schon vom Reiz der Gefahr, von der Magie des Augenblicks, von den Triumphen, Höhenflügen und Peinlichkeiten, die ihm diese Apparate bescherten? Was wusste Cohen davon, dass sie in gewisser Weise die Summe seines Lebens darstellten, die Essenz seiner Ausbrüche aus der Gewöhnlichkeit des Alltags? Was wusste Cohen überhaupt vom Leben?

Eine seiner Maximen war, dass er nicht von Menschen, sondern nur in Geschäften stahl.

»Aber stehen hinter Geschäften nicht auch Menschen?«, hatte Cohen ihn gefragt.

»Hinter jedem größeren Geschäft steckt ein Verbrechen. Der Mensch ist von Geburt an gut, aber Geschäfte machen ihn schlecht. Geschäfte sind das Geld der anderen. Man muss sich davon befreien.«

Jennifer fand ihre Strumpfhalterschließe nicht mehr und ärgerte sich. Sie rutschte auf dem Boden herum, suchte neben dem Bett und darunter, aber die kleine Schnalle blieb verschwunden. Um ihren blaugrünen Lidschatten nachzutupfen, ging sie schließlich ins Bad. Harvy nutzte den Moment, um sein altes iPhone aus ihrer braunen Lederhandtasche zu fischen und in seiner Hosentasche zu verstauen. Mit hochgestecktem Haar und frischem Lidschatten kam Jennifer aus dem Bad zurück, drückte ihm einen Kuss auf die Lippen und verabschiedete sich. Als sie auf der Schwelle war, wollte er ihr etwas hinterherrufen, aber da läutete es bereits wieder in seiner Jacke.

2

Die ganze Welt wollte Kaffee. Der Duft von frisch gebrühtem Espresso und Croissants lag in der Luft. Das Surren der Kaffeemaschine erfüllte den Raum. Die Schlange im Coffee-Shop reichte bis zur Tür. Harvy rief »half caf half decaf no foam Skim Latte«, und sah über die mächtige braune Theke in die Runde. Eine Frau in einem modischen Kleid, Typ Bankerin mit Prada-Tasche, näherte sich rasch von einem der Stehtischchen. Er suchte ihre strahlenden Augen, sagte »Enjoy!«, und gab ihr ein gut gelauntes »Have a nice day!« mit auf den Weg. Sie nahm den Pappbecher entgegen, und er machte sich an die nächste Bestellung, eine Grande Latte Hazelnut.

Er träufelte den Haselnusssirup in die Mischung aus Milch und Espresso und dachte daran, wie er am Vorabend das neue iPhone zu Jeff gebracht und es narrensicher hatte frisieren lassen. Der Anrufer, der immer wieder versucht hatte, ihn zu erreichen, hatte seine Nummer unterdrückt, so dass er nicht hatte herausfinden können, wer es gewesen war, aber mit der eigenen SIM-Karte hatte sich das Problem erledigt. Seine Chefin Clarice hatte sogleich angerufen und ihn gebeten, eine halbe Stunde früher zu kommen, weil sie mit dem Kleinen zum Arzt musste.

Er rief die Hazelnut Latte aus und sah durch die großen Fenster auf die Avenue, auf der eine Harley mit Donnergroll vorbeilärmte. Draußen wie drinnen brummte das Leben, die

Luft schien zu knistern vor den Möglichkeiten des neuen Tages. Er händigte die Latte einer fülligen Frau aus, die jeden Morgen kam, machte ihr ein Kompliment, worauf sie lachend zu der Theke mit den Zuckersäckchen, Servietten und Holzstäbchen ging. Mit dem Schneebesen schäumte er Milch auf und goss Vanille und Caramel für einen Macchiato dazu. Wie im Schlaf setzte er die Milchhaube auf, als er in seiner Jeans ein leises Brummen vernahm. Eine E-Mail war auf seinem iPhone eingegangen, und er versuchte, unbemerkt einen Blick darauf zu werfen. Eine Message von Dr. Black – den Namen kannte er nicht. Dr.Black@black.com – war das jemand von der Partnerbörse oder von seinem Musik-Label? Die Mail bestand aus nichts als einem Anhang. Er öffnete das Attachment. Als er das Bild sah, schreckte er zusammen. Es zeigte, wie er im Apple Store in der Grand Central Station das iPhone in seine Jackentasche gleiten ließ. Sein Gesicht war deutlich zu erkennen. Darunter stand, dass er binnen einer Woche 10 000 Dollar auf ein Konto bei der Bank of America zu überweisen habe, sonst werde das Bild samt seiner Adresse an Apple und die Polizei verschickt.

»Jesus fucking Christ!«, fluchte er und verschüttete den Caramelsirup. Wütend wischte er die Spritzer mit einem Lappen zusammen. Wer mochte dahinterstecken? Bob Bolletieri kam ihm in den Sinn. Sie hatten ihn aus der Band geworfen, weil er beim Spielen oft zu spät dran gewesen war und mit seinem dauernden Genörgel eine derart schlechte Stimmung verbreitet hatte, dass die Raccoons kurz vor dem Aus gestanden hatten. Also hatten sie ihn abserviert. Bob war im Journalismus gelandet. Als die Raccoons mit ihrem dritten Album auf Tour gingen, hatte er sich revanchiert, indem er seinen Verriss, den er für die New York Post verfasst hatte, an alle möglichen Käseblätter versandte. Fast überall, wo sie auftraten, stand der Artikel in einem Provinzblatt, und so mussten sie in Boston, Boulder und Baltimore vor ausgesucht kleinem Publikum spielen. Aber Harvy hatte Bob seit damals nicht mehr gesehen, die Geschichte lag weit zurück. Es war reichlich unwahrscheinlich, dass sich der gescheiterte Gitarrist, der wie so viele andere seine Musikerambitionen begraben musste, hinter Dr. Black verbarg.

Aber wer sonst konnte es sein? Eine seiner Ex-Freundinnen, die sich rächen wollte? Meist hatte er sich mehr oder weniger friedlich von seinen Geliebten getrennt oder es war, wie Doktor Cohen zu Recht festgestellt hatte, gar nicht erst zu einer tieferen Bindung gekommen.

»Hey, wie lange geht denn das noch mit meinem Caramel Macchiato?«, wetterte ein Typ im Nadelstreifenanzug über den Tresen. Harvy schreckte aus seinen Fantasien auf.

»Kommt gleich.«

»Das dauert ja eine Ewigkeit!«, schnaubte der Krawattenträger, der unübersehbare Probleme bei der Wahl der Konfektionsgröße hatte. Seine Züge verzerrten sich zu einer Grimasse, dann lief er rot an.

»Seit fast einer Viertelstunde warte ich hier!«

Aus schmalen Schlitzen, die tief zwischen aufgedunsenen Wülsten lagen, blitzten Harvy wässrige Augen entgegen.

»Entschuldigen Sie, die Espressomaschine läuft gerade nicht so, wie sie sollte. Ihr Macchiato ist gleich fertig.«

»Unglaublich!«, brummte der Mann, sah um sich, als wolle er Mitstreiter für seine Sache gewinnen, und tatsächlich gelang es ihm, einige Leute in der Schlange aufzuwiegeln, so dass auch andere zu reklamieren begannen. Die Stimmung im Laden schlug in ein gehässiges Murren um. Harvy war immer wieder erstaunt, wie wenig es brauchte, um eine Situation zu kippen. Ein einziger Mensch reichte, und plötzlich war alles anders – was zuvor in den höchsten Tönen gelobt wurde, war nichts mehr wert, Leute, die eben noch entspannt in der Schlange gestanden hatten, fingen lautstark zu meckern an. Herdentrieb. Er schüttelte den Kopf.

»Und zwischendurch spielen Sie mit Ihrem Handy herum, statt sich um die Gäste und den verdammten Milchschaum zu kümmern!«

Ein empörtes Raunen ging durch den Raum, der Mann bewegte sich bedrohlich Richtung Theke. »Meinen Sie, ich habe ewig Zeit?«

Noch ehe Harvy etwas erwidern konnte, kam Clarice herein und wunderte sich über die gereizte Atmosphäre. Üblicherweise waren die Leute im Capisci gut gelaunt. Alle Welt liebte Kaffee. Er duftete verführerisch, und allein schon die Vorfreude auf den ersten Schluck stimmte die Menschen fröhlich. Der Laden war meist rappelvoll, weil der Kaffee ausgezeichnet und die Bedienung freundlich war.

»Was ist denn hier los?«, fragte sie Harvy halb verwundert, halb verärgert, als sie ihm hinter der Theke zur Hand ging und einen White Chocolate Mocca zubereitete.

»Dem Typen im Nadelstreifenanzug geht es zu langsam«, sagte er leise, »er macht ein Riesendrama draus. Die Espressomaschine streikt, und überhaupt ist heute ein Scheißtag.«

So freundlich wie möglich reichte er dem Mann seinen Caramel Macchiato über den Tresen. Statt sich zu beruhigen, herrschte dieser ihn wieder an: »Warum fassen Sie den Becher am Rand an und nicht am Henkel? Haben Sie denn gar keine Ahnung? Vom Becherrand trinke ich! Da haben Ihre Finger nichts verloren!«

Gleich würde ihm der Kerl noch an die Gurgel springen. Harvy wusste, dass seine Gelassenheit manche provozieren konnte, aber so etwas hatte er noch nie erlebt. Clarice kam ihm zu Hilfe und nahm ihn in Schutz. »Jetzt aber mal halb lang. Harvy ist ein großartiger Barista. Wenn Sie jemanden kennen, der einen feineren Macchiato mit einer besseren Crema macht, dann sagen Sie's mir.«

Harvy hatte seine Chefin schon immer gemocht. Er mochte es, wie sie sich für ihren Laden ins Zeug legte. Wie enthusiastisch sie sich einsetzte. Er mochte ihre gewinnende Art. Ihre Energie. Er mochte ihre warmen, dunklen, brasilianisch anmutenden Augen. Er mochte die großzügigen Wölbungen, die sich unter ihrer Bluse abzeichneten. Aber sie hatte einen Kleinen zu Hause und einen Großen. Der Große fuhr Lastwagen. Jede Nacht brachte Clive mit seinem gigantischen Truck Tonnen von Mineralwasser in die Supermärkte Manhattans. Wenn Harvy auch nur einen Finger nach Clarice ausstrecken würde, gäbe das Ärger, furchtbaren Ärger. Harvy würde seinen Job verlieren, und dann war es aus mit der Musik. Es war aussichtslos, er wusste es. Und gerade darum so unendlich reizvoll.

»Ohne Perspektive«, hatte Doktor Cohen gesagt, als sie in der Therapie darüber gesprochen hatten, wie schwer es ihm fiel, sich Clarice aus dem Kopf zu schlagen. »Warum suchen Sie ständig aussichtslose Verbindungen? Was reizt Sie daran?«

Harvy lag auf der Couch und starrte schweigend auf den gegenüberliegenden Wolkenkratzer. Fensterputzer in schwarzen Overalls schwebten in schwindelerregender Höhe und fuhren mit Wischern an Teleskopstangen über die riesigen Glasflächen, während die Hebebühnen bei jeder Bewegung schrille Töne von sich gaben. Er sah den Schaum auf den

Fenstern und meinte etwas Spitzes in der Couch zu spüren. Hatte er eine Stahlfeder im Arsch?

»Vielleicht weil ich selber ohne Perspektive bin. Strukturell aussichtslos.«

Clarice verstand es, die Situation im Capisci wieder ins Lot zu bringen. Der Mann verzog sich mit seinem Macchiato, Erleichterung machte sich breit. Am liebsten hätte er seiner Chefin von der Erpressung erzählt, ihr sein Herz ausgeschüttet. Er biss sich auf die Lippe und machte sich an einen Cappuccino, während Clarice die Stirn runzelte und ihn besorgt ansah.

»Was ist los mit dir?«, fragte sie.

Nicht auch das noch, dachte er, sie roch den Braten, selbst wenn es gar keinen gab.

»Nichts«, wich er aus.

»Aber du machst doch sonst nicht so ein Gesicht.«

»Ich habe schlecht geschlafen, das ist alles.«

Mehr sagte er nicht, und sie schien zu spüren, dass ihm nicht zum Reden zumute war.

Nach dem Ansturm säuberte er, noch immer in Aufruhr, die Tische, reinigte die Spülmaschine, putzte Messer und Zitronenpresse. Wie um sich selbst zu reinigen, wischte er den Fußboden auf, polierte Tresen und Theke. Die aus der Bäckerei gelieferten Brownies, Muffins und Cookies legte er in die Vitrine und ergänzte mit Kreide die Menütafel. Die Kaffee- und Teemischungen füllte er in die olivfarbenen Regale und hängte die neuen Werbeposter dazu. Im Grunde dachte er dabei aber immer nur an eines: die 10 000 Dollar. Wie sollte er die auftreiben? War es möglich, herauszufinden, woher die E-Mail stammte? Wurde nicht jedem Computer eine IP-Adresse zugeordnet?

Er spürte das irritierend leichte Gewicht in seiner Hosentasche. Die Hostie hatte ihn in der kurzen Zeit schon ganz schön ins Schwitzen gebracht. Und wie es aussah, sollte sich daran so schnell nichts ändern.

3

Cannoli Company, Sicherheits-Dienstleistungen aller Art, fünf Mitarbeiter, im Handelsregister seit 2007. Das hatte Jeff herausgefunden und ihm gleich die Adresse des Büros in Hell's Kitchen in die Hand gedrückt. Dank der IP-Nummer war es für Jeff einfach gewesen, den Standort des Computers zu lokalisieren, von dem die E-Mail versandt worden war.

»Pass auf dich auf, Harvy. Im Internet hat die Firma praktisch keine Spuren hinterlassen. Das lässt nichts Gutes erahnen.«

Harvy wollte kurz nach Feierabend, wenn nicht mehr viele Leute da waren, als Fahrradkurier eine von ihm selber zusammengestellte Lieferung bei Cannoli abgeben und sich rasch in den Räumen umsehen – vielleicht kam er der Identität von Dr. Black auf die Spur und konnte ihm ein Schnippchen schlagen. Denn in einer Woche zehntausend Dollar aufzutreiben, war ein Ding der Unmöglichkeit.

Er streifte das Messenger-Trikot über und den Brustgurt, in dem das Funkgerät steckte, mit dem er sonst mit der Zentrale, jetzt aber mit Jeff verbunden war. Per Funkgerät konnte er jederzeit auch eine Streife oder eine Ambulanz anfordern, das federte das Risiko ab, wenn er sich in die Höhle des Löwen wagte.

Er schlüpfte in die kurzen schwarzen Fahrradhosen. Dann schulterte er die verblichene Kuriertasche mit der Lieferung – ein Paket mit Glückskeksen aus Chinatown, das aus Versehen bei ihm liegen geblieben war, respektive Dokumente einer fingierten asiatischen Handelsfirma, die mit Cannoli ins Geschäft kommen wollte – und schwang sich auf sein Rennrad.

Nieselregen hatte eingesetzt, als er auf der Second Avenue ein Stück weit gegen die Fahrtrichtung fuhr, dann schwenkte er in die Zweiundvierzigste Straße ein und überholte im dichten Stau mal links, mal rechts die im Schritttempo fahrenden Autos und Busse. Er glitt durch die schmale Lücke zwischen einem stehenden Taxi und einem Truck, ging aus dem Sattel, fuhr in hohem Tempo auf das Rotlicht der Third Avenue zu, trotzte der nassen Fahrbahn und umkurvte die überraschten Fußgänger auf dem Zebrastreifen wie Slalomstangen, schmuggelte sich durch die hupenden Autos, die von Downtown Richtung Upper East Side rollten, um sich auf der anderen Seite zwischen den die Straße überquerenden Passanten durchzuschlängeln, hob das Vorderrad zum Wheelie und beschleunigte auf Full Speed. Die Grand Central Station passierte er wie ein Riesentorläufer, hüpfte mit schnellem Reflex über einen Haufen Scherben, fand den runden Tritt, wich pfannengroßen Schlaglöchern aus und überholte ein halbes Dutzend Touristen in Regencapes, die mit ihren schwerfälligen City Bikes auf der Straße festzukleben schienen.

»Sie sind ängstlich und zugleich ohne jede Angst«, hatte Doktor Cohen einmal festgestellt und ihn mit seiner undurchdringlichen Miene angestarrt, so dass er sich wie ein Exemplar einer äußerst seltsamen Spezies vorgekommen war.

»Auf dem Rad bin ich zu Hause«, hatte er erwidert. »Das Fahren gibt mir einen Kick. Es macht mir gute Laune, wie Kaffee oder Musik.«

»Oder wie Diebstähle.«

Cohen versuchte schon seit geraumer Zeit, das Wort »Diebstahl« in ihren Gesprächen zu etablieren.

»Umverteilungen.«

Das Fahren fühlte sich an wie Fliegen, sicher und leicht rollte er über den glitschigen Asphalt, dessen Glätte ihm einen zusätzlichen Kitzel verschaffte, und sprintete im perfekten Wiegetritt Richtung Hell's Kitchen. Als er bei dem schäbigen Lagergebäude in dem ebenso schäbigen Areal, wo sich die Cannoli Company einquartiert hatte, vom Rad stieg, triefte er vor Nässe.

Trotzdem hatte er ein Hochgefühl wie nach einem Konzert. Aber er wusste, dass Euphorie gefährlich war, sie machte unvorsichtig und unaufmerksam. Was er brauchte, war höchste Konzentration. Also stand er eine Weile neben dem Rad und starrte auf seine Schuhspitzen.

»Cool down!«, murmelte er sich selber zu und wartete, bis sein Puls langsamer wurde. Dann gab er sich einen Ruck und meldete sich beim Portier an. Nach einem kurzen Telefonat ließ dieser ihn passieren.

Mit dem ruckeligen Warenlift fuhr er hoch in den fünften Stock und fand sich in einem schummrigen Gang mit Dutzenden von Türen wieder. Corleon Corporation, Sony Blue Partners, Hyman Hoff Agency stand auf wenig verheißungsvollen Schildern. Ganz hinten, wo die Lampen nur schwach flackerten, stand nichts außer CC.

Er klingelte. Es summte, er drückte die Klinke und trat ein. Eine junge Frau mit großen dunklen Augen und langem schwarzem Haar sah ihn von ihrem Schreibtisch verwundert an. Auf ihrem Schoß saß eine Tigerkatze, die ihn ebenfalls ansah. War diese Frau Dr. Black? Auf Anhieb wusste er, dass sie es nicht war, denn sie schaute überrascht, aber wiederum nicht so überrascht. Mit einem Blick erfasste er, dass sie alleine im Büro zurückgeblieben war – im Raum dahinter brannte kein Licht.

Die Frau musterte ihn misstrauisch von oben bis unten, die tropfnassen Haare, der Brustgurt mit dem piepsenden Funkgerät, die eng anliegende, triefende Kurieruniform, die seinen Schritt und seinen Hintern betonte, die wuchtige Tasche, die strammen, glänzenden Waden, die kleine Lache, die sich um seine Schuhe herum bildete. Auch die Katze musterte ihn.

»Womit kann ich Ihnen helfen?«

»City Bike Messenger«, sagte er, »ich habe eine Lieferung für Cannoli«, und hievte seine tropfende Kuriertasche von den Schultern. Er nestelte sie auf, nahm das Paket mit den Glückskeksen heraus und den Briefumschlag. Die Frau stand auf und kam ihm entgegen. Sie duftete frisch und strich ihre Haare zurück.

»Was haben Sie denn mitgebracht, lassen Sie sehen.«

»Ich glaube, es sind Glückskekse.«

»Glückskekse? Warum denn Glückskekse?«, fragte sie verdutzt.

»Keine Ahnung. Werbung vielleicht?«

Sie riss das Paket auf, und hervor kam ein Sack randvoll mit den kleinen Knusperteilchen.

»Das sind ja Hunderte!«

Einen Augenblick hielt sie inne, schien in Gedanken ihre Befugnisse durchzugehen und sagte dann: »Ich muss einen probieren! Nehmen Sie auch einen?«

»Sehr nett. Da kann ich nicht nein sagen. Dürfte ich zuvor Ihre Toilette benutzen? Ich bin klatschnass.«

»Aber sicher. Gehen Sie einfach durch das Büro und dahinter die Tür rechts.«

»Danke.«

Er schulterte seine Kuriertasche, ging langsam durch das andere Büro und sah drei Computer. Zwei waren Desktop-Geräte wie dasjenige der Sekretärin, aber auf einem Sideboard stand ein zusammengeklapptes MacBook. Er drehte sich rasch um, vergewisserte sich, dass sie mit dem Rücken zu ihm an der Kaffeemaschine zugange war, löste das MacBook sachte vom Kabel und ließ es lautlos in seine Tasche gleiten. Die Tigerkatze beobachtete ihn und fauchte. Er warf ihr einen drohenden Blick zu, dann verschwand er in der Toilette.

Rein mathematisch gesehen hatte er eine Chance von 25 Prozent, dass es sich um den richtigen Computer handelte, aber da die anderen Geräte PCs waren und sich Windows-Nutzer kaum in einem Apple-Store herumtrieben, lag die Wahrscheinlichkeit vermutlich höher.

In der Toilette fragte er sich, ob er von der Sekretärin etwas über Dr. Black erfahren konnte, die Sache ließ sich nicht schlecht an, er könnte sie zum Essen einladen. Aber das war ein Spiel mit dem Feuer, bei dem er sich bös die Finger verbrennen konnte. Besser, er machte sich ohne jedes weitere Wort aus dem Staub. Zurück in ihrem Büro, bot sie ihm eine Tasse Kaffee an.

»Möchten Sie Ihre Tasche ablegen?«, fragte sie einladend.

Das wollte er unter keinen Umständen – nicht, dass das MacBook herausglitt. Die Tasche war eine tickende Zeitbombe – er durfte sie keinesfalls aus den Händen geben.

»Gern«, sagte Harvy und legte sie neben die hübsche Frau auf ein Sideboard.

»Eine coole Tasche.«

»Klassische Kuriertasche«, murmelte er so beiläufig wie möglich und wandte sich wieder den Keksen zu.

»Schönes Material«, beharrte sie und strich mit der Hand darüber. Harvy schossen alle möglichen Gedanken durch den Kopf. Sollte er Pumpe, Pneuheber und Reserveschlauch erwähnen? Aber durch das Leder das Notebook zu erfühlen, war kaum möglich. Tatsächlich wandte sie sich von der Tasche ab, lächelte ihm zu und bot ihm einen Glückskeks an.

Harvy atmete auf und biss in den Keks. Zwischen den Knusperteilen kam ein kleiner weißer Zettel zum Vorschein. *Wer immer nur tut, was er schon kann, bleibt immer nur das, was er schon ist.*

Er nickte. »Aber wie sollte man denn so sein – nach Meinung der Kekse?«

»Vielleicht müsste man dazu einen zweiten befragen«, sagte sie.

Die Katze sprang auf das Fensterbrett und sah zu ihnen herüber.

»Jetzt Sie, Miss …«

»Jennifer. Sagen Sie einfach Jennifer zu mir.«

Harvy stockte einen Moment, noch eine Jennifer, dann lächelte er und sagte »Paul, sehr erfreut.«

»Freut mich, Paul!«, sagte Jennifer und biss genüsslich in ihren Keks.

»Und?«

Eine Chance ist schwer zu erkennen, wenn man immer nur auf den Glücksfall wartet.

Sie schauten sich an. Jennifer zwei – war sie seine Chance oder sein Glücksfall oder das Gegenteil davon? Er war sich nicht sicher, er wusste nur, dass er verschwinden musste. Doch ihre Ausstrahlung war betörend, etwas hielt ihn zurück.

»Ich liebe Glückskekse«, sagte sie, »am liebsten würde ich

noch einen probieren, aber man soll das Schicksal nicht herausfordern, oder wie sehen Sie das?«

Kaum hatte sie den Satz beendet, läutete ihr Telefon. Sie nahm ab, runzelte die Stirn, sagte immer wieder »Ja«, »Mach ich« und »Nein«. Noch ehe Harvy seinen Kaffee getrunken hatte, legte sie auf.

»Mein Chef«, sagte sie, »ich muss auf seinem Computer was nachschauen.«

Bei Harvy schrillten sämtliche Alarmglocken, er spürte, wie ihm die Hitze in den Kopf stieg. Es war höchste Zeit, sich zu verdrücken.

»Das Schicksal, nein, das sollte man nicht herausfordern«, sagte er und stellte die Tasse auf den Schreibtisch. Die Katze sah ihn mit großen Augen an. »Vielen Dank für alles.«

Flugs hievte er die Kuriertasche über die Schulter und war mit einem Satz draußen. Der Warenlift stand noch auf der Etage, er fuhr runter, stürmte am Portier vorbei hinaus und schwang sich auf sein Rennrad. Beim Losfahren warf er einen Blick hoch in den fünften Stock und meinte, am Fenster Jennifers Silhouette zu erkennen. In der nächsten Sekunde war er weg.

Mittlerweile hatte es aufgehört zu regnen. Zügig fuhr er zur Eighth Avenue. Dort hängte er sich an einen schwarzen Nissan, ließ sich ziehen, bis er Speed hatte, und überholte auf der linken Seite die pausenlos hupende Limousine. Er bog in die Vierundvierzigste Straße ein und nahm Anlauf auf den Times Square. In hohem Tempo schoss er über ausgelegte Stahlplatten, schnellte am Naked Cowboy und an Hunderten von Touristen vorüber, die ihn in seinem wahnwitzigen Tempo trotz der vielen Lichter kaum wahrnehmen konnten.

Aber ein Hochgefühl wie bei der Hinfahrt wollte sich

nicht einstellen. Im Gegenteil. Irgendwie war ihm mulmig zumute. Als er sich bei der Sixth Avenue umdrehte, sah er in einiger Entfernung einen rosaroten Thunderbird, der ihm zu folgen schien. Er fuhr bei Rot über mehrere Kreuzungen, doch der Wagen ließ sich nicht abhängen. Harvy sprintete über die Fifth Avenue, der Wagen blieb ihm auf den Fersen. Er machte einen Vollstopp, kehrte, bog in eine Seitenstraße, raste mit einem satten Antritt zur Sixth zurück, schwenkte in die nächste Querstraße ein und glaubte, den Thunderbird abgeschüttelt zu haben. Doch nach kurzer Zeit tauchte der Schlitten wieder auf. Bei der Lexington schulterte er kurzerhand sein Rennrad, verschwand in einen Subway-Eingang und fuhr mit der Linie Sechs mehrere Stationen Richtung Downtown. Als er bei der Brooklyn Bridge ausstieg, war von dem rosaroten Wagen nichts mehr zu sehen.

4

Alles war für die Katz gewesen. Jeff hatte das Notebook auch mit der raffiniertesten Software nicht knacken können. Es verfügte über einen Fingerabdrucksensor, den Jeff nicht austricksen konnte. Der ganze Aufwand mit den Glückskeksen und der chinesischen Handelsfirma war umsonst gewesen. Das MacBook lag nutzlos auf dem Regal neben Harvys Kaffeemaschinen. Er würde es entsorgen müssen.

Wie immer, wenn ihm das Wasser bis zum Hals stand, schrubbte Harvy den Holzboden seines Studios. Das Putzen brachte ihn auf Ideen. Fünf Tage Zeit hatte er noch, um die 10 000 Dollar aufzutreiben. Die Deadline rückte näher und näher, und er hatte noch immer keine Ahnung, wer ihn erpresste. Ein weiteres Mal bei Cannoli aufzukreuzen, war zu gefährlich. Auch hatte er nicht die geringste Ahnung, wie er an so viel Geld herankommen sollte. Die Idee, seine Schätze zu verhökern, war ihm zutiefst zuwider. Er schrubbte und schrubbte, rutschte auf den Knien von einer Ecke in die andere, bis der ganze Boden glänzte und nach frischen Zitronen duftete.

Er verstaute den biologischen Holzreiniger und die Politur, hängte die Wischlappen neben den frisch gewaschenen Socken zum Trocknen auf und fläzte sich aufs Bett, um weiter über seine aussichtslose Lage nachzudenken, als die Gegensprechanlage summte. Er nahm den Hörer ab. Der Portier meldete einen Bike Messenger an, und Harvy entgegnete, der Mann solle hochkommen. Es geschah nicht oft, dass ein anderer Fahrradkurier eine Lieferung direkt bei Harvy abgab, damit dieser sie weitertransportierte, aber es kam vor. Er öffnete die Tür und ein schlanker, sportlicher, leicht untersetzter Typ mit streichholzkurzem Haar und Haselnussaugen stand da. Einen, den er noch nie gesehen hatte.

»Hallo«, sagte der Typ, »ich bin Cody und habe eine Lieferung für dich«. Er klatschte ihn ab und Harvy ließ ihn herein. Cody wackelte mit seinen Radlerschuhen unsicher über den glatten Boden, und Harvy fragte sich, wie lange der Typ schon dabei war. Cody zog eine kleine Ampulle mit einer dunkelgelben Flüssigkeit aus seinem Rucksack.

»Was ist das?«

»Hasenpisse.«

»Wie bitte?«

»Hasenpisse. Von Homer, dem Hasen von Kay Mulligan. Muss möglichst rasch ins Veterinärlabor gebracht werden. Ich muss ein Dutzend andere Aufträge fahren, darum hat mich die Zentrale bei dir vorbeigeschickt. Sie sagen, du kennst dich dort aus.«

Er erinnerte sich an den Becher mit rosafarbenem Schildkrötenurin, den er kürzlich bei einer tattrigen Frau hatte abholen müssen, um ihn zur Analyse zu bringen. Miss TocToc sei krank, hatte ihm die Greisin erzählt und war in Tränen ausgebrochen. Die Schildkröte hatte ihn fragend angeschaut, fast so, als ob er es sei, der über ihr Schicksal entscheide, und war dann unter einem Berg von Salatblättern verschwunden. Jetzt also Hasenpisse.

Cody händigte ihm den Lieferschein aus, und während Harvy ihn unterschrieb, sah der Bote sich ein wenig um, ließ den Blick über die Schale mit den Orangen gleiten und entdeckte auf dem Regal neben den Fotoapparaten und Kaffeemaschinen das Notebook.

»Hübsches MacBook«, sagte Cody, und noch ehe es sich Harvy versah, nahm er das Gerät in die Hand, öffnete es und drückte auf den Fingerabdrucksensor. Es startete.

»Sieh mal einer an«, sagte Cody und sah ihn scharf an. »Wie kommt denn das hierher?«

Harvy schnappte nach Luft, suchte nach Worten, der Lauf der Dinge hatte ihm die Sprache verschlagen. Überrumpelt stand er da, und Codys Blick war so schneidend, dass ihm klar wurde, dass der Mann kein Bike Messenger und schon gar nicht zufällig bei ihm war.

»Das ääh …«, stotterte Harvy und räusperte sich, bemüht, Zeit zu gewinnen und einen halbwegs schlüssigen Gedanken zu fassen, »das ist eine Lieferung für Cannoli, die unglücklicherweise bei mir liegen geblieben ist.«

»Eine Lieferung für Cannoli?«, herrschte Cody, oder wie auch immer er hieß, ihn an. »Willst du mich verarschen?«

»Nein«, sagte Harvy, ohne eine Miene zu verziehen, »gestern Abend hatte ich Probe mit meiner Band, danach ging es leider nicht mehr, aber ich bringe das Gerät gleich zusammen mit der Hasenpisse, es geht ja in dieselbe Richtung.«

Harvy tat, als wäre das business as usual, Cody aber geriet mehr und mehr aus der Fassung.

»Ach, du bringst es gleich mit der Hasenpisse?« Er lachte spöttisch. »Und diese Scheiße soll ich dir glauben, du Arschloch? Meinst du, ich bin so doof, dass ich nicht merke, was für eine Nummer du hier abziehst?«

Harvy mimte den Überraschten. Er rümpfte die Nase über die vulgäre Ausdrucksweise, wandte sich gekränkt ab, schluckte, überging die Beleidigung und versuchte, sich mit der im Coffee-Shop antrainierten Freundlichkeit aus der Affäre zu ziehen.

»Tut mir leid, ich weiß nicht, was dein Problem ist, Cody. Wenn ich dir irgendwie helfen kann, sag es mir, ich helfe gerne. Ansonsten muss ich mich jetzt auf den Weg machen, um alles rechtzeitig abzuliefern.«

Cody kochte vor Wut und baute sich dicht vor Harvy auf. Sein Atem roch nach Knoblauch und Zwiebeln und verdarb den Zitronenduft, den der Boden verströmte.

»So, so, helfen willst du mir?«

»Ich …«

»Ich werde *dir* helfen, du verdammter Hurensohn!«

Wie ein tollwütiger Stier starrte Cody ihn an, holte mit der Faust aus, um Harvy mit einem Haken niederzustrecken, kam auf den blitzblanken Holzdielen ins Rutschen, ruderte mit den Armen, die aalglatten Metallplatten seiner Radlerschuhe glitten nach vorne, er fiel nach hinten und prallte mit dem Kopf auf die Ecke der Stahlumrandung von Harvys Schreibtisch. Es knackte dumpf, sonst war nichts zu hören. Kein Schrei, gar nichts, nur dieses Knacken, und noch bevor Cody am Boden lag, spritzte Blut aus seinem Schädel. Rasch bildete sich eine Lache um ihn herum, während er mit offenen Augen liegenblieb.

Harvy sah ungläubig auf den Erpresser, der reglos vor ihm lag. Einen Augenblick schien die Zeit stillzustehen, er konnte keinen Gedanken fassen, sah immer nur die starren Augen und das Blut, das aus dem Hinterkopf quoll. Von draußen drang das ewige Grollen der Stadt herein, dieses unablässige Dröhnen, die endlos aufheulenden, dann wieder verebbenden Sirenen von Krankenwagen, Feuerwehr, Polizei. Mit einem Mal erwachte Harvy aus seiner Lähmung und malte sich die Konsequenzen aus, die das Ganze für ihn haben würde.

Die Kriminalpolizei in seinem Studio, all die Fotoapparate und Kaffeemaschinen, das geklaute MacBook, dazu der Typ mit der Hasenpisse, dessen Blut in den Holzboden sickerte – erzählen Sie doch mal, wie es zu all dem hat kommen können, was Sie damit am Hut haben … Vorbestraft sind Sie ja nicht, nein, nein, verstehen Sie uns nicht falsch, und doch haben wir gewisse Hinweise, gewisse Aktennotizen … Dazu Cohens triumphierender Blick, der all seine Triebtheorien bestätigt finden würde …

Er überlegte, die Fotoapparate und Kaffeemaschinen im Keller zu verstecken, aber im Lift und im Untergeschoss waren Kameras installiert, es wurde alles aufgezeichnet, er würde Verdacht auf sich ziehen, wenn er versuchte, die Geräte fortzuschaffen.

Die Leiche musste weg, die Polizei durfte hier nicht auftauchen, sonst war er geliefert. Er schaute auf den reglosen Körper. Es war nicht der erste Tote, den er sah, aber er hatte noch nie einen angefasst. Widerwillig griff er in die Innentasche der Messenger-Jacke und förderte eine pralle Brieftasche aus verblasstem braunem Leder zutage. Er öffnete sie, ein schwarz-weißer Ausweis mit einem farbigen Lichtbild und einem dunklen Stern fiel heraus, und Harvy traf der Schlag: Joe Garcia stand da, Detective 1st Grade, CSI, New York Police Department.

»Jesus Christ!«, rief Harvy. Ein Bulle! War die Polizei ihm so dicht auf den Fersen? Oder führte dieser Tote ein Doppelleben und arbeitete noch für eine Gang und verdiente sich so ein Zubrot? Wie auch immer: Dass es sich um einen Cop handelte, machte die Sache nicht besser. Sollten die Bullen hier einen Bullen finden, der wie ein Erschlagener vor Harvys Schreibtisch lag, dann gäbe es kein Halten mehr. Sie würden das Haus auf den Kopf stellen und nicht ruhen, bis er, Harvy, hinter Schloss und Riegel war, auch wenn er mit der Sache nichts zu tun hatte. Indizien gab es genug auf den Regalen, und dass er keine blütenweiße Weste hatte, dafür brauchte man nicht viel Fantasie.

»Shit! Shit! Shit!«, schimpfte er unablässig. Er bekam eine Mordswut auf diesen Joe Garcia, der hier hereingeplatzt war und mit seinem Ausrutscher Harvys Boden und sein Leben versaute. Der Kerl musste verschwinden, und zwar für immer, bloß wie? Einen Schrank hatte er nicht, Harvys Kleider hingen in begehbaren Wandschränken. Einen so großen Behälter oder einen Teppich, um Joe Garcia darin unbemerkt am Portier vorbei aus dem Haus zu schmuggeln, besaß er nicht. Er ging alle Optionen durch, aber es zeichnete sich keine Lösung ab. Harvy schwitzte, sah sich schon im Knast auf Rikers Island, in der Zelle mit einer Horde Kinderschänder und Frauenmörder, die nichts anderes im Kopf hatten, als ihn in den Arsch zu ficken, als sein Blick auf den Messerblock fiel, den ihm seine Nachbarin Alice, die nach New Orleans gezogen war, geschenkt hatte. Zwanzig scharfe Messer in allen Formen und Größen steckten, die schwarzen Griffe nach oben, in dem massiven Holzblock. Er zog das Tranchiermesser heraus und mit einem Mal wusste er, was zu tun war.

5

Er sah auf Joe Garcia, der mittlerweile aufgehört hatte, aus dem Kopf zu bluten, und streifte sich durchsichtige Putzhandschuhe über. Behutsam drehte er den Cop mit den verschmierten Haaren zur Seite und wischte mit einem nassen Lappen das Blut auf dem Boden auf. Der Reiniger und die Politur hatten verhindert, dass es tief in das Holz eingedrungen war, und mit einer Mischung aus kaltem Wasser, Salz und Murphy's Ölseife konnte er den Fleck, der sich unter der Lache gebildet hatte, mehr oder weniger entfernen. Er schrubbte, bis nur noch ein schwacher Schatten zu erkennen war – zu viel Seife und Wasser wollte er nicht verwenden, das würde Spuren hinterlassen, also wartete er einen Augenblick, ließ das Ganze trocknen und hoffte, dass der Fleck verschwand.

Nachdem er die Schreibtischkante abgewischt hatte, wrang er den Lappen in kaltem Wasser aus, wusch ihn mit einem Spezialreiniger und hängte ihn im Bad auf. Dann streifte er die Putzhandschuhe ab, kramte das iPhone aus der Hosentasche und tippte auf die Wahlwiederholung.

»Hey Harvy«, sagte Jeff gut gelaunt. »Kommst du auf ein Bier ins Bubby's?«

»Geht nicht, Jeff.«

»Tut mir wirklich leid, dass ich dir nicht helfen konnte. Aber das MacBook war mehrfach gesichert, da kommst du nicht ran. Was gibt's?«

»Ich brauche dringend eine Matratze.«

»Wie bitte?«

»Ich brauche eine Matratze. Sofort. Kannst du mir bis in zwei Stunden eine besorgen? Ob neu oder gebraucht spielt keine Rolle.«

»Was ist denn mit dir los?«

»Eine Matratze, mehr kann ich dir jetzt nicht erklären.«

Jeff sagte nichts, Harvy hörte, wie es in der Leitung rauschte und knackte. Diese Dinge am Telefon zu verhandeln, war nicht ideal, aber er hatte keine andere Wahl.

»Hör mal, Harvy«, sagte Jeff in leicht genervtem Ton, »wir haben abgemacht, dass ich dir bei deinen Computer- und Handyproblemen helfe, aber für deinen anderen Kram« – das Wort »Kram« dehnte er, als bedeute es etwas äußerst Widerwärtiges – »stehe ich nicht zur Verfügung.«

»Ich weiß.«

»Dann halte dich bitte daran. Ich mag weder Schmiere stehen noch Zeugenaussagen erfinden noch Alibis liefern noch in irgendwelche anderen Idiotien verwickelt werden, die mich Kopf und Kragen kosten. Ich habe eine Familie, verstehst du?«

»Ja.«

»Vergiss es!«

»Bitte, Jeff, es ist ein Notfall. Eine King-Size-Matratze. Wenn du es nicht schaffst, eine aufzutreiben und mit deinem Pick-up hierherzukarren, dann gibt es vielleicht kein nächstes Mal mehr.«

Er hörte, wie Jeff schwer atmete.

»Was ist denn passiert?«

»Jeff, wir können hier nicht diskutieren. Ich stecke von Kopf bis Fuß in der Scheiße. Entweder du hilfst mir oder du hilfst mir nicht.«

Er hörte, wie Jeff sich räusperte und stöhnte. Schließlich lenkte er widerwillig ein: »Also gut, von mir aus …«

Harvy atmete auf.

»Danke, Jeff. Es ist was furchtbar schiefgelaufen. Aber ich habe nichts damit zu tun, ich schwöre es dir, ich bin nicht schuld.«

»Okay, okay«, seufzte Jeff, »ich will sehen, was sich machen lässt. Aber wie willst du die Matratze bezahlen? Du bist doch völlig blank.«

»Du kannst meine Vibiemme haben.«

Das war die Luxus-Kaffeemaschine, um die ihn Jeff seit Jahren beneidete. Sie machte den besten Cappuccino Amerikas. Wenn er die Vibiemme ins Spiel brachte, diesen Cadillac unter den Kaffeemaschinen, dann wusste Jeff, dass die Lage wirklich verdammt ernst war.

»Bist du verrückt? Was ist denn in dich gefahren?«

»Ich kann's dir jetzt nicht erklären, Mann!«

»Na gut«, grummelte Jeff immer noch verärgert. »In einer Stunde bin ich bei dir.«

Ihre Freundschaft hatte schon viel ausgehalten, sie würde auch das aushalten, beruhigte sich Harvy – vorausgesetzt, er kam nicht in den Knast und Jeff wegen Beihilfe gleich hinterher. Dann hätte er nicht nur ihre Freundschaft, sondern auch Jeffs Familie, Lory und Linda, auf dem Gewissen. Es wurde ihm bewusst, dass er das Glück seines besten Freundes aufs Spiel setzte. Aber auf die Schnelle war ihm nichts anderes eingefallen und er kannte sonst niemanden mit einem Pick-up.

Harvy fühlte sich elend, steckte das iPhone, das diesen ganzen Rattenschwanz an Komplikationen ausgelöst hatte, in die Hosentasche und sah wieder auf Joe Garcia. Wut und Schrecken standen dem Detective 1st Grade ins Gesicht geschrieben. Harvy hatte sich vieles vorstellen können, aber dass einmal ein toter Cop vor seinem Regal lag, nicht. Er schüttelte den Kopf, nahm das Tranchiermesser zur Hand und machte sich an die Arbeit.

Vorsichtig schlitzte er die Schmalseite der Matratze auf, schnitt den Kaltschaum, der zum Vorschein kam, in Stücke, zog ihn heraus und steckte ihn in einen großen schwarzen Müllsack. Als die Matratze genügend ausgehöhlt war, streifte er die Putzhandschuhe über und schleifte Joe Garcia Richtung Bett. Er stopfte den Cop in die Matratze, kleidete die Hohlräume links und rechts reichlich mit Schaumstücken aus und nähte den Polsterbezug mit Nadel und Zwirn sorgfältig wieder zusammen. Zum Glück war es eine Supersize-Matratze, sonst hätte der Bulle nicht reingepasst. Er legte zwei, drei alte Baumwolldecken über die Dellen, die kaum merklich hervorstanden, sah sich das Ganze vom Schreibtisch aus an und war mit seinem Werk nicht unzufrieden. Man musste schon sehr genau hinsehen, um draufzukommen, dass etwas nicht in Ordnung war. Um das Ding am Doorman vorbei aus dem Haus zu schaffen, dafür sollte es reichen, zumal die Lobby nicht sonderlich hell war.

Der Fleck auf dem Parkett war inzwischen nahezu verblasst. Hätte er sich vor einer Stunde noch am liebsten aus dem Fenster geworfen oder wäre für immer auf den Bahamas untergetaucht, in der Hoffnung, dass sich alles, wie es bisher immer geschehen war, in Luft auflöste, so hatte er jetzt wieder Boden unter den Füßen. Und falls er es mit Jeff irgendwie bewerkstelligen konnte, die Matratze aus der Welt zu schaffen, sah alles wieder gut aus.

Die Gegensprechanlage summte, der Doorman kündete Jeff an, und dieser kam hoch, eine eisvogelblaue King-Size-

Matratze auf dem Kopf. Keuchend und mit rotem Gesicht stellte sie Jeff vor dem Regal ab. Er rieb sich die Hände, krempelte die Hemdsärmel zurück, wischte sich den Schweiß von der Stirn und blieb mit verschränkten Armen mitten im Raum stehen. Wunderbar, dachte Harvy, so einen Kleiderschrank zum Freund zu haben.

»Mann, Jeff, du bist meine Rettung. Die sieht gut aus, hat genau die richtige Größe.«

Jeff nickte, als ob er Harvys Gesülze nicht hören wollte, und ließ seinen Blick zur alten Matratze schweifen, auf der die caramelfarbenen Baumwolldecken lagen.

»Und die hier muss weg?«, fragte er unbeeindruckt.

Harvy nickte und sah ihn mit herzerweichendem Hundeblick an. »Mhm.«

Jeffs Gesicht versteinerte sich.

»Und was ist da drin?«

Harvy spürte, wie es ihm den Magen verdrehte. Er fürchtete, dass sein Freund bei der Wahrheit gleich wieder abrauschen und ihn im Regen stehen lassen würde.

»Nichts Erfreuliches«, sagte er.

Sie sahen sich an, und Harvy dachte, dass er alles versaut hatte.

»Es tut mir leid, Jeff«, sagte er, »ehrlich, ich wollte …«

Jeff winkte ab und starrte ihm unverwandt in die Augen. Dann sagte er: »Und du möchtest, dass wir ›Nichts Erfreuliches‹ so schnell wie möglich fortschaffen, ja?«

»Mhm.«

Jeff kratzte sich am Kopf und schien angestrengt nachzudenken.

»Und hast du zufälligerweise eine Idee, wohin?«

»Ehrlich gesagt, hatte ich noch keine Zeit, mir darüber

Gedanken zu machen. Es ging alles so schnell. Aber vielleicht könnten wir mit deinem Pick-up Richtung Upstate fahren und die Matratze dort irgendwo in der Pampa verbrennen?«

»Das ist unmöglich, so weit können wir nicht fahren. Ich muss Linda nachher aus dem Kindergarten abholen.«

Harvy sah seine Felle wieder davonschwimmen. Hier in Manhattan gab es zu viele Menschen, man konnte nicht einfach unbemerkt eine Matratze verschwinden lassen. Die soziale Kontrolle, wie Cohen es nannte, war zu groß, auch wenn viele Leute unglaublich unaufmerksam waren.

»Wir können das Ding nicht einfach in den East River werfen. Da haben wir gleich die Wasserpolizei am Hals.«

Jeff sah ihn fragend an: »Wie wär's mit einer Müllkippe?«

»Zu riskant. Da strolchen immer Obdachlose herum und suchen nach Brauchbarem. Irgendeiner von denen hat sicher ein Messer dabei und schlitzt das Ding auf.«

Schließlich hatte Jeff eine andere Idee. »Ich kenne einen Schrottplatz in New Jersey. Wir könnten die Matratze dorthin bringen und in einem ausgeweideten Lieferwagen verstecken, der bereit ist für die Schrottpresse. Dann wäre das Ding aus der Welt.«

»Jeff, du bist ein As. So machen wir's!«

Sie klatschten sich ab, schulterten die Matratze, trugen sie in die Lobby, wuchteten sie am Doorman vorbei, der, wie Harvy zufrieden feststellte, in der Zwischenzeit gewechselt hatte, sich also nicht an den Fahrradkurier erinnern würde, der das Haus nie verlassen hatte, und hievten sie auf die Ladefläche von Jeffs Pick-up. Noch ehe Harvy angeschnallt war, hatte Jeff den Motor gestartet und brauste zur Second Avenue, um dort in die Zweiundvierzigste Straße einzubiegen und im dichten Verkehr einen Weg Richtung Hudson zu finden.

»Wenn wir von einer Streife angehalten werden, dann verpass ich dir eine Abreibung, an die du dich in zwanzig Jahren noch erinnern wirst«, sagte Jeff mürrisch. Er atmete flach und laut, als hätte er eine tonnenschwere Last auf dem Rücken.

Sie kamen erstaunlich gut voran, durchquerten den Lincoln Tunnel und tauchten bei Weehawken wieder auf. In New Jersey war der Verkehr dichter, sie gerieten in einen Stau und zu allem Überfluss stand an jeder dritten Kreuzung eine Polizeipatrouille.

Jeff fuhr sich nervös mit der Hand durch die Haare und schüttelte den Kopf, während Harvy versuchte, ruhig und konzentriert zu bleiben. Wenn sie jetzt einen Fehler machten, war alles aus, aber wenn sie es schafften, Joe Garcia auf ein Nichts zusammenzupressen, war das für ihn, Harvy, die halbe Miete und für Jeff die ganze. Mit wachsamen Augen registrierte Harvy, was um sie herum geschah, nahm die Autos, die Fahrer, die Polizisten wahr, rechnete mit dem Schlimmsten, war aber auch bereit, dem Schlimmsten ein Schnippchen zu schlagen.

An einer Kreuzung wurden sie von einem Uniformierten an den Straßenrand gewunken. Ein Streifenwagen stand da, drei Motorräder, eine Handvoll Polizisten. Harvy erstarrte, er sah Jeffs zusammengekniffene Augen und wusste, dass sie vielleicht nie mehr etwas zusammen unternehmen würden – Jeff würde ihn zu Kleinholz verarbeiten.

»Bleib cool, Alter«, murmelte er ihm zu und erntete einen vernichtenden Blick.

Jeff bremste, fuhr den Pick-up an den Rand der Straße und ließ das Wagenfenster herunter. Der Cop brüllte etwas in sein Funkgerät, kam langsam näher und deutete mit der Hand aufgeregt nach hinten. Wies er auf die Ladefläche? Hatte er etwas Verdächtiges entdeckt? Wurde Joe Garcia schon vermisst und war womöglich bereits eine Großfahndung im Gang? Die Gedanken in Harvys Kopf überschlugen sich, das Herz hämmerte wie blöde. Der Cop wirkte gereizt, quatschte ununterbrochen in sein winziges Mikrofon und fuchtelte unentwegt mit einem Stab herum.

»Leute, wegen Bauarbeiten keine Lastwagen und Pickups. Habt ihr das Schild nicht gesehen?«

»Hast du was gesehen, Harvy?«

»Nein.«

»Ihr müsst die Umleitung dort hinten nehmen.«

»Was?«

»Dort hinten, rechts.«

»Okay, Sir!«

»Gute Fahrt!«

»Danke, Sir!«

Jeff ließ das Fenster hochsurren, wischte sich die Schweißtropfen von der Stirn, wendete, bog in die Umleitung ein und drückte kräftig aufs Gaspedal, so dass die Reifen quietschten.

»So schnell müssen wir nun auch wieder nicht fahren«, ereiferte sich Harvy. Für ihn war noch immer Alarmstufe Rot.

»Halt du mal die Klappe, ja?«

Sie schwiegen, kamen schließlich in eine ruhige Gegend mit wenig Verkehr, und Jeff ging vom Gas.

Endlich erreichten sie den Schrottplatz. Harvy stieg aus, ließ den Blick über das wenig aufgeräumte Areal schweifen und versuchte, Überwachungskameras oder Alarmanlagen auszumachen.

»Mein Bruder hat hier seine Karre entsorgt«, sagte Jeff. »Zwei Latinos bearbeiten die Wracks. Der eine fährt mit dem Schaufellader die kaputten Karossen zur Schrottpresse. Der andere bedient die Presse und den Schredder. Zwischendurch verziehen sie sich in die Baracke. Als Jimmy seine Karre brachte, mussten wir ein Weilchen warten, bis die beiden aus ihrem Kabäuschen kamen.«

Harvy nickte.

»Hier drüben sind die Karossen, die als nächste platt gewalzt werden.«

Sie sahen sich die Reihe mit den ausgeweideten Fahrzeugen an.

»Wir nehmen den roten Lieferwagen da vorne«, sagte Harvy.

Er sah sich ein wenig um, dann versteckte er sich hinter einem Haufen mit zusammengefalteten Autos und beobachtete aus sicherer Deckung, wie der ältere Latino mit einem riesigen Bagger einen Datsun in die Presse beförderte und der andere das angelieferte Auto per Knopfdruck verschrottete. Nach einer Weile machten sie wie erhofft Pause und verschwanden in einer grünen Baracke am anderen Ende des Geländes.

Er gab Jeff ein Zeichen und dieser stemmte die Matratze hoch. Harvy fasste mit an, und sie rannten, die Matratze auf den Köpfen, so schnell es ging, zum ausgewählten Lieferwagen, hievten sie in den Laderaum und verriegelten die Türen. Jeff verdrückte sich in seinen Pick-up, Harvy kauerte sich hinter einen Altmetallhaufen und wartete keuchend darauf, dass die Arbeiter wieder auftauchten. Der Anblick eines Wagens, der platt gewalzt wurde, war nichts für sensible Gemüter, um wie viel weniger würde es der eines Wagens mit einer King-Size-Matratze darin sein, aber Harvy musste sichergehen, dass Joe Garcia ein für allemal aus der Welt geschafft wurde. Selbst wenn er monatelang Albträume davon haben sollte, er hatte keine andere Wahl, als das Ganze mitzuverfolgen.

Nach der Pause kamen die Arbeiter in ihren Blaumännern lachend zurück. Der Typ mit dem silbergrauen Schnurrbart stieg in den riesigen Bagger, startete ihn und legte sich den roten Lieferwagen auf die Ladeschaufel. Im Schritttempo transportierte er das ausgediente Fahrzeug röhrend über den Hof, blieb einige Meter vor der Schrottpresse stehen, schaltete den Motor aus, stieg vom Bagger runter und spazierte gemächlich zur Baracke zurück.

»Fucking Jesus!«, fluchte Harvy, was war los? Warum konnte er diesen verdammten Wagen nicht einfach reinkippen und fertig? Fünf Minuten später kam der Latino wieder, schlenderte in aller Seelenruhe zum Bagger. Er hatte den Helm vergessen. Zwar saß er in seiner Kabine hinter Panzerglas, aber Vorschrift war Vorschrift.

Er stieg hoch, warf mit Gedröhn den Bagger an und kippte den roten Lieferwagen in die Schrottpresse. Das laute Donnern verschlug Harvy den Atem. Der andere Indio betätigte im Steuerstand den Schalthebel für das Mahlwerk und mächtige Stahlplatten, die sich von oben und unten, von links und rechts erbarmungslos zusammenschoben, zerdrückten und zermalmten das Gefährt, dass es knackte, krachte, barst und splitterte. Harvy blieb fast das Herz stehen, und es knackte, krachte, barst und splitterte auch in ihm, während kleine Glas- und Metallstücke herumschossen und die Karre samt den Überresten von Joe Garcia unter gewaltigem Getöse platt gewalzt wurde. Eine gigantische Greifzange näherte sich von oben, packte das flach gedrückte Wrack und spedierte es in den Schredder. In dem blauen Ungetüm wurde es mit ungeheurer Wucht in kleine Stücke zerhackt, die auf ein Förderband geschmettert wurden, so dass, wie Harvy sich ausmalte, von seiner Supersize-Matratze und ihrer Füllung nichts mehr übrig geblieben sein konnte.

Er ballte die Faust und jubelte, zugleich hätte er aber auch kotzen können. Mord war es zwar nicht, er hatte den Cop nicht umgebracht, aber Leichenschändung konnte man es schon nennen, vielleicht auch Störung der Totenruhe, und auch dafür konnte man in den Knast kommen, selbst wenn die Erpressung vielleicht strafmildernd war. Als er zum Pick-up zurückkehrte, war er kreideweiß im Gesicht.

»Na endlich!«, stöhnte Jeff, der angespannt auf ihn gewartet hatte. »Ich muss dringend die Kleine abholen.«

Jeff ließ den Motor an und startete. Er drückte das Gaspedal voll durch, aber diesmal verkniff sich Harvy jeden Kommentar.

»Und?«, fragte Jeff nach einer Weile.

»Der Schredder hat die Karre in tausend Teile zerstückelt. Ich glaube, dass von ›Nichts Erfreuliches‹ nichts übrig geblieben ist.«

»Na also.«

Sie fuhren zurück durch Viertel mit trostlosen Wohnsilos und billigen Fertighäuschen. Harvy schien alles, was er sah, düster, aber das mochte auch daran liegen, dass ihm so elend zumute war. Jetzt, mit den Bildern und Geräuschen des Schrottplatzes im Kopf, schien ihm New Jersey noch trister. Vermutlich gab es Orte, die man besser hinter sich ließ und kein zweites Mal aufsuchte.

6

Das Konzert kam zu einem verdammt schlechten oder verdammt guten Zeitpunkt, je nachdem, wie man es betrachtete. Eigentlich war Harvy nicht bereit für einen Auftritt, noch immer verfolgte ihn das Knacken, Krachen und Splittern, noch immer schreckte er, den flunderflachen Joe Garcia vor Augen, mitten in der Nacht schweißgebadet aus dem Schlaf und hechelte wie ein Hund nach Luft. Andererseits brachte ihn das Konzert auf andere Gedanken, konnte ihn vielleicht aus dieser »reaktiven Depression« reißen, wie Cohen sie genannt hätte. Der Auftritt mit den Raccoons hatte etwas Positives, und als er sah, wie die Leute in die Webster Hall strömten, wie der Grand Ballroom sich füllte, bekam er Lampenfieber.

Anfangs dachte er noch an die Ereignisse auf dem Schrottplatz, aber schon beim zweiten oder dritten Song war er da, ging ganz auf im Cellospiel, und als er das Mikrofon in die Hand nahm, war er vollends angekommen auf der Bühne. Er legte den ganzen Stress, die ganze Anspannung der letzten Tage in die Stimme und seine Mitspieler staunten, was für Höhen und Tiefen er erreichte, wie wunderbar er sein Timbre entfaltete, wie eindringlich und mitreißend er *Rocking Raccoon* in die rappelvolle Halle schmetterte. Das Demütige und Heilige, das da urplötzlich in Harvys Stimme mitschwang, diese geballte Ladung Kraft und Gefühl übertrug sich auf die Musiker, die sich gleichfalls in einen Rausch spielten, und zusammen schienen sie samt der tobenden Halle in einer Art Sound-Kapsel abzuheben. Selbst nach der dritten Zugabe hörte die Menge in der Webster Hall nicht auf, orgiastisch zu schreien, zu klatschen, mit den Füßen zu stampfen, und als sie dann noch mit *It's yours* kamen, donnerte es wie bei einem Erdbeben.

Danach, in der Garderobe, lagen sie sich erschöpft in den Armen, ließen sich hängen und schüttelten ungläubig die Köpfe. Noch immer tobten die Leute, kreischten, als wären sie die Stones.

»Mensch, Harvy!«

»Hör dir das an, Harvy!«

»O Mann, Harvy!«

Das Publikum johlte, grölte, verlangte nach einer weiteren Zugabe, doch die Techniker hatten bereits den Stecker gezogen, Anlage und Licht heruntergefahren. Als sich die Wogen langsam glätteten, als die Musiker mit Banana Daiquiris in das Mobiliar sanken, sich göttlich fühlten und einfach nur den Moment genossen, klopfte ein rastagelockter Bühnenhelfer an die Tür und rief ihnen zu, dass Jennifer aus der VIP-Lounge mit Paul sprechen möchte.

Paul! Sie lachten laut heraus, es gab keinen Paul in ihrer Band. Aber Harvy hatte nicht vergessen, dass er sich hin und wieder, wenn es nötig war – und in letzter Zeit war es leider öfter nötig gewesen –, als Paul ausgab. Die Frau von Cannoli kam ihm in den Sinn. War sie im Saal gewesen? Wusste sie, dass er das Notebook gestohlen hatte? Wusste sie gar, was mit Joe Garcia passiert war? Oder handelte es sich um eine andere Jennifer, eine aus der Menge der Groupies, die nach Gigs heißhungrig auf Musikerjagd gingen?

Er ging hinaus auf den Flur, wo die geschäftigen Bühnenhelfer Kabel und Equipment wegräumten, und tatsächlich wartete an einem schwarzen Stehtischchen in einer Ecke die Dunkelhaarige von Cannoli auf ihn.

»Paul!«, rief Jennifer begeistert, »ich wusste nicht, dass du Musik machst!«

»Ich vergesse es manchmal auch. Schön, dich zu sehen, Jennifer!«

Sie umarmten sich, küssten sich auf die Wangen, und Harvy spürte ihre weiche Haut und ihren warmen Atem.

»Wow, was für ein Konzert!«

»Ich hätte nicht gedacht, dich hier wiederzusehen.«

»Ich dürfte eigentlich gar nicht da sein.«

Er verstand nicht, was sie meinte, ließ im gedämpften Licht den Blick über sie gleiten. Die Schweißperlen auf ihrer Stirn und ihrem Dekolleté schimmerten. Ein Strahlen ging von ihr aus. Gleichwohl musste Harvy auf der Hut bleiben.

»Darf ich dich zu einem Drink einladen, Paul?«

»Klar, aber nicht Paul, sondern Harvy.«

»Wen?«

»Mich. Paul ist nur mein Künstlername.«

»Wir müssen woanders hin. Okay?«

»Warum?«

»Sag ich dir später.«

Sie legte den Kopf zur Seite und lächelte ihm spitzbübisch zu. Harvy zögerte einen Augenblick, nach so einem Konzert hing er gerne mit seinen Musikern ab. Aber Jennifer durfte ihm nicht entwischen. Hastig verabschiedete er sich von seinen verblüfften Kumpels. Sie hatten ja keine Ahnung, was da abging, aber es war zu kompliziert, es zu erklären. Schnell packte er seine Sachen zusammen und rauschte mit Jennifer in einem Taxi Richtung Uptown davon.

Während der Fahrt sprachen sie kaum. Ab und zu warfen sie sich einen Blick zu, aber Jennifer wirkte verkrampft, trommelte nervös mit den Fingern auf den Knien, sah unruhig aus dem Fenster. Schließlich landeten sie in einer Bar in Midtown. In der Mitte der weitläufigen Halle thronte ein gewaltiger, von meterhohen Bambushalmen flankierter Buddha, zu dessen Füßen bunte Fische durch ein Wasserbecken wuselten. Harvy und Jennifer verdrückten sich zielstrebig in eine kerzenbeleuchtete Koje zur Linken des Buddhas, bestellten Drinks und konnten sich endlich in Ruhe unterhalten.

»Wie in einem Tempel«, staunte Harvy.

»Das war früher ein Pferdestall der Vanderbilts, dann ein mehrstöckiges Kino. Oben siehst du noch die alten Balkone. Schließlich wurde das Ganze in eine asiatische Bar umgebaut.«

Als der kleine Kellner die Cocktails vor sie hingestellt hatte, seufzte Jennifer: »War das ein Konzert, ich bin immer noch ganz hin!«

Harvy strahlte.

»Spielt ihr schon lange zusammen?«

»Seit zwölf Jahren. Wir haben sieben Alben herausgebracht, mussten uns immer wieder neu erfinden. Zwischendurch standen wir mehrfach vor dem Aus. Aber irgendwie haben wir die Kurve immer wieder gekriegt.«

Er blickte nachdenklich auf seinen Red Ruby Dragon.

»Die frühen Alben, unsere alttestamentarische Phase, wie sie unser Schlagzeuger nennt, waren archaischer und wilder, die neutestamentarischen Platten sind feiner und raffinierter.«

»Und du warst immer der mit dem Cello?«

»Ja, Cello habe ich von Anfang an gespielt.«

Sie stießen auf den Abend an und nippten an ihren Drinks.

»Ich spiele Klavier«, sagte Jennifer mit leicht kratzender Stimme und nahm noch einen Schluck. »Beim Klavierspielen kann ich mich entspannen. Im Moment spiele ich ziemlich oft, denn eigentlich geht's mir nicht besonders gut.«

»Warum denn?«

»Mein Chef ist seit zwei Tagen verschwunden.«

Joe Garcia?, fuhr es Harvy fast heraus, aber er konnte es gerade noch unterdrücken.

»Dein Chef?«

»Ja. Das ist sehr ungewöhnlich. Er beantwortet seit zwei Tagen weder E-Mails noch Anrufe. Joe ist sonst die Zuverlässigkeit in Person. Ich mache mir echt Sorgen. Auch sein Notebook ist verschwunden.«

Kein Wunder, das hatte Harvy zu Hause mit dem Hammer in Stücke gehauen und mit dem normalen Hausmüll entsorgt.

»Mhm«, machte Harvy und zog die Stirn in Falten. »Was kann nur passiert sein?«

»Keine Ahnung. Ein Unfall. Es muss ihm etwas zugestoßen sein.«

Tatsächlich war ihm Verschiedenes zugestoßen: Schädelbruch, Schrottpresse, Schredder.

»Bist du denn auch privat mit ihm befreundet?«

Sie schüttelte den Kopf.

»Aber wir kennen uns gut. Wir arbeiten seit Jahren zusammen. Wir brauchen einander.«

Harvy nickte verständnisvoll.

»Seine Frau dreht durch, ruft dauernd an und ist überfordert mit den Kindern.«

»Gibt es einen Anhaltspunkt? Einen Verdacht?«, fragte er.

»Rein gar nichts, das ist das Verrückte. Joe ist wie vom Erdboden verschluckt.«

Insgeheim klopfte sich Harvy auf die Schulter. Wenigstens hatten sie gute Arbeit geleistet und den Mann sauber entsorgt. Aber was hatte der geschredderte Chef von Cannoli nur bei der Polizei zu tun?

»Warum wolltest du eigentlich nicht in der Webster Hall bleiben?«, fragte Harvy beiläufig.

Jennifer räusperte sich. »Da waren ein paar Typen in dem Laden, die auf mich aufpassen sollten. Ich wollte nicht, dass die uns zusammen sehen. Das hätte nur Ärger gegeben.«

Davon hatte Harvy weiß Gott selbst genug.

»Vielleicht sogar mehr als das«, ereiferte sich Jennifer. »Ich wollte uns schützen, verstehst du?«

»Nein.«

»Sagt dir Hell's Hand was?«

»Diffus.«

»Mein Freund ist Boss der Hell's Hand. Sie kontrollieren Hell's Kitchen und Teile von Manhattan.«

Harvy riss staunend die Augen auf. Von dem Bandenboss mit der Pferderanch in Millbrook und dem Maserati voller Champagnerflaschen, mit dem er jeweils nach Long Island fuhr, um am Strand wilde Partys zu feiern, hatte er schon gehört. Seine Leute verehrten ihn wie einen Heiligen. Manche träumten davon, ihn einmal zu sehen, ihn einmal anfassen zu dürfen. Es hieß, er sei großzügig, charmant und clever. Seine Beziehungen zum Polizeipräsidium von Manhattan waren legendär. Darum konnte er mehr oder weniger tun und lassen, was er wollte, es gab immer einen hohen Politiker, der hinter ihm stand und ihn deckte.

»Er hat ein ganzes Heer von Leuten, die für ihn arbeiten,

darum müssen wir aufpassen. Er ist mächtig, eifersüchtig und kann extrem brutal sein. Diese Bar gehört nicht zu seinem Einflussbereich, sie liegt in der Zone einer anderen Gang, darum sind wir hier sicher.«

Harvy widerstand dem plötzlichen Drang, sich in alle Richtungen umzusehen. Mit der Freundin eines Halbweltbosses anzubandeln, war nicht gerade das, was er jetzt brauchte. Der Comandante, wie gewisse Leute ihn ehrfurchtsvoll nannten, hatte die Finger überall drin: im Kaffeehandel, beim Glücksspiel, in Bars, bei der Abfallentsorgung, im Schlachtgeschäft. Wie Schuppen fiel es ihm von den Augen: Vermutlich hatte Joe Garcia im Geheimen für den Comandante gearbeitet. War in der Presse nicht von Schutzgeld die Rede gewesen? Hatte der Typ nicht enge Bande zur Polizei?

Erst als Jennifer schmunzelte, bemerkte Harvy, dass sein Gesicht in Falten lag. Entschuldigend lächelte er zurück. Und sofort war es wieder da, dieses natürliche Strahlen auf ihrem Gesicht, das ihn gefangen nahm. Jennifer umgab ein Glanz, der alles andere in den Hintergrund treten ließ. Die Blicke der Frauen und Männer waren ihm beim Eintreten nicht entgangen, manchen war der Mund offen geblieben. Wenn diese Frau mit den warmen Augen, den vollen Lippen und der dunklen Stimme sich nun an ihn lehnte und vielleicht noch ein bisschen mehr von ihm wollte, konnte er sich beim besten Willen nicht entziehen – Gangsterboss hin oder her. Da vergaß er sogar Clarice. Und dann konnte es mit dem Charme und den Verführungskünsten des Big Boss nicht weit her sein. Denn warum sonst sollte sich eine Frau wie Jennifer an einen Musiker wie ihn heranschmeißen? Oder war das alles nur eine Falle?

»Hey, entspann dich!«, sagte Jennifer und fuhr mit der Hand über Harvys erneute Sorgenfalten.

»Er ist gerade in Mexiko. Geschäftlich unterwegs.«

»Du bist nicht mitgegangen?«

»Pah!« Sie schüttelte ihre schwarze Mähne und warf einen wütenden Blick auf die winzigen, spitz hervorstehenden Nippel des Buddhas. »Sicher vögelt er gerade irgendein Botoxflittchen.«

Sie verstummte.

»Das tut mir leid«, sagte Harvy. »Und …«, er zögerte einen Augenblick, suchte nach einem weniger delikaten Thema, »… du arbeitest, obwohl du nicht müsstest?«

»Der Job bei Cannoli ist genau richtig für mich – nicht zu viel und nicht zu wenig.«

Sie nahm einen Schluck von ihrem Saketini, schloss die Augen, öffnete sie wieder und sah eine Weile vor sich hin. Dann lehnte sie sich in das weiche Polster zurück und schaute ihm direkt in die Augen: »Ich bin gern unter Leuten. Nur zu Hause herumsitzen, zur Kosmetikerin rennen oder shoppen ist nicht mein Ding.«

Harvy konnte sich von ihrem Blick nicht lösen. »Geht mir genauso – Musiker, Messenger, Barista, da kommt schon eine Menge zusammen. Manchmal kriege ich das alles fast nicht unter einen Hut.«

Vor allem, wenn die Dinge derart aus dem Ruder liefen. Und das alles nur wegen eines läppischen Handys. Aber andererseits hätte er Jennifer ohne dieses iPhone nie kennengelernt. Mittlerweile war er – von seinem Ruby Red Dragon befeuert – in einer Stimmung, in der er ihr am liebsten gestanden hätte, dass er für sie jede Kaffeemaschine stehen lassen würde.

Doch in dem Moment sprang der Kellner aus dem Dunkel an ihren Tisch, einen riesigen Glückskeks auf dem Tablett, den er mit einem verschmitzten Lächeln vor sie hinstellte.

»Ein Geschenk des Hauses – weil Sie so ein nettes Paar sind.«

Was zum Teufel war hier los? War das eine Nummer von Jennifer? Oder war das einfach New York? Harvy musste den Blick nicht heben, um dem kleinen Kellner vor ihrem Tisch in die Augen zu sehen.

Dieser setzte zu einer Erklärung an: »Als Sie kamen, dachte ich, mein Gott, was für ein hübsches Paar. Die großen Glückskekse sind eine Spezialität des Hauses. Sie sind mit weißer und dunkler Mousse au Chocolat gefüllt. Enjoy.«

Der Kellner verschwand zwischen den Stuhllehnen. Harvy blickte zu Jennifer, die ebenso überrascht war wie er. Dann starrte er den monströsen Glückskeks an, der mit brennenden Kerzchen auf frischen Beeren und Früchten garniert war. Er hatte Angst, Jennifer könnte den Mund aufmachen und »Das ist mir noch nie passiert!« sagen, aber sie war klug und fischte stattdessen wortlos das in den Keks gebackene Zettelchen heraus: *Die sicherste Tür ist die, die man offen lassen kann.*

Und noch ein zweites kam zum Vorschein: *Ein einfacher Zweig ist dem Vogel lieber als ein goldener Käfig.*

Angesichts der süßen Verlockung entschied Harvy, das Ganze New York in die Schuhe zu schieben und stürzte sich auf das köstliche Dessert. Auch Jennifer genoss die grandiose Schokoladencreme, gemeinsam verdrückten sie den knusprigen Keks bis zum letzten Krümel, gaben dem Kellner ein schönes Trinkgeld, wankten angesäuselt nach draußen und winkten ein Taxi heran.

»Und jetzt?«, fragte Harvy auf dem Rücksitz.

Jennifers dunkle Augen blitzten ihn an. Sie schmiegte sich dicht an ihn. »Zu mir können wir nicht, das ist zu gefährlich.«

Harvy spürte Jennifers duftendes Haar an seiner Wange.

»Dann bleibt nicht viel anderes übrig.«

7

Nachdem sie sich die ganze Nacht bis zur Besinnungslosigkeit geliebt hatten, packte Jennifer ihre Sachen, um im ersten Morgengrauen nach Hause zu kommen. Harvy fühlte ein warmes Nachglühen in sich und musste sich eingestehen, dass er bis über beide Ohren verliebt war. Getragen von Wogen des Wohlgefühls und Jennifers Duft lag er noch eine Weile einfach da und genoss sein Glück.

Nach dem Duschen machte er sich auf, um seine Frühschicht im Coffee-Shop anzutreten. Auf dem Weg drückte ihm ein Schwarzer vor einem Subway-Eingang mit einem »Have a great day!« ein Gratisblatt in die Hand. Harvy sah auf die Titelseite und blieb bestürzt stehen: Unter der Schlagzeile *Horrormord!* starrte ihm das Konterfei von Joe Garcia entgegen. *Auf dem Förderband eines Schrottschredders in Secaucus, New Jersey, fanden Arbeiter einer Recycling-Firma die Polizeimarke des seit Tagen vermissten Kriminal-Detektivs Joe Garcia.* Die verdammte Polizeimarke! Was für eine hirnrissige Idee mit dem Schrottschredder – wären sie doch einfach nach Upstate gefahren und hätten die Matratze irgendwo im Wald verscharrt. *Neben der Marke mit dem eingravierten Namen entdeckten die Arbeiter Haare und winzige Knochensplitter. Abklärungen der Mordsonderkommission ergaben, dass es sich dabei um Überreste des seit Tagen vermissten Polizisten Joe Garcia handelt. Nach Angaben des Ersten Sonderkommissars wurde Garcia vermutlich betäubt, in den Kofferraum eines alten Wagens gesteckt und in der Schrottpresse auf bestialische Weise umgebracht. Der 92jährige Rentner Wang-Li, der zur vermuteten Tatzeit auf seinem täglichen Spaziergang war, sagte aus, vor dem Areal einen verdächtigen übergewichtigen Mann in einem Pick-up gesehen zu haben.*

Jesus fucking Christ!, dachte Harvy. Ein greiser Chinese hatte Jeff gesehen. Die Beschreibung war zwar so allgemein, dass sie mehr oder minder unbrauchbar war, aber er fühlte, wie ihm fast das Herz aus der Brust sprang.

Das 43jährige Opfer, das sich vor allem bei der Bekämpfung organisierter Kriminalität und der Aufdeckung von Bandendelikten einen Namen gemacht hat, hinterlässt Frau und zwei Kinder. Polizeisprecher Matt di Paola sprach der Trauerfamilie sein tiefes Beileid aus und sprach von einem schweren Verlust für die New Yorker Polizei. Er bekräftigte, man werde nicht ruhen, bis der oder die Täter gefasst seien. Dass es sich um einen Racheakt einer Gang handeln könnte, mochte der Sprecher weder dementieren noch bestätigen – die Ermittlungen seien in vollem Gange.

Schweißtropfen traten Harvy auf die Stirn. Nur nicht die Nerven verlieren, sagte er sich, die Lage ruhig analysieren – mit kühlem Blut und Cleverness. Kaum hatte er das gedacht, brummte sein iPhone: eine SMS von Jeff. xxx – das war ihr Geheimcode, der bedeutete, dass sie sich sofort treffen sollten. Die Dachterrasse des Wolkenkratzers, in dem Jeff arbeitete, war ihr Treffpunkt für Notfälle, ein Ort ohne Kameras und Abhörgeräte. Jeff musste den Bericht gelesen haben – denn xxx, das hatte es in den letzten paar Jahren nicht oft gegeben. Als Harvy die Vibiemme geklaut hatte und von einer Kamera verschwommen aufgenommen worden war, brauchte er dringend ein Alibi. Ein anderes Mal war Jeff wegen Schwarzarbeit ins Visier der Sozialversicherungsbehörde geraten, und Harvy musste die Sache mit einigen fingierten Zahlungen wieder ins Lot bringen.

De facto, so glaubte Harvy, war wenig zu befürchten. Die Aussagen des alten Chinesen waren viel zu vage, ergaben keine richtige Spur. Doch Jeff verlor rasch die Nerven: Wenn die Dinge nicht wie gewohnt liefen, geriet er in Panik und wandelte sich vom liebenswürdigen Brummbär zum jähzornigen Choleriker. Es würde nicht einfach sein, ihn zu beruhigen.

Harvy rief im Coffee-Shop an und richtete Clarice aus, dass er nach dem Konzert abgestürzt sei und einen Hang-over habe, dann fuhr er mit der Subway downtown zu Jeff. Der Doorman kannte ihn gut, war Fan der Raccoons, und so konnte er gleich in den siebten Stock hochgondeln, wo Jeff ihn mit vor Wut zusammengekniffenen Augen erwartete. Kein Nicken, kein Gruß, nur ein böser Blick. Stumm fuhren sie zusammen aufs Dach, traten auf die Terrasse heraus und sahen über die Häuser des West Village zum Hudson, wo sich dunkle Wolken zusammenbrauten.

»Jeff«, sagte Harvy, um das Schweigen zu brechen. Aber der stand bloß da, gab keinen Laut von sich, starrte in die Ferne.

»Hast du's auch gelesen?«

Jeff atmete schwer, schnaubte, schwitzte, und Harvy wusste nicht, platzte er fast vor Wut oder vor Angst.

»Hör mal, Jeff ...«

»Hör auf, ständig Jeff zu sagen, du Arschloch!«

Jetzt war es Harvy, der schwer atmete.

»Ich ...«

»Halt einfach die Klappe, ja?«

Sie starrten wieder auf den Hudson und hinüber nach New Jersey, wo es immer schwärzer wurde. Das Brummen des Verkehrs drang zu ihnen hoch, und in der Ferne glitzerten die Lichter eines frisch hochgezogenen Wolkenkratzers. Jeff rieb sich die Hände und schüttelte immer wieder den Kopf: »Wenn ich gewusst hätte, dass du einen toten Polizisten verschwinden lassen willst, hätte ich dir nie und nimmer geholfen. Du weißt doch, dass das tabu ist. Dass sie bei einem toten Bullen alle Hebel in Bewegung setzen, um jemanden einzubuchten, egal ob er's gewesen ist oder nicht. Und jetzt bin ich, nur weil ich meinem bescheuerten Freund helfen wollte, der Hauptverdächtige – ich muss mich echt zusammenreißen, Harvy, ich könnte dich packen und über die Brüstung werfen!«

Harvy trat zwei Schritte zurück. Er wollte seinem Freund Gelassenheit vermitteln. Bloß wie?

»Mach dir keine Sorgen, Mann! Ein übergewichtiger Typ in einem Pick-up, das trifft doch auf jeden zweiten zu!«

»Ich mach mir aber Sorgen, Blödmann. Wenn sich der Chinese zufällig an die Farbe und das Kennzeichen meines Pickups erinnert, bin ich geliefert.«

»Quatsch. Hör zu, Jeff, wir sind Freunde, und Freunde stehen füreinander ein. Wenn sie auf dich kommen, ziehe ich deinen Kopf aus der Schlinge. Zum fraglichen Zeitpunkt hast du mich über neue Apps für mein iPhone beraten. Meinst du, ich weiß nicht, wie man einen Freund deckt? Du musst dir überhaupt keine Sorgen machen.«

»Auf Polizistenmord steht die Todesstrafe, Harvy.«

»Das war kein Mord, und dieser Nichtmord wird auch nie ans Tageslicht kommen. Jetzt mal doch nicht dauernd den

Teufel an die Wand! Ich kenne mich mit solchen Situationen aus, glaub mir. Erst brennt es lichterloh, Feuer, Qualm, Aufregung, aber je mehr der Rauch aufsteigt, je mehr verfliegt er, und am Schluss erscheint alles im schönsten Licht.«

»Harvy, nichts darf erscheinen, nichts! Was, wenn der Spaziergänger sich die Farbe des Pick-ups gemerkt hat? Dann werden alle Besitzer eines solchen olivgrünen Karrens antraben müssen, ihr Leben wird von A bis Z durchleuchtet und auf den Kopf gestellt, bis die Bullen auf irgendeine Winzigkeit stoßen, eine Matratzenspur auf der Ladefläche oder an den Kleidern, und schon ist's gelaufen. Dann kannst du dir dein verfluchtes Scheiß-Alibi in den Arsch stecken!«

»Jetzt sei nicht so ein verdammter Pessimist, das zieht das Unglück doch nur an. Sie mich mal an: Mache ich mir etwa Sorgen? Ja, es war ein Malheur, dass der Typ sich bei mir auf den Boden gelegt hat. Aber hätte ich ihn dort einfach liegen lassen sollen? Dann wäre ich geliefert gewesen!«

»Und jetzt komm' halt ich dran, ist ja nicht so schlimm, seinen besten Freund in die Scheiße zu reiten.«

»Mach dir mal nicht in die Hosen. Wenn du die Nerven behältst, wird sich alles beruhigen. Du musst cool bleiben. Cool!«

»Du mit deiner verdammten Gelassenheit!« Jeff lief rot an, Schweiß rann ihm den Hals hinunter, verkrampft hielt er sich am Geländer fest.

»Jetzt werd nicht hysterisch! Wenn wir zusammenhalten, kann uns nichts passieren, glaub mir. Zusammen sind wir ein verdammt gutes Team.«

»Das waren wir mal«, knurrte Jeff. Er massierte seine gewaltigen Pranken, strich über die Haare seiner rechten Hand, wandte sich ab und verschwand wortlos ins Innere des Gebäudes, während Harvy wie angepflockt draußen an der Brüstung stehen blieb. Falls er gerade seinen besten Freund verloren hatte, nur weil ein vorwitziger Bulle zehntausend Dollar von ihm hatte erpressen wollen, dann war das ein schlechter Witz.

In das ferne Brummen der Stadt mischte sich das leise Miauen einer Katze, die sich auf die Dachterrasse geschlichen hatte und schnurrend um Harvys Beine strich.

8

Kaum schrillte Harvys iPhone auf dem Dach, nahm die Katze Reißaus. Eine Lieferung war an den Schlachthof von New Jersey zu überbringen, eilige und wichtige Dokumente, an den Chef persönlich, Mr. Johnson. Harvy sagte zu, erhielt die Papiere auf dem Weg nach Hause, stürzte sich in seinen Kurierdress und fuhr auf dem schnellsten Weg nach New Jersey hinüber.

Vor dem Schlachthof schloss er sein Rad an eine Eisenstange. Als er den Schlüssel in die Hosentasche steckte und aufschaute, meinte er in einiger Entfernung die Heckflosse eines rosaroten Wagens verschwinden zu sehen. Harvy atmete ein paar Mal tief durch, lockerte die Beine und meldete sich beim Portier an. Er kam ins Büro, traf auf eine Sekretärin und sagte seinen Spruch auf.

»An Mr. Johnson persönlich?«

»Ja.«

»Der Chef ist in der Kommandozentrale der Schlachthalle. Im Raum nebenan erhalten Sie einen Kittel, Überzieher für die Schuhe, Haube und Handschuhe. Streifen Sie die über, gehen Sie in die Halle und folgen Sie einfach der Galerie. In der Mitte der Galerie zur Rechten ist die Glastür zum Kommandoraum – dort finden Sie Mr. Johnson.«

Harvy schlüpfte in die Schutzkleidung und betrat die riesige Halle: Die Luft war feucht und warm, es roch nach Blut und Schwein. Von dem erhöhten Gang, auf dem er sich befand, konnte er einen großen Teil der Anlage überblicken. Überall glitzerte Chromstahl, brodelten Kessel und Tanks, ringsum brummten Rohre und Hightech-Maschinen, alle Abläufe schienen bis ins Letzte automatisiert. Menschen waren keine zu sehen. Ganz hinten wurden die lebenden Schweine angeliefert und verschwanden in einem Lift in der Tiefe. Wenn sie wieder nach oben kamen, hingen sie an einem Hinterbein an einem Fördersystem und schwebten an Schienen durch die Halle. Hunderte von Schweinen, dicht an dicht, zogen auf diese Weise vorbei, schlugen in den Kurven mit den Köpfen gegen Pfosten und kamen zu einer gewaltigen Edelstahlwanne, wo sie in siedendem Wasser abgebrüht wurden, bevor das Fördersystem sie in die nächste Halle transportierte, in der Roboter sie aufschlitzten und ausnahmen, um Johnsons Schinken und Speck, Johnsons Würste, Johnsons Schmalz und Bratfett – das beste Bratfett der Stadt – herzustellen. Der Ablauf war perfekt synchronisiert. Harvy verharrte eine Weile wie betäubt auf der Galerie. Ununterbrochen schwebten Schweine an ihm vorüber. Er liebte Schinken, aber er war sich sicher, dass er lange keinen mehr essen würde.

Nach dem gespenstischen Schweineballett machte er sich auf zur Schaltzentrale, aus der Klaviermusik drang, Johann Sebastian Bach. Der Schlachthauschef erwartete ihn in einem knielangen Kittel, auf der linken Brust ein rotes »Mr. Johnson« eingestickt. Der Mann hatte die grau melierten Haare streng zurückgekämmt, unter der Nickelbrille blitzten blaue Augen hervor und die Zähne waren blendend weiß wie bei einem Zahnpastamodel. Der Fleischbaron stand, die Hände in die Hüften gestemmt, wie ein General da und strahlte Harvy forsch an: »Das erste Mal?«

Harvy nickte.

»Und?«

»Die meisten Schweine sterben ungeschlachtet.«

Mr. Johnson lachte laut heraus und klopfte Harvy kräftig auf die Schultern.

»Sie haben die richtige Einstellung.«

Er nahm das Bündel Dokumente entgegen und unterschrieb den Lieferschein.

»Darauf habe ich lange gewartet. Ich bin nämlich ein großer Tierfreund und warte schon lange auf die Bewilligung für das neue tierfreundliche Verfahren«, sagte Mr. Johnson und wies Harvy an, die Halle auf dem kürzesten Weg hintenherum zu verlassen. Mr. Johnson wünschte einen schönen Tag und verschwand in seinem Büro.

Harvy ging auf der Galerie nach hinten, wo eine Art Paternoster die angelieferten Schweine aufnahm und in die Tiefe sausen ließ. Der Ausgang war gleich nebenan, aber er blieb einen Moment stehen und sah sich das Schauspiel an. Eine Klappe ging auf, und die Schweine zottelten in kleinen Gruppen von draußen in den Paternoster. Drei, vier Schweine liefen in das Behältnis, ein fünftes, sechstes und siebtes folgten. Vorne verhinderte ein niederes Stahlgitter das Entkommen, hinter ihnen schloss sich eine hydraulische Sperre. Es gab kein Vor und Zurück mehr, dafür ein Geschiebe und Gedränge. Aufregung und Unruhe stellten sich ein, ein Schwein kackte, alle quiekten und gaben ohrenbetäubende Schreie von sich. Das kleinste schlug mit den Füßen aus, ein großes verbiss sich in der Schranke, eines grunzte, ein weiteres lag auf der Seite und zitterte. Die anderen drängten sich in dem Behältnis und versuchten verzweifelt, sich auf den Beinen zu halten. Alle sahen sie Harvy an – fragend, verängstigt, verunsichert. Dann sausten sie zusammen in die Tiefe, und die nächste Kabine wurde wieder automatisch mit Schweinen gefüllt.

Während die neuen Schweine grunzend hereindrängten, stieg Harvy der Geruch von Schnaps und Zigaretten in die Nase. Er war irritiert, doch bevor er sich noch wundern konnte, wurde er hinterrücks von einer gewaltigen Hand gepackt. Eine Schlinge legte sich um seinen Hals, die sofort zugezogen wurde. Harvy griff mit der Rechten nach dem Seil, japste verzweifelt nach Luft, stieß mit dem linken Ellenbogen reflexartig nach hinten, schlug den Angreifer mitten aufs Herz, so dass dieser aufschrie und ihm die Schlinge aus den Händen glitt. Harvy drehte sich blitzschnell um, stürzte sich auf den Hünen im weißen Kittel, dessen Stirn sich über den tiefliegenden Augen vorwölbte, und warf ihn mit einem Kinnhaken zu Boden, wo sie sich sofort ineinander verkeilten. Der Hüne hatte ungeheuerliche Kräfte, versuchte seine schaufelartigen Hände in Harvys Kehle zu graben, doch der wehrte sich mit gezielten Fausthieben auf die Augen, so dass der Kerl einen Augenblick zurückwich. Als der Riese ein Tranchiermesser zückte, schlug Harvy die Zähne in dessen stark behaarte Hand, bis der Mann einen langgezogenen Schrei von sich gab und das Messer scheppernd durch das metallene Gitter in die Halle hinunterfiel. Mit aller Macht versuchte der Hüne, ihn gegen die Brüstung zu drücken und darüberzustoßen, aber Harvy entwand sich, sprang auf, nahm Anlauf und versetzte dem Kleiderschrank im weißen Kittel einen heftigen Tritt, dass er über das niedere Stahlgitter in die Kabine mit den erschrockenen Schweinen stürzte und im nächsten Moment mit ihnen in die Tiefe rauschte.

Harvy blutete und atmete schwer. Er versteckte sich hinter

einer Säule und starrte hinunter in die Halle. Auf der Zunge spürte er die schwarzen Haare des Riesen, ganze Büschel und blutige Fleischfetzen hatte er im Mund und spuckte sie angewidert aus. Schwein um Schwein kam, mit Gas betäubt, am Hinterbein an der Schlachtbahn aufgehängt, wieder zum Vorschein. Zwischen zwei baumelnden Schweinen hing der Hüne mit einem Fuß an einem Haken und wurde in die Halle transportiert. Er gab röchelnde, qualvolle Laute von sich, das Gas hatte ihm nicht das Bewusstsein genommen. Wie die Schweine schlug er in einer Kurve mit dem Kopf gegen einen Chromstahlpfosten, aber selbst das brachte ihn nicht zum Verstummen. Er stöhnte, sein Atem pfiff und rasselte. Schließlich kam er zu der Edelstahlwanne und wurde Kopf voran in das dampfende, siedend heiße Wasser getaucht. Als er wieder auftauchte, schnappte er nach Luft und gab einen gellenden Schrei von sich, um blitzartig zu verstummen, als er wieder eintauchte, und erneut wie am Spieß zu brüllen, als er wieder hochgezogen wurde – so markerschütternd, dass Harvy glaubte, für immer zu ertauben. Nachdem er mehrere Male in die kochende Brühe getaucht worden war, verstummte er, tropfte langsam ab und wurde zur Stahlspitze mit dem Absaugschlauch befördert. Zu hören war bloß noch das Summen der Maschinen und die Geräusche der Schlachtbahn.

Harvy sah sich um, rappelte sich auf, schleppte sich mit letzter Kraft zum hinteren Ausgang, zwängte sich am Gefrierraum vorbei und stolperte zwischen Betonwänden und Eisenschranken hindurch ins Freie. Auf dem Vorplatz drängten sich Hunderte von aufgeregt grunzenden Schweinen, die frisch von einem Truck angeliefert worden waren. Der Boden war schmutzig, es stank nach Kot. Er musste so schnell wie möglich verschwinden und suchte sich zwischen nassen Schnauzen und Ringelschwänzen einen Weg. Den Lastwagenfahrer, der gerade die Ladung Vieh hergebracht hatte und zurück nach Long Island wollte, fragte er, ob er ihn nach Manhattan mitnehmen könne. Der bullige Mann mit der Strickmütze über der Stirn nickte, ließ ihn in die Kabine steigen, vom Auspuff auf dem Dach qualmte eine dicke Rußwolke hoch, und sie brausten los. Der an den mächtigen Armen tätowierte Trucker schwieg. Harvy sah in den verdreckten Seitenspiegel, um sich zu vergewissern, dass ihnen niemand folgte, konnte aber nichts ausmachen.

»Die arme Sau«, brummte der Fahrer, als sie einige Meilen gefahren waren.

»Bitte?«

»Die arme Sau.«

»Wer?«

»Haben Sie's nicht gehört? Hier.« Er tippte mit dem massigen Zeigefinger auf das Radio.

»Nein.«

»Dieser Polizist, der lebendig in der Schrottpresse zerquetscht wurde.«

»Lebendig?«

»Müssen schon grauenhafte Kerle sein, die so was anstellen. In der Schrottpresse!«

»Mhm.«

»Finden Sie nicht auch, dass die Sitten verrohen?«

»Doch, doch, Sie haben recht: Alles wird immer roher.«

Sie fuhren weiter, und Harvy warf alle paar Sekunden einen nervösen Blick in den Seitenspiegel, um zu prüfen, ob nicht plötzlich ein rosaroter Thunderbird auftauchte oder ihnen sonst ein Vehikel auf den Fersen war.

»Vielleicht haben die Journalisten auch übertrieben, und der Polizist landete gar nicht lebendig in der Schrottpresse«, nahm Harvy den Faden nach einer Weile auf. Es ärgerte ihn, dass alles verdreht wurde, dass dauernd falsche Vermutungen in die Welt gesetzt wurden, um Quoten oder Auflagen zu steigern. Toter als Joe Garcia konnte man nicht sein, wenn man in eine Schrottpresse kam.

»Meinen Sie?«

»Der Journalismus ist am Absaufen«, sagte Harvy. »Wenn ich an gewisse Interviews oder Talkshows denke.«

Der Trucker legte einen höheren Gang ein und stellte mit seinen schwieligen Fingern das Radio aus. Er wandte den Kopf kurz zu Harvy und musterte ihn über den riesigen Schalthebel hinweg. »Stimmt. Kürzlich stand was in der Zeitung über einen Schlachthof, in dem Rinder bei vollem Bewusstsein an der Schlachtbahn hängen und lebendig zerlegt werden. Wo ihnen lebend die Haut abgezogen wird. Nach dem Enthäuten leben sie immer noch und es werden ihnen mit Zangen die Füße abgeschnitten, so dass sie in alle Richtungen ausschlagen – so ein Unsinn, wer glaubt denn so was! Als ob in einem Schlachthof Sadisten arbeiten.«

»Kann schon sein, dass man an so einem Ort zum Sadisten wird«, erwiderte Harvy. Er fand den Bericht nicht ganz so abwegig. Schließlich hatte, als der Hüne am Haken hing, auch niemand die Anlage abgestellt. »Vielleicht Hilfsarbeiter. Unter Zeitdruck. Im Dauerstress.«

»Kann ich mir nicht vorstellen.«

Sie schwiegen wieder. In der Nähe waren er und Jeff von der Polizei angehalten worden. Da war Joe Garcia schon tot gewesen. Nach einer Weile erreichten sie die George Washington Bridge. Der Trucker bezahlte die Maut, und sie fuhren auf dem oberen Deck Richtung Manhattan mitten in einen Stau hinein. Unten tuckerten schwere Tanker über das glitzernde Wasser.

»Sind Sie Schweinezüchter?«, fragte Harvy.

»Nein. Wenn ich es wäre, könnte ich diesen Job nicht tun.«

»Warum nicht?«

»Die eigenen Tiere an den Schlachthof zu liefern, da bräuchte man Hornhaut auf dem Herzen. Ich weiß, wie intelligent und sensibel Schweine sind. Was für einen Stress ein Schwein hat, wenn es unter lauter unbekannte Schweine kommt. Das Vieh, das ich fahre, kenne ich nicht. Ist einfach nur Material. Schließlich wollen die New Yorker saftige Schnitzel auf dem Teller, verstehen Sie?«

»Mhm.«

Harvy sah auf die Stahlseile der Hängebrücke.

»Ich liebe Schinken, Speck, Schweinesteaks. Schweinshaxen mag ich sehr.«

»Mhm.«

Harvy wurde übel.

»Mögen Sie Schweinshaxen?«

»Früher ja.«

»Und jetzt?«

Er spürte, wie es ihm den Magen umdrehte.

»Ich bin nicht hungrig.«

Ein langes Schweigen füllte die rote Kabine. Beim Fort Washington nahmen sie den dicht befahrenen Henry Hudson Parkway und donnerten über Harlem nach Midtown hinunter. Vor der Grand Central Station hielt der Transporter mit einem lauten Quietschen. Harvy stieg aus und bedankte sich.

»Lassen Sie den Kopf nicht hängen, wenn Ihnen die Scheiße bis zum Hals steht!«, munterte ihn der Fahrer auf.

Die Auspuffklappe knatterte, jagte eine riesige Rußwolke in die Luft, und der Lastwagen brummte davon. Den weißen Kittel, den Harvy im Schlachthaus übergezogen hatte, schenkte er einem Obdachlosen, der in der Nähe des Bahnhofs in einem Karton auf dem Boden lag. Die durchsichtigen Handschuhe und die Haube warf er in eine Mülltonne.

Als er sich zu Hause auf das Bett fallen ließ, wusste er nicht mehr, wie er hergekommen war. Etwas würgte ihn. Vor seinem inneren Auge tauchte die Edelstahlwanne mit der kochenden Brühe auf, die Schweine, die ihn flehend ansahen, verzweifelt quiekten und für immer verstummten.

9

Sie trafen sich in der Bar, in der sie den riesigen Glückskeks erhalten hatten, zogen sich in eine Nische zurück und bestellten zwei Mojitos. Der Laden war noch ziemlich leer, die Leute tröpfelten nur langsam herein. Der Buddha zwischen den Bambusstauden strahlte etwas Friedliches aus, doch die japanischen Karpfen im Teich darunter glotzten Harvy aus ihren Glubschaugen bedrohlich an, so dass er die Finger, die er schon ausgestreckt hatte, rasch zurückzog.

Jennifer wirkte niedergeschlagen. Die Tragödie um ihren Chef Joe Garcia hatte sie erschüttert – der Tote war *das* Stadtgespräch, die Fernsehstationen überschlugen sich mit Breaking News, hatten Dutzende von Reportern ausgesandt, deren Interviews mit dem Bürgermeister und ranghohen Polizeivertretern, mit Angehörigen, Schrottplatzarbeitern und dem 92jährigen Zeugen Wang-Li in den Abendnachrichten ausgestrahlt wurden.

»Schreckliche Sache«, sagte Harvy. Er schüttelte den Kopf. Was die Geschichte für eine Dynamik annahm, war höchst beunruhigend, und am beunruhigendsten war dieser chinesische Greis. Je mehr Journalisten ihre Nase in die Sache steckten, desto ungemütlicher wurde es. Und das alles nur wegen der Hundemarke.

»Ich mag's mir gar nicht vorstellen«, sagte Jennifer und strich sich durch das Haar. »Lebendig in der Schrottpresse zermalmt – was für Schweine müssen das sein, die so was tun.«

Harvy zog es das Herz zusammen. Er schluckte, wollte etwas erwidern, aber es fiel ihm nichts ein. Sein Hals war furchtbar trocken.

»Vielleicht war's bloß ein tragischer Unfall.«

»Ein Unfall? Das glaube ich nicht«, ereiferte sich Jennifer. »Wenn Joe ausgepackt hätte, dann wäre eine Reihe von Politikern ganz schön ins Schwitzen gekommen, jede Menge Big Shots bis hin zum Bürgermeister. Joe wusste von ihren Machenschaften. Darum musste er aus dem Weg geräumt werden.«

»Machenschaften?«

»Schmiergelder. Steuergeschenke. Drogengeschäfte.«

Harvy nickte verständnisvoll. Wenn Jennifer die Sache einem korrupten Politiker anlastete, konnte ihm das nur recht sein.

»Was ich nicht verstehe – Joe war Chef der Cannoli Company und zugleich Cop. Wie geht das zusammen? Cannoli ist doch der verlängerte Arm von Hell's Hand.«

»Die vom FBI glaubten, sie hätten einen Undercover-Agenten bei uns, aber in Wirklichkeit hatten wir einen Maulwurf beim FBI, denn er informierte uns regelmäßig darüber, was dort abging. Als angeblicher Doppel-Agent hat er das FBI reingelegt, er war einer von uns.«

»Vielleicht hat er beide hinters Licht geführt und in die eigene Tasche gewirtschaftet?«

»Joe? Nie!«

Entrüstet sah sie hoch zu den thailändischen Lampenschirmen, die wie gigantische Bienenkörbe von der Decke hingen und ein mattes Licht verströmten. »Vermutlich hatte irgendein Senator nach einem Besuch im Bordell die Hosen voll und hat ein Killer-Kommando angeheuert. Einen Bullen in einer Schrottpresse zu zerdrücken, so was kann nur Idioten in den Sinn kommen.«

Vergiss es, hätte Harvy am liebsten laut ausgerufen. Von wegen Killerkommando – Bohnerwachs! Es war schwer, stumm ertragen zu müssen, dass Jennifer dieser abwegigen Geschichte aufsaß. Er räusperte sich und sagte: »Du hast recht, Profis waren das nicht.«

Der Kellner trat an ihren Tisch und stellte die beiden Mojitos ab.

»Nicht nur keine Profis«, ereiferte sich Jennifer weiter. »Stümper. Vollkommene Stümper!«

Das Lokal füllte sich nach und nach, immer mehr Leute strömten herein und setzten sich an einen der Tische zu Füßen des Buddhas. Am Nebentisch bestellte ein Pärchen eine chilenische Seebrasse und Kokosnuss-Shrimps an Erdnusssauce. Die Musik wurde aufgedreht, das Stimmengewirr und der Chill-Sound hallten in Harvys Ohren. Dutzende von Businessleuten in schicken Anzügen nahmen die oberen Etagen in Beschlag, Damen in gewagten Abendroben und High Heels stöckelten hoch zur Skybox, wollten den Feierabend mit Cocktails und gediegenem Essen einläuten.

»Jemand hat versucht, mich umzubringen«, sagte Harvy, als er von der Skybox wieder zu Jennifer sah.

»Was?«

»Ich hatte eine Lieferung für das Schlachthaus in New Jersey. Dokumente für den Chef, Mr. Johnson. In der Halle stürzte sich ein Riese auf mich und wollte mich kaltmachen.«

Sie sah ihn erschrocken an.

»Er ist mit den Schweinen in die Tiefe gerauscht.«

»Mit den Schweinen?« Jennifer hielt die Luft an. »Was ist dann passiert?«

»Nichts Erfreuliches.«

Sie zog die Stirn in Falten.

»Wie sah er aus?«

»Wie ein Gorilla. Hat das was mit uns zu tun?«, fragte Harvy und musterte sie nachdenklich.

»Kann ich mir nicht vorstellen. Tony ist noch in Mexiko. Wir haben uns sehr vorsichtig verhalten.«

»Gibt es einen Gorilla bei Hell's Hand?«

»Furchteinflößende Typen haben wir viele.«

»Die Leute, die ihn beauftragt haben, werden nicht begeistert sein, wenn ihr Button-Man als Salami zurückkommt.«

»Nein.«

»Kann sein, dass sie weitere Angriffe planen.«

»Besser, wenn du in nächster Zeit eine kugelsichere Weste trägst.«

»Eine kugelsichere Weste? Ich habe keine kugelsichere Weste.«

»Bei Cannoli haben wir genug.«

»Jennifer, soll ich in einer kugelsicheren Weste wie ein aufgeblasener Sack auf der Bühne herumtanzen?«

»Hast du lieber eine Kugel im Herzen?«

»In meinem Herz hat's nur Platz für dich, Cowgirl.«

Sie lächelte und nahm seine Hand.

»Okay, dann mach, dass das auch so bleibt, Cowboy.«

Sie nahm einen Schluck von ihrem Mojito und sah ihn mit Sorgenfalten an: »Hattest du eine Kuriertasche dabei?«

»Natürlich.«

»Vor ein paar Tagen verschwand eine Kuriertasche voller Juwelen. Vielleicht haben die Straccis, die in New Jersey das Sagen haben, gedacht, du hättest was damit zu tun.«

»Dann sind die Straccis schlecht informiert. Mit Juwelen

habe ich nichts am Hut, Kuriertasche hin oder her. Außerdem bin ich meinen Messenger-Job ohnehin los: Um meine Haut zu retten, musste ich mein Rennrad beim Schlachthof stehen lassen. Und da kriegen mich keine zehn Pferde noch mal hin. Ohne Rad kein Job, das war's.«

»Ich werde es dir holen lassen.«

»Es ist mit zwei dicken Stahlketten an einer Eisenstange befestigt.«

»Kein Problem. Paulie kennt sich mit so was aus. Er führte früher einen Trupp, der sich um vergessene Räder kümmerte.«

»Ich habe es nicht vergessen.«

»Ich weiß.«

»Ist Paulie euer Button-Man?«

»Paulie ist unser Mann an der Front. Hart und zuverlässig. Einer, der den Mund nur beim Zahnarzt aufmacht. Er wird dir das Rad bringen oder dir ein neues beschaffen, mach dir keine Sorgen.«

Harvy sog an seinem Mojito. Das Eis, die Limonen und der Zuckerrohrschnaps verfehlten ihre Wirkung nicht, sie kitzelten seinen Gaumen und begannen, ihm leicht in den Kopf zu steigen.

»Was ist mit uns, wenn Tony aus Mexiko zurückkehrt? Ich meine, wie gehen wir mit unserer Geschichte um?«

»Kannst du ein Geheimnis für dich behalten?«

»Sicher.«

»Ich auch. Wenn nicht, kommen wir dran. Dann sind wir beide in großen Schwierigkeiten.«

Harvy nickte. »Selbst wenn Tony ewig leben sollte, von mir wird er nichts erfahren.«

»Gut so. Luis Luciano hat letzten Frühling im ›Mamajuana‹ Tango mit mir getanzt. Ein paar Tage später stürzte er von der Brooklyn Bridge.«

»Tango?«

»Mhm.«

»Den Tanz habe ich noch nie gemocht.«

Harvy sah auf die künstlichen Glühwürmchen, die durch die dunkle Halle flogen und den Buddha umschwirrten. Jetzt war die Bar rappelvoll, die Stimmung nahe dem Siedepunkt.

»Die Fische im East River möchte ich nicht aus der Nähe kennenlernen. Die Sumpflöcher von New Jersey auch nicht.«

»Keine Angst, das Ding werden wir schon schaukeln. Du hast doch sicher ab und zu frei, wenn ich frei habe?«

»Wenn ich keinen Gig habe, bin ich freier als frei, Cowgirl.«

Jennifer strich sanft über seinen Handrücken, aber Harvy war nicht ganz wohl. Seit einiger Zeit schaute ein schmalgesichtiger Typ vom Balkon ein bisschen zu oft zu ihnen.

»Der Bursche da oben mit dem Schnauzbart und dem pomadisierten Haar – hat der ein Auge auf mich, auf dich oder auf uns geworfen?«

Jennifer sah unauffällig nach oben.

»Du meinst den in der grauen Schale mit der blauen Krawatte?«

»Ja.«

»Den kenne ich nicht.«

»Der stiert unverhohlen in unsere Richtung.«

»Vielleicht ein Freund des Salami-Mannes?«

»Sieht aus wie ein schmieriger Gangster aus der Bronx, der ein dreckiges Geschäft wittert.«

»Nicht einmal im ›Tao‹ wird man in Ruhe gelassen«, ärgerte sich Jennifer. »Bis jetzt war die Bar ein sicherer Hafen.«

»Sollen wir verschwinden?«

»Ich habe keine Lust, mich vertreiben zu lassen.«

Harvy stöhnte. Ob das der Zeitpunkt für Trotz und Eitelkeiten war? Wenig später tauchte der kleine Kellner auf, der ihnen den Glückskeks spendiert hatte, und überbrachte mit einem Lächeln ein mit Packpapier umwickeltes Etwas: »Eine Nachricht von einem Herrn auf der Galerie.«

Jennifer öffnete das Papier, heraus fiel eine Salami und auf dem Packpapier stand: *Wo sind die Perlen für die Säue?*

»Was hat das zu bedeuten?«, fragte Harvy.

»Die Juwelen! Vielleicht eine Nachricht der Straccis.«

Sie kritzelte *Schau doch in deinem Arsch nach* darunter, rief den Kellner an den Tisch und steckte es ihm zu.

»Die Sache stinkt zum Himmel. Besser, wir verduften. Komm.«

Jennifer erhob sich, bedeutete Harvy, ihr zu folgen, führte ihn durch die Küche, die Vorratskammern und das Büro zum Hinterausgang. Woher kannte sie diesen Weg? Sie schlüpften ins Freie und sahen sich vorsichtig um. Eine Gruppe von Männern in Trenchcoats näherte sich. Harvy war auf der Hut. Aber die Männer gingen in einen Club. Jennifer winkte ein Taxi heran.

»Und jetzt?«, fragte Harvy, als sie im Fond des Wagens Platz genommen hatten.

»Zu mir können wir nicht und zu dir auch nicht.« Jennifers Augen funkelten, in ihrer Stimme schwang eine leise Wut mit.

»Dann bleibt nur ein Hotel.«

Der Taxifahrer beugte sich nach hinten und fragte mit einem Unterton in der Stimme: »Brauchen Sie eine Empfehlung?«

10

Göttlich war sie gewesen, die Nacht im Hotel, lusttrunken wankte Harvy am Morgen nach Hause. Er fühlte sich wie auf Drogen, die Ereignisse im Schlachthaus rückten in weite Ferne, alles schien ihm nur halb so schlimm. Die Erinnerung an Jennifers duftende Haut, der orangefarbene Morgenhimmel, das Summen und Brummen der Stadt ließen eine Melodie in ihm erklingen, die ersten Takte eines neuen Songs stiegen in ihm auf, und er strahlte vor Glück.

Im Übungsraum stürzte er sich auf das schrammelige Keyboard, um zu hören, ob das Intro funktionierte, er improvisierte und nuancierte, nahm das Cello zur Hand und entwickelte das Stück nach und nach weiter. Mühelos erfand er ein paar Liedzeilen, probierte einen schlichteren Anfang, versuchte, den Sound mit dem Bass zu akzentuieren und ging ganz auf im Tüfteln und Üben.

Am Abend präsentierte er den Song der Band. Der Funke sprang sogleich über, die Musiker spielten begeistert mit dem Material. In den folgenden Tagen arbeiteten sie so konzentriert zusammen, dass das Stück immer mehr Kontur annahm. Marvin brachte seine Slide-Gitarre ein, und Spike, der Drummer, unterlegte das Ganze mit seinen Beats. Nach drei Tagen intensiven Probens hörte sich *Touch* bereits überraschend locker und lebendig an – Harvys Augen leuchteten, es war, als hätten sie einen Hit aus dem Hut gezaubert.

Am nächsten Tag war das wunderbar leichte Gefühl weg.

Stattdessen war Tony Tangeroli wieder da. Das bedeutete, dass er Jennifer mit dem Unterweltboss teilen musste, was ihm einen Stich ins Herz gab. Aber nicht bloß das: Ab sofort war es hochgefährlich, sie auch nur anzublicken. Angstschweiß trat ihm auf die Stirn, wenn er daran dachte, und wenn sie ihn in der Öffentlichkeit berührte, zuckte er zusammen.

Doch es kam noch schlimmer: Tony Tangeroli wollte ihn sehen. Das konnte nichts Gutes bedeuten. Jennifer, die ihm die Nachricht überbrachte, drang in ihn: »Harvy, du hast keine Wahl – du musst hingehen, sonst bist du früher oder später tot.«

Harvy war höchst beunruhigt. Die Einladung des Big Boss konnte er nicht ausschlagen, das wusste auch er. Tony Tangeroli machte nur einmal ein Angebot – lehnte man das ab, hatte man ihn zum Feind. Aber unter diesen Umständen hatte er absolut keine Lust, ihn zu treffen.

Jennifer beschwichtigte: »Tony weiß nichts von uns. Er hat nichts gegen dich. Glaub mir, ich kenne ihn. Ich weiß nicht, um was es geht, aber Tony ist bester Laune. Du brauchst keine Angst zu haben.«

Es bedurfte einiger Gespräche mit ihr, um ihn zu überzeugen, dass es besser war, mit Tony zusammenzukommen. Sie versicherte ihm, dass nichts passieren würde. Das Treffen sollte auf der Dachterrasse von Tonys Penthouse in Hell's Kitchen stattfinden – ohne sie, nur er und Tony. Sie garantierte für Harvys Sicherheit, sie hatte einen guten Draht zu Tonys Leibwächter Butch, der ihr eine Gefälligkeit schuldig war und ein wachsames Auge auf die Unterredung haben würde.

Auf ihr Drängen willigte Harvy schließlich ein, Tony Tangeroli zu sehen, auch wenn ihm dabei mulmig zumute war.

Auf der Fahrt zu der Verabredung – der rührige Button-Man Paulie hatte ihm sein Rad tatsächlich mit frischen Schlössern vom Schlachthof zurückgebracht – war er vor Aufregung beinahe gestürzt. Ein Wunder, dass er bei dem Sprung über einen Scherbenhaufen nicht mit einem Wagen kollidiert war. Harvy fühlte sich unsicher wie ein Anfänger, und die kugelsichere Weste, die er von Jennifer erhalten hatte, war ihm nicht geheuer. Als er in Hell's Kitchen vor dem Wolkenkratzer, in dem sich Tonys luxuriöses Penthouse befand, vom Rad stieg, atmete er tief durch.

In der Lobby des Towers hatte er eine Reihe von Kontrollen und Personenschleusen zu durchlaufen. Er musste einen zuvor übermittelten Zahlencode eintippen, die Fingerabdrücke wurden genommen und mit jenen in seinem Pass verglichen. Als Butch ihn vom Lift zur Dachterrasse brachte, kam er sich vor wie in einem Hochsicherheitstrakt.

Oben erkannte er Tony neben dem Pool auf einem Liegestuhl, im Gespräch mit einem hageren Mann. Tonys Leibwächter Butch wies Harvy an, noch einen Moment zu warten. Verdeckt von Palmen beobachtete er den Boss. Tony war schwarz und einen Kopf größer als er selber. Seine Arme hatten den Umfang von Harvys Oberschenkeln. Der kahl rasierte Schädel glänzte im Sonnenlicht mit dem goldenen Armband um die Wette. Links war er verkabelt und hatte einen Knopf im Ohr: Sicher sprang gleich eine Horde wilder Kampfhunde herbei, wenn er nur einmal ins Mikrofon hauchte. Die Hände des Kraftprotzes schienen erstaunlich weich und fein – klar, er machte sie sich nie selber schmutzig. Seine Augen waren unter einer Sonnenbrille versteckt. Alles in allem verströmte er eine Aura geballter Kraft und machte den Eindruck eines Mannes, der genau wusste, was er wollte.

Der andere hatte die Figur eines Kindes – ein bemitleidenswert ausgemergeltes Wesen mit eingefallenen Wangen, hervorstehenden Knochen und einem strengen Gesicht. Weiße Stoffhosen schlotterten ihm um die dünnen Beine, und das winzige Shirt schlabberte trostlos um den schmächtigen Rumpf.

»Hör zu, Freddie, ich weiß, es ist hart, weil du der Beste bist. Aber du wirst es verkraften. In unserer Gesellschaft gewinnt nun mal nicht immer der Beste, das verstehst du, nicht wahr?«

»Ja, Mr. Tangeroli.«

»Du reitest Mister Ed, auf den setzen alle. Du gehst in Führung und dominierst das Rennen, wie du es die ganze Saison getan hast. Auf der letzten Runde lässt du dich zurückfallen, Topkapi und Silver Groove ziehen an dir vorbei. Ist das klar?«

»Alles klar, Mr. Tangeroli.«

»Es sind verdammt hohe Summen im Spiel, Freddie, und für deine Frau, deine Kinder und dich wird eine schöne Stange Geld herausschauen. Wenn alles nach Plan läuft, hast du für den Rest deines Lebens ausgesorgt.«

Der Boss nahm die Sonnenbrille ab und sah den Jockey scharf an.

»Bist du mein Nigger?«

»Immer zu Diensten, Mr. Tangeroli.«

Der Boss lächelte ihm freundlich zu. Sie standen auf, und Tony legte ihm fast zärtlich die Hand auf den steifen Rücken.

»Glaub mir, in ein paar Jahren, wenn du in deiner Villa auf Long Island am Pool liegst und an einem Mojito nippst, wirst du an mich denken und dir sagen: Der gottverdammte Tony Tangeroli hatte recht. Wiederhol den Auftrag!«

»Am Sonntag werde ich Dritter hinter Topkapi und Silver Groove.«

»Ich wusste, dass du ein Freund bist, ein echter Freund.«

»Danke, Comandante!«

Tony schüttelte dem Jockey die Hand, sie umarmten sich, dann gab er Butch ein Zeichen, und dieser brachte den Mann zum Lift. Der Reiter kam Harvy bekannt vor, aber er wusste nicht, wo er den Kerl schon mal gesehen hatte.

Als der Jockey nach unten fuhr, rief Butch Harvy. Das Herz hämmerte in seiner Brust. War sein Puls schon hoch gewesen, als er angekommen war, schnellte er jetzt noch weiter in die Höhe. Butch führte ihn zum Pool, wo Tony Tangeroli ihn mit einem Nicken empfing.

»Harvy?«

»Ja.«

»Sehr erfreut. Tony Tangeroli. Nenn mich Tony. Bitte, nimm Platz.«

Sie setzten sich in weiche Korbstühle am Rand des Pools. Eine leicht beschürzte Latina brachte eisgekühlte Drinks und kleine Häppchen.

Sie tranken von ihren Banana Daiquiris und sahen sich an.

»Du wirst dich fragen, warum ich dich herbestellt habe.«

»Mhm.«

»Jennifer hat mir von euch erzählt.«

Harvy zuckte zusammen.

Tony sah ihn lachend an. Harvy traten die Schweißperlen auf die Stirn. Unter seinem Hemd fühlte er das Gewicht der Schussweste.

»Heiße Sache.«

Harvy sprang fast das Herz aus der Brust. Vor seinem inneren Auge stand die Brooklyn Bridge.

»Ihr geht ganz schön aufs Ganze. Seit wann seid ihr zusammen?«

»Äh ... «

»Du bist doch der Sänger der Raccoons?«

»Ja, ... äh, ... klar.«

»Seit Jennifer bei eurem Konzert war, läuft bei uns Tag und Nacht eure Musik. Beim Work-out, bei der Arbeit, beim Relaxen, immer und überall. Und weil ich mithöre und diesen Groove mitreißend finde, möchte ich euch ein Angebot machen.«

»Ein Angebot?«

»Versteh mich nicht falsch. Eigentlich habe ich keine Ahnung von Musik, das ist nicht mein Geschäft.«

Er ließ das Eis in seinem Glas klirren und sog lässig an seinem Banana Daiquiri.

»Aber wenn Jennifer so auf eure Songs abfährt, dann muss was dran sein. Sie hat Geschmack. Und da ich Jennifer über alles liebe, will ich euch einen Gefallen tun.«

Er strich sich über die graue Hose.

»Bei welchem Label seid ihr?«

»Raspberry Records.«

»Raspberry was?«

»Ein kleines Independent Label. Eher was für Insider. Außerhalb der Szene ist es weniger bekannt.«

»Wen bringen die denn raus, diese« – Tony räusperte sich verächtlich – »Raspberry Records?«

»Barry and the Elephants. Masters of Mud. Lady Rip-Rip.«

»Mhm«, machte Tony und schüttelte den Kopf. »Nie gehört. Wie viele Leute arbeiten da?«

»Vier oder fünf.«

Tony runzelte nachdenklich die Stirn.

»Zahlen sie gut?«

»Sie zahlen – wenn Geld da ist.«

»Das klingt alles ziemlich handgestrickt. Hör zu, Harvy. Ich werde euch groß herausbringen. Ich habe einen Freund bei Sony Music. Es ist nicht der Boss, sondern ein Produzent zwei, drei Stufen darunter. Mein Gewährsmann wird einen Termin beim Boss ermöglichen. Ich werde Sony ein Angebot machen, das sie nicht ablehnen können. Und dann wird für die Raccoons die Post abgehen.«

Harvy schluckte. Sony Music war eines der größten Labels der Welt. Allein dort unter Vertrag zu stehen, würde sie auf einen Schlag in eine andere Liga katapultieren. Ihr Erfolg würde völlig neue Sphären erreichen. Das ganze unwürdige Gefeilsche um Gagen, all die zermürbenden Brot- und Aushilfsjobs würden ein Ende haben. Nur noch Musik machen. Ihre Musik! Aber wenn ruchbar wurde, was zwischen ihm und Jennifer abging, dann landete er, ob mit oder ohne Schutzweste, bei den Fischen im East River …

»Glaub mir, Harvy, ich bin jemand, der Wort hält. Ein Versprechen bedeutet mir viel. Ich werde dafür sorgen, dass ihr die neuen Topstars von Sony werdet.«

Er zündete sich eine Zigarette an und stieß den Rauch in eleganten Kringeln zum Himmel.

»Freundschaft und Respekt sind mir heilig. Für einen Freund tue ich alles. Alles, verstehst du?«

Tony nahm die Sonnenbrille ab und sah ihn eindringlich an.

»Bist du mein Nigger?«

Harvy atmete tief ein und aus. Der Wind, der vom Hudson herüberwehte, kühlte ihm die heiße Stirn. Er spürte, wie ihm unter der Schussweste der Schweiß herunterrann. In Sekundenbruchteilen ging er alle Optionen durch. Im Grunde hatte er nur eine. »Ich bin dein Nigger, Tony. Aber ich muss meine Leute fragen. Ich kann nicht über ihre Köpfe hinweg entscheiden. Wir sind eine Band, wir haben keinen Boss.«

Tony Tangeroli nickte. »Okay. Du hast achtundvierzig Stunden Zeit. Dann gibst du mir Bescheid. Ich zähle auf dich, mein Freund.«

Harvy war erleichtert. Tony legte liebevoll eine Hand auf seinen Unterarm. »Ich möchte dir eine Geschichte erzählen. Hör gut zu. Meine Mutter stammt aus Kenia. Als ich ein Junge war, schärfte sie mir immer wieder ein: ›Fass nie den Schwanz eines Leoparden an! Aber wenn du ihn einmal gefasst hast, lass ihn nicht mehr los!‹ Daran habe ich mich ein Leben lang gehalten. Ich habe den Schwanz des Leoparden nie losgelassen. Und bin gut damit gefahren. Ich hatte immer Glück.«

Tony sah selbstvergessen zum Hudson nach New Jersey hinüber. Harvy verstand gar nichts – was war das jetzt?

»Mein Vater – er ruhe in Frieden – hat immer gelacht über die Weisheiten meiner Mutter. Er war Italiener und kam aus einer ganz anderen Welt. Wenn sie über Leoparden sprach, dann hat er gewiehert vor Lachen und im Garten Kastanien von den Bäumen geschossen. Aber meine Mutter hatte recht. Sie war der beste Consigliere, den man sich denken kann. Hätte Dad auf sie gehört, wäre er heute noch am Leben.«

Tony blickte ihm unverwandt in die Augen.

»Was ist passiert?«, fragte Harvy.

»Mein Vater hat den Schwanz des Leoparden einen Moment lang losgelassen. Er war einen winzigen Augenblick unachtsam, und schon haben die Feinde zugeschlagen. Er hat ihnen zu viele Freiheiten gewährt, er wollte sie an der langen

Leine führen. Das war sein Fehler. Seine Großzügigkeit hat ihn das Leben gekostet.«

»Das tut mir leid.«

Tony machte eine abwehrende Handbewegung. »Was ich dir mit auf den Weg geben möchte, Harvy, ist Folgendes: Man bekommt im Leben nur einmal eine Chance wie diese. Wer sie nicht ergreift oder wer loslässt, ist verloren. Verstehst du?«

»Ja«, sagte Harvy und dachte »Nein«. War Sony Music der Leopard? Oder Tony? Wovon war hier eigentlich die Rede? Egal, Hauptsache, er hatte den Kopf aus der Schlinge gezogen.

»Du kennst das Alte Testament, nicht wahr?«

»Nicht besonders gut.«

Tony hob in feierlichem Predigtton an: »Es geschah, als die Sänger und ihre Söhne und Brüder mit Zimbeln und Harfen und Lauten dastanden; als die Trompeter und die Sänger wie ein Mann waren, um eine Stimme ertönen zu lassen, den Herrn zu loben und zu preisen, weil seine Güte ewig währt: Da wurde das Haus mit einer Wolke erfüllt. Und niemand vermochte wegen der Wolke dazustehen, um den Dienst zu verrichten; denn die Herrlichkeit des Herrn erfüllte das Haus. Nun gehe hin in Frieden, mein Sohn.«

Sie standen auf. Tony verabschiedete Harvy mit einer herzlichen Umarmung und legte ihm väterlich die Hand auf die Schulter. Der Spuk war vorüber, und Butch begleitete ihn zum Lift. Harvy atmete hörbar auf.

»Danke«, sagte er im Fahrstuhl zu Butch.

»Wofür?«

»Dass Sie da waren.«

»Ich bin immer da.«

Draußen auf der Straße fragte er sich, ob er alles nur geträumt hatte. Ob alles nur eine Fata Morgana gewesen war. Aber Tonys Worte aus dem Alten Testament klangen ihm in den Ohren nach. Und unter dem Hemd fühlte er die durchnässte Schussweste. Er musste möglichst rasch seine Leute zusammentrommeln, sie mussten über Tonys Vorschlag beraten. Bei Sony Music unterzukommen, war ein Traum. Oder der Beginn eines Albtraums?

11

Sie trafen sich in ihrem karg eingerichteten Übungsraum, der den Charme einer anderen Zeit verströmte – einer Zeit, in der noch richtige Musik gemacht und der Markt nicht mit einförmiger einfallsloser Soße geflutet wurde. Das Equipment war alt, aber die Anlage funktionierte tadellos, der Sound war sauber und klar. Immer, wenn er den Raum betrat, lebte Harvy auf – er liebte diesen Keller und die Geschichten, die mit ihm verbunden waren.

Spike, der Drummer, hatte einmal den Schimpansen eines Freundes mitgenommen, auf den er aufpassen musste. Toto hatte wie ein Verrückter auf das Schlagzeug gehauen und dabei begeistert gekreischt, eine Reihe von urtümlichen Grunz-, Bell- und Keuchlauten von sich gegeben, und das Gebrüll war so archaisch und eindringlich gewesen, dass sie das Album, das gerade im Entstehen war, damit unterlegt hatten. Einmal hatten sich die Stripperinnen vom nahen ›Five Amigos‹ im Eingang geirrt, waren die falsche Stiege hinuntergegangen und aus Versehen in ihrem Probenraum gelandet, wo sie sich sturzbetrunken an die Mikrofonstangen gehängt, nach Champagner verlangt und für ein paar große Scheine ins Hinterzimmer gewollt hatten. Ein anderes Mal war der Millionärssohn Walter Crandale mit ihnen in den Probenraum gekommen, und während sie jammten, hatte er Linie um Linie gezogen, Whiskey um Whiskey gekippt, wie ein Derwisch getanzt und sich auf dem Teppich gewälzt, um sich, als sie

Letting Loose spielten, im Vollrausch auf diesen zu erbrechen, so dass sie den entsetzlich stinkenden Perser entsorgen mussten. Vor allem aber war der Raum der Ort, wo ihre Songs entstanden, wo sie sich nächtelang einschlossen, um an ihren Arrangements zu feilen, und wo sie zusammen die intensivste Zeit ihres Leben verbrachten.

Jetzt aber waren sie nicht zum Spielen gekommen. Sie setzten sich auf das riesige pflaumenfarbene Sofa und in die Ledersessel rund um das alte hölzerne Wägelchen, das als Couchtisch diente. Reihum flammten Feuerzeuge auf. Dann breitete Harvy vor ihnen aus, was passiert war. Um die Sache nicht zu komplizieren, verschwieg er seine Geschichte mit Jennifer. Tangeroli habe keine Ahnung von Musik, erklärte er, aber er rieche hundert Meilen gegen den Wind, wenn etwas verdammt gut sei und er wolle die Raccoons deshalb an Sony vermitteln. Schließlich fragte er seine Kumpels, was sie von dem Angebot hielten. Der groß gewachsene Spike, der mit seinem dunklen Haar wie ein schöner, bärtiger Jesus aussah, strahlte über das ganze Gesicht, seine grünblauen Augen funkelten: »Leute, diese Chance müssen wir packen. Sony, das ist wie ein Sechser im Lotto. Zum ersten Mal werden wir richtig Kohle machen. Wir werden uns ganz auf unsere Musik konzentrieren können. Wenn wir die Gunst der Stunde nutzen, beginnt für uns alle ein neues Leben.«

»Aber dieser Tangeroli ist doch ein Krimineller«, fuhr Marvin dazwischen. »Wir können uns doch nicht von einem Verbrecher fördern lassen. Da sträuben sich mir sämtliche Nackenhaare. Der Typ ist ein Mörder. Es kann doch nicht sein, dass ein Mörder uns groß herausbringt.«

»Du hast zu viele Filme gesehen«, erwiderte Slash, der Keyboarder, der im knallengen schwarzen Lederoutfit gekommen war. »Soweit ich weiß, liegt gegen Tony Tangeroli nichts vor. Er wurde nie eingebuchtet. Ich glaube, der Mann fährt einfach auf unsere Musik ab.«

»Weil er Kläger und Richter gekauft und Zeugen zum Verschwinden gebracht hat«, sagte Marvin. »Nur darum ist er nie drangekommen.«

»Ach Quatsch!«, rief Slash. »Das ist an den Haaren herbeigezogen. Tangeroli hat für Hell's Kitchen eine Menge getan. Frag mal die Leute, die dort leben. Außerdem ist es nicht der Typ, der uns produziert, sondern Sony. Er vermittelt bloß den Kontakt. Das ist halb so wild.«

»Und danach sind wir die Hausband von Hell's Hand, und wenn einer was Falsches sagt, ist er ein toter Mann.«

»O Gott, nein!« Slash raufte sich die Haare. »Wir verpflichten uns zu nichts. Wir treten gewiss nicht bei Hell's Hand auf.«

»Also, wenn ihr mich fragt, ist das Risiko schon verdammt hoch«, meinte Soul, der die Posaune, das Saxophon und verschiedene andere Blasinstrumente spielte. »Wir dürfen uns und unsere Musik nicht verraten. Hell's Hand ist organisiertes Verbrechen! Wir haben Familien, wir brauchen Sicherheit.«

Harvy griff sich an den Kopf. »Jetzt hört mir mit dieser alten Leier auf. Jedes Mal, wenn Veränderungen anstehen, kriegt ihr kalte Füße. Ich kann's nicht mehr hören. Labels, die uns übers Ohr gehauen haben, Bands, die euch abwerben wollten, Tour-Veranstalter, die sich nicht an Abmachungen hielten, das giftige Gegeifer von Bob – das alles hat uns doch zusammengeschweißt und stark gemacht. Für jeden von uns ist klar: Wir sind in der besten Band, in der wir je gespielt haben. Und jetzt haben wir die Chance unseres Lebens.«

»Wer weiß, was passiert, Harvy. Plötzlich sind wir berühmt, touren um die halbe Welt, und mein Kleiner weiß nur von Plakaten, wie ich aussehe, weil Daddy nie zu Hause ist.«

Marvin seufzte. Harvy blickte verstimmt zur glitzernden Discokugel aus den Achtzigern, die in der Mitte des Raumes über der Anlage schwebte. Er hatte gewusst, dass es hart werden würde, aber dass das Angebot auf so viel Widerstand stieß, überraschte ihn. Sie mussten den Schwanz des Leoparden packen. Er versuchte, seine Wut zu zügeln und sagte so sanft wie möglich: »Soul, für deinen Kleinen wirst du der Held sein! Alle Freunde werden ihn um seinen Papa beneiden. Und wir werden die Zügel nicht aus der Hand geben. Wir sind alt genug, um zu bestimmen, was wir tun und was nicht. Wie bis jetzt auch.«

Marvin lachte höhnisch.

»Selbst für dich, Marvin, wäre es eine Erleichterung, mit den Tantiemen für deine Musik einen Krippenplatz für Madelyn bezahlen zu können. Und Marisha müsste nicht mehr in dem Kleiderladen arbeiten.«

»Das macht sie gerne.«

»Ach komm! Billige Glitzer-Shirts an bescheuerte Schaufensterpuppen hängen – dafür ist sie doch tausendfach überqualifiziert.«

»Ich weiß nicht, ich weiß nicht«, seufzte Soul und schüttelte den Kopf. »Also, wenn ihr mich fragt, haben wir uns als Band bis jetzt organisch entwickelt, natürlich wie eine Pflanze. Eins kam nach dem anderen, immer haben wir Schritt für Schritt genommen – und jetzt sollen wir einen solchen Sprung machen?«

Spike fuhr hoch. Er konnte sich nicht beruhigen. »Stellt euch vor: Wir haben diese Wahnsinnsmöglichkeit und schlagen sie aus. Und in zwei Jahren geht Raspberry Records pleite. Wisst ihr, wie wir dann dastehen?«

»Wann haben wir eigentlich zuletzt eine Abrechnung von Raspberry bekommen?«, fragte Slash und stand auf.

»Und wer sagt, dass diese verdammten Abrechnungen stimmen?«, warf Spike ein. »So wenig kann man mit unserer Musik eigentlich gar nicht verdienen – ein paar unserer Songs sind doch bei YouTube durch die Decke gegangen.«

»Die letzte Abrechnung ist schon eine halbe Ewigkeit her«, bestätigte Harvy. Dass das Independent Label finanzielle Engpässe hatte, war nicht zu übersehen. Die Büroräume wurden von Jahr zu Jahr kleiner, die Kommunikation minimalistischer, immer weniger Angestellte betreuten immer mehr Bands. War das gut für die Raccoons?

»Ich finde, wir sollten Sony eine Chance geben. Wenn uns das Setting bei dem Major Player missfällt, können wir jederzeit wieder in die Indie-Szene wechseln«, sagte Spike.

»Aber Raspberry hat so viel für uns getan!«, wandte Marvin ein.

»Am Anfang, ja.«

»Ohne Raspberry wären wir nirgends.«

»Sie ohne uns auch nicht.«

»Phil wird die Welt nicht mehr verstehen, wenn er von unseren Plänen erfährt«, sagte Soul.

»Phil ist ein fantastischer Produzent«, stimmte Harvy zu. »Wenn es um Musik geht, gibt es keinen besseren. Mein Geld würde ich ihm jedoch nicht anvertrauen. Genau das machen wir aber seit Jahren.«

»Was?«

»Unsere Tantiemen werden doch vollkommen chaotisch errechnet. Die Zettelwirtschaft in Phils Büro, die meterhoch aufgetürmten Schuhschachteln. Die dauernden Computerabstürze. Buchhaltung kann man das nicht nennen. Genau darum hat jeder von uns noch zwei, drei Jobs am Hals. Bei Sony brauchen wir die nicht mehr.«

»Auch bei Sony wird es faule Eier geben.«

»Vor allem wären wir bei Sony ein kleines Rädchen im Getriebe. Bei Raspberry sind wir der Top Act.«

»Raspberry ist doch gar nicht das Thema«, warf Soul ein. »Das Thema ist Tony Tangeroli. Wie Marvin richtig erwähnt hat, rückten wir in die Nähe des organisierten Verbrechens. Man muss nicht an schlechtes Karma glauben, um zu wissen, dass das für unsere Musik nicht gut sein wird.«

»Jetzt komm nicht mit diesem Eso-Scheiß, Soul«, wetterte Spike. »Zum ersten Mal werden wir nicht ständig tausend andere Dinge um die Ohren haben. Unsere Musik wird richtig zur Entfaltung kommen.«

»Sie wird leuchten und glühen und neue Sphären erreichen«, lästerte Marvin.

»Was sind wir denn dem Typen schuldig, wenn der Deal zustande kommt?«, fragte Soul.

»Darüber haben wir nicht gesprochen«, erwiderte Harvy. »Aber so, wie ich das sehe, ist das ein reiner Freundschaftsdienst. Ich glaube, er will vor allem seiner Freundin eine Freude machen, die voll auf unsere Musik abfährt.«

»Ach so, eine Frau steckt dahinter!«, rief Spike. »Wie hinter jeder guten Sache.«

»Können wir überhaupt nein sagen?«, warf Marvin ein. »Soweit ich weiß, kann man Tony Tangeroli keine Bitte abschlagen.«

Schweigen erfüllte den Raum, einer blickte den anderen an, und Harvy starrte betreten auf die Schwarz-Weiß-Poster über dem Sofa, die das alte, rauchende New York der Zwanzigerjahre zeigten. Das Argument war nicht unberechtigt.

Harvy sagte schließlich: »Es ist doch gar keine Bitte, sondern ein Vorschlag.« Wenn sie jetzt eine Grundsatzdiskussion führten, war es vorbei. »Stimmen wir also über den Deal ab«, schlug Harvy vor. »Dagegen?«

Marvin und Soul hoben die Arme.

»Dafür?«

Spike, Slash und er streckten die Hände hoch.

»Wunderbar!«, rief Harvy enthusiastisch aus. »Damit haben wir ein eindeutiges Ergebnis! Wir werden es nicht bereuen.«

12

Eine Woche später fuhr Harvy zusammen mit Tangerolis Anwalt Ryan Buonocore zum Hauptsitz von Sony Music. Ryan Buonocore mochte Ende dreißig sein, war chic angezogen und vertrat, wie er sagte, nur einen einzigen Klienten. Der smarte mittelgroße Mann mit der markanten Nase wirkte gebildet und weltgewandt, sein Auftreten war charmant, und zu alledem verströmte er eine Note wohltuender Bescheidenheit. Im Gegensatz zu Tony Tangeroli interessierte sich Buonocore brennend für Musik, nicht zuletzt für jene, die gerade herauskam, und er outete sich gar als Fan der Raccoons. Er hatte die Band schon lange vor Tony Tangeroli gekannt, hatte ihre Alben auf iTunes heruntergeladen, und der Plan, einem der größten Plattenlabels der Welt ein Angebot vorzulegen, bereitete ihm sichtlich Vergnügen.

Dass die halbe Unterwelt New Yorks auf die Raccoons abfuhr, verwunderte und beunruhigte Harvy. Aber er war auch beeindruckt. Er hatte nicht gewusst, dass sich Tony Tangeroli von einem derart kultivierten Anwalt beraten ließ. Ob Ryan Buonocore selber ein Gangster war, konnte er nicht einschätzen. Eigentlich sah er nicht so aus, der distinguierte Herr trug sogar Manschettenknöpfe. Er lud ihn auf einen Mojito in die Bar im Parterre ein. Am Tresen kamen sie gleich über Rick Wave, The Maze und andere Bands, die sie seit ihrer Jugendzeit verfolgten, in ein lebhaftes Gespräch, dass sie beide beinahe die Zeit vergaßen.

Doch den Chef von Sony ließ man nicht warten. Also schwebten sie alsbald mit dem Lift in das oberste Stockwerk des Wolkenkratzers, öffneten schwungvoll zwei durchsichtige Glastüren, wurden von einer rundlichen, leicht bärbeißigen Sekretärin in Empfang genommen und warteten bei leiser Klaviermusik auf einer Kalbsledercouch auf den Big Boss. Als sie nach Kaffee fragten, verwies sie die Empfangsdame mit dem Headset kurz angebunden an die Maschine auf einem gläsernen Chromstahltisch – eine futuristische Kees van der Westen. Harvy überlegte, wie er die edle Maschine hier herausbekommen könnte. Ob er sie in die große Tasche stecken könnte, die er an der Garderobe hatte hängen sehen? Würde er den Drachen am Schreibtisch um den Finger wickeln können? Und was war mit Ryan Buonocore?

Dieser lehnte sich zurück, schlürfte genüsslich den Kaffee, den die Kees van der Westen gebrüht hatte, und sagte: »Ich bin sicher, wir stecken das Ding in die Tasche.«

Harvy fuhr zusammen. »Wie bitte?«

»Na, den Deal. Wir sacken den Vertrag ein.«

Ryan Buonocore war bester Dinge und überzeugt, dass der Chef des Plattenlabels Tony Tangerolis Angebot annehmen würde. Er vertraute auf den Nimbus seines Auftraggebers, auf dessen exzellente Beziehungen ins Showbusiness und seinen legendären Ruf als Drahtzieher im Hintergrund.

Schließlich wurden sie von der Vorzimmerdame in Tom Mancusos Büro geleitet. Kaum waren sie in der Suite, staunte Harvy über die Aussicht – Manhattan lag zu ihren Füßen, die Spitze des Rockefeller Center leuchtete in der Nähe, die Wolkenkratzer wirkten wie Spielzeuge. Hinter einem gewaltigen, mehrere Meter breiten Mahagoni-Schreibtisch saß der gepflegte, ungeheuer fit aussehende Mancuso im Businessanzug und kraulte zärtlich eine übergroße Katze, die sich auf seinem Schoß rekelte. Er bat die Besucher, sich zu setzen, während die Katze, die an einen jungen Leoparden erinnerte, schnurrende Laute von sich gab.

»Wow, was für eine Katze!«, rief Harvy. Mutter Tangerolis Spruch kam ihm in den Sinn, das Ganze war ihm ein Zeichen.

»Es ist eine Ashera-Katze. Eine Kreuzung aus einem afrikanischen Serval, einem asiatischen Leoparden und einer Hauskatze.«

»Beeindruckend«, pflichtete Ryan Buonocore bei. Die Katze setzte sich auf und nahm die Besucher scharf, wissend beinahe, in den Blick.

»Ashera ist die teuerste Katze der Welt. Sie verkörpert die Wildheit und Schönheit eines Raubtiers, ist aber friedlich wie eine Hauskatze. Es gibt nur ganz wenige Exemplare. Vor zwei Jahren habe ich sie für 25 000 Dollar erworben. In der Zeit ist sie mir mehr als nur ans Herz gewachsen – sie ist mein Ein und Alles.«

»Ein Prachtstück!«, bestätigte Harvy, der sich unter dem tadelnden, selbstbewussten Blick der Ashera etwas unwohl fühlte. Auch dass der Big Boss das Tier bei dieser Sitzung vorführte, irritierte ihn.

»Sie ist nicht nur sehr elegant, sondern auch extrem intelligent. Sie registriert alles. Darum habe ich sie bei Besprechungen gerne mit dabei.«

Ashera gab einen grollenden Laut von sich und fauchte, dann kamen sie zum Geschäftlichen.

»Womit kann ich Ihnen dienen?«, fragte Tom Mancuso gelassen.

»Ich bin Wirtschaftsanwalt und komme im Auftrag meines Klienten Tony Tangeroli«, sagte Ryan Buonocore. »Meinen Mandanten kennen Sie oder haben schon von ihm gehört.«

»Mhm, mhm«, machte Mancuso.

»Mister Tangeroli versichert Sie seiner tiefsten Dankbarkeit und seiner unverbrüchlichen Freundschaft, wenn Sie ihm eine kleine Gefälligkeit erweisen könnten. Diese kleine Gefälligkeit wäre, die Band Raccoons – der Leadsänger Harvy sitzt mit uns am Tisch – als Top Act unter Vertrag zu nehmen und das neue Album der Band zu produzieren.«

Das Gesicht von Tom Mancuso zeigte keinerlei Regung, auch der Blick der Ashera-Katze war unverändert stechend. »Und was bietet Mister Tangeroli dafür an?«, fragte der Big Boss nüchtern.

»Ein Teil Ihrer Studiomitarbeiter ist bei der Gewerkschaft und könnte wegen der Lohnkürzungen und Sparmaßnahmen zum Streik aufrufen. Mister Tangeroli wird dafür garantieren, dass Sie davon verschont bleiben. Nicht zuletzt hat Ihr weiblicher Topstar ein ernsthaftes Problem mit den Steuerbehörden und könnte für mehrere Jahre im Gefängnis verschwinden. Meinem Mandanten wird es eine Ehre sein, dieses Problem zu Ihren Gunsten zu beeinflussen. Sollten weitere Hindernisse auftauchen, würde ein Anruf genügen, um sie aus der Welt zu schaffen.«

Ashera hob eine Pfote und grollte, Tom Mancuso legte die Stirn in Falten und betrachtete den goldenen Ring an seinem Finger. Schließlich sagte er nachdenklich: »Sie wollen mich erpressen?«

»Keineswegs«, erwiderte Buonocore. »Es geht, wie gesagt, um einen Freundschaftsdienst, der Ihnen jede Menge Vorteile bringt. Dafür bürgt mein Mandant mit seinem Einfluss.«

Harvy fiel auf, wie sich Mancusos glattes Gesicht mit Röte

überzog und sich seine Mundwinkel nach unten bogen. »Hören Sie, ich sage Ihnen und Ihrem Boss, dass die Raccoons nie – ich betone: nie! – bei Sony unter Vertrag genommen werden. Es interessiert mich nicht, wer hier deshalb antanzt. Sony ist ein eigenständiges Unternehmen und lässt sich nicht unter Druck setzen. Nie und nimmer! Richten Sie das Ihrem Klienten aus!«

Ashera schnurrte und schmiegte sich an Mancuso. Dieser lächelte maliziös. »Und noch etwas möchte ich Ihnen sagen. Ich habe früher mit dem Bürgermeister Tennis gespielt, er ist ein guter Freund von mir. Falls er erfährt, dass Hell's Hand versucht, mich zu erpressen, wird die Organisation, für die Sie arbeiten, drankommen. Dann ist es mit der Protektion von oben ein für allemal vorbei.«

Buonocore ließ sich nicht aus der Ruhe bringen. Er zeigte seine offenen Handflächen und sagte mit ruhiger Stimme: »Schauen Sie, Mister Mancuso, ich bin Anwalt, ich bin nicht hier, um zu drohen. Mein Mandant wird jede Bedingung erfüllen, damit sein Herzenswunsch, dass die Raccoons bei Sony herauskommen, erfüllt wird. Wie ich gehört habe, sind Sie von der Musik der Raccoons durchaus angetan.«

Mancuso wandte sich an Harvy: »Keine Frage, die Raccoons sind verdammt gut. Ihre Musik hat das gewisse Etwas, ist eigenwillig, eingängig und überraschend. Mit dem richtigen Marketing könnten sie ganz groß herauskommen, und es ließe sich eine schöne Stange Geld mit ihnen verdienen.«

»Genau deshalb sind wir ja hier, Mister Mancuso«, sagte Buonocore. »Weil auch wir von der Qualität der Band überzeugt sind, weil wir wissen, dass sie außerordentliche Songs im Repertoire hat und Sony das perfekte Label ist, um sie durchstarten zu lassen. Falls Geld das Problem sein sollte, würde mein Klient nicht zögern, das Projekt mit den entsprechenden Mitteln großzügig zu unterstützen. Verstehen Sie mich nicht falsch, Mr. Mancuso. Wir möchten Sie zu nichts drängen, Ihnen nichts aufzwingen, wir möchten, dass bei diesem Projekt am Schluss alle als Gewinner dastehen. Ihre Freundschaft zum Bürgermeister ist uns bekannt und sehr willkommen. Auch wir schätzen den Bürgermeister, Mr. Tangeroli ist ein persönlicher Freund des Magistraten. Aufgrund dieser Ausgangslage und der vielfältigen Verbindungen sind wir vom Erfolg unseres Vorschlages restlos überzeugt.«

Der Chef ließ die Katze zu Boden gleiten. Ashera jagte auf ein Stofftier in einer Ecke der Suite zu, um es zu fassen und mit den Pfoten zu traktieren. Mancuso strich sich mit der Hand den Scheitel glatt. »Eine Band ganz nach oben zu bringen kostet ein paar Millionen Dollar.«

Buonocore nickte verständnisvoll. »Die Möglichkeiten meines Mandanten sind bekannt. Wenn er nicht absolut sicher wäre, dass Sony das ideale Label für die Band ist, hätte er sich nicht mit Ihnen in Verbindung gesetzt. Er glaubt genauso an Sony wie an die Raccoons. Er ist ein großer Bewunderer Ihrer Arbeit.«

Mancuso war geschmeichelt. »Ashera! Ashera!«

Die Katze sah auf, ließ von ihrer Stoffmaus ab, trottete wie ein Mannequin auf einem Laufsteg mit hoch erhobenem Kopf zu ihm und sprang elegant auf seinen Schoß.

»Das ehrt mich sehr«, sagte Mancuso, »aber ich kann die Raccoons beim besten Willen nicht produzieren, selbst wenn ich es wollte. Die Verträge für die nächsten zwei Jahre sind unter Dach und Fach, die Startplätze sind vergeben, die Planung läuft auf Hochtouren. Wir können nicht alles auf den Kopf stellen und auf die Schnelle eine neue Gruppe lancieren. Das braucht Zeit, und die ist nicht vorhanden. Tut mir leid.«

»Mister Mancuso, sind Sie denn skeptisch, was die Zusicherungen meines Mandanten betrifft?«

»Ganz und gar nicht, mir ist völlig klar, wie weit der Einfluss von Tony Tangeroli reicht. Ich weiß, dass man sich in jeder Beziehung« – er dehnte dabei ›jeder‹ – »auf ihn verlassen kann.«

»Na also.«

»Trotzdem muss ich Ihre Bitte leider abschlagen. Richten Sie Ihrem Boss aus, dass ich ihm jederzeit jeden anderen Dienst gerne erweise.«

»Mister Tangeroli bittet nie ein zweites Mal um etwas.«

»Bei diesem Anliegen habe ich leider keinen Spielraum.«

Buonocore wurde ungeduldig. »Wo liegt das Problem?«

Mancuso schüttelte den Kopf. »Es geht nicht«, sagte er. »Wir haben rigide Compliance-Vorschriften.«

»Sie verstehen mich falsch«, sagte Buonocore ärgerlich.

»Keineswegs.« Mancuso erhob sich. »Meine Herren, darf ich Sie bitten. Ich habe gleich einen wichtigen Termin mit Beyoncé.«

Buonocore lächelte kühl. »Ich glaube, dass Ihre Absage ein Fehler ist.«

»Nichts zu machen.«

Unter den hellwachen Augen der Ashera-Katze, die sich auf dem Mahagoni-Tisch reckte, verließen sie das Büro. Bevor sie draußen waren, entdeckte Harvy an der Wand ein Foto, das Tom Mancuso und Bob Bolletieri Arm in Arm zeigte. Er zuckte zusammen. Schlagartig war ihm alles klar. Dem Anwalt erzählte er nichts.

Im Vorzimmer bedachte sie die Empfangsdame mit einem

kurz angebundenen »Auf Wiedersehen«, während Harvys Blick noch einmal mit Wehmut zur Kaffeemaschine glitt.

»Keine Sorge«, sagte Buonocore im Lift und klopfte dem ernüchterten Harvy aufmunternd auf die Schultern. »Es ist nur eine Frage der Zeit, dass die Raccoons bei Sony herauskommen.«

13

Harvy benachrichtigte Jennifer und seine Kumpels, dass es mit dem Deal nicht geklappt hatte. Die Enttäuschung war groß, selbst Marvin und Soul reagierten zurückhaltend. Harvy verfluchte Bob Bolletieri, der nicht aufhörte, sie wie ein böser Geist zu verfolgen, aber etwas in ihm atmete auch auf. Tony Tangeroli als Paten zu haben wäre ein waghalsiges Konstrukt gewesen, wenn er an Jennifer und sich dachte. Vielleicht wäre es auch für die Raccoons nicht das Richtige gewesen, vielleicht brauchte die Band zum Kreativsein einfach ein fleckiges Sofa an Stelle einer Kalbsledercouch?

Ein paar Tage später fischte er einen Brief von Sony aus dem Postfach. Er öffnete den Umschlag, und heraus fiel ein unterschriftsreifer Vertrag für die nächsten drei Alben der Raccoons. Beigelegt war ein Schreiben von Tom Mancuso, der Harvy und die Bandmitglieder freundlich bat, den Kontrakt so schnell wie möglich unterschrieben zurückzuschicken. Harvy schüttelte ungläubig den Kopf. Ryan Buonocore hatte recht behalten. Was war geschehen? Harvy war nicht sicher, ob er die Antwort auf diese Frage wirklich erfahren wollte.

Buonocore schilderte ihm schließlich, wie sich Paulie der Sache angenommen hatte. Der Button-Man hatte sich, von Cannoli mit dem nötigen Ausweis versehen und als Sicherheitsmann getarnt, in das Gebäude geschleust und es geschafft, in einem unbeobachteten Moment Mancusos Liebling, die Ashera, mit einem Katzenstick in einen großen Korb zu locken. Auf diese Weise hatte er die Luxuskatze in einen Abstellraum geschmuggelt, um sie dort mit einer Spritze ruhigzustellen. Dann rasierte er das betäubte Tier rundum mit einem elektrischen Schafscherer. Das gesamte Fell habe Paulie sauber und ohne einen Kratzer weggeschoren, als schäle er eine Orange. Kein einziger Tropfen Blut sei geflossen, selbst Schwanz und Geschlecht habe er minutiös enthaart. Am Schluss habe die Katze wie ein Monster ausgesehen: nackt und hässlich. Den entsetzlichsten Anblick habe der Kopf geboten: die hellblauen ausdrucksstarken Augen hätten, als sie wieder zu Leben erwachten, verloren aus dem kahl rasierten Schädel gestarrt, wissend, dass etwas nicht in Ordnung war.

Paulie hatte sie im Flur des obersten Stockwerks freigelassen, wo sie sich benommen und verängstigt in einer Ecke verkroch. Wenig später sei Tom Mancuso aufgetaucht, habe aber zunächst nicht erkannt, was sich am Boden herumdrückte. Als er realisierte, dass seine über alles geliebte Ashera in ein furchterregendes Alien verwandelt worden war, sei er erstarrt und habe wie am Spieß gebrüllt. Minutenlang habe er geschrien, getobt, gegen die Wände geschlagen und sei zu guter Letzt, den entstellten Liebling in den Armen, weinend und wimmernd zusammengebrochen. Da wusste Paulie, dass er verschwinden konnte. Mit einem Sack voller Katzenhaar und dem Schafscherer habe er sich aus dem Staub gemacht.

Harvy war sprachlos. Diese Geschichte konnte er seinen Kumpels unmöglich erzählen. Spike war beim WWF – sie würden den Vertrag nie und nimmer unterschreiben.

Kaum hatte er das Gespräch mit Buonocore beendet, klingelte es schon wieder. »Na endlich, du hast ja ewig telefoniert«, meldete sich Jennifer und fragte ihn, ob er Lust auf eine Bootstour habe. Sie besaß eine kleine Jacht auf dem Hudson. Um nicht aufzufallen, könnte sie um Manhattan herumfahren und ihn drüben in Queens an Bord nehmen, beim alten Landungssteg von Long Island City. Harvy hatte Jennifer drei, vier Tage nicht mehr gesehen. Hätte er etwa nein sagen sollen?

Von seinem Apartment aus brach er auf zur Fähre der New York Waterways, die ihn zu den Wolkenkratzern von Long Island City hinübertrug. Dort ging er an Bord von Jennifers »Ali Baba«. Sie herzten sich, und während sie den Motor anließ und das Steuer umfasste, umfing er sie zärtlich von hinten. Jennifer drehte auf und brauste Richtung Downtown, steuerte das Boot direkt auf die Wellen zu, welche die East-River-Fähre schlug, schoss mit Wucht darüber, dass die Jacht hochschnellte, über den Wellenkamm flog und mit lautem Knall aufsetzte, um gleich wieder abzuheben. Ungestüm war diese Jubelfahrt, ungestüm und durchgeknallt, es zischte, sprühte und schäumte, Gischt zerstob in der Luft, und bei jedem Sprung schrien und jauchzten sie wie Kinder. Weiter unten, unter den Stahlseilen der Brooklyn Bridge, kam Harvy Luis Luciano in den Sinn, der hier irgendwo auf Grund lag, aber er versuchte, den Gedanken zu verscheuchen. In einem Höllentempo sausten sie an Governor's Island und der Freiheitsstatue vorbei, passierten langsam tuckernde Tanker und mit Containern beladene Frachter, gelangten in die Upper Bay, durch die Narrows unter der monumentalen Verrazano Bridge hindurch, vor deren enormen Bogen sie sich einmal um die eigene Achse drehten, bevor sie einen majestätischen Luxusliner hinter sich ließen. Die ganze Zeit über wehte ihm der Wind Jennifers langes Haar ins Gesicht, dessen Mandelduft sich mit dem Geschmack von Salz und Dieselgeruch mischte. Immer weiter glitten sie auf den in der Sonne glitzernden Atlantik hinaus, das unerhört helle Licht, der tiefblaue Himmel und der endlose Ozean versetzten sie in einen ekstatischen Rausch. Schließlich gingen sie in der Nähe eines stillen Strandes bei Sandy Hook vor Anker. Kein Mensch war zu sehen, nur weit, weit weg flimmerte wie eine Fata Morgana die Südspitze von Manhattan. Als das Boot bloß noch sanft hin- und herschaukelte, kam Jennifer auf den Vertrag mit Sony zu sprechen: »Ein fantastischer Deal, nicht wahr?«

»Der absolute Wahnsinn. Das wird unser Leben verändern.«

»Hast du mit Ryan gesprochen?«

»Ja. Er hat mir von der kahl geschorenen Ashera-Katze erzählt. Sind Tonys Geschäftsmethoden immer so rabiat?«

»Meist genügt sein Name, und man kann mit den Leuten vernünftig reden. Aber wenn man ihm keinen Respekt zollt, wird er zornig. Manchmal muss man die Menschen eben zu ihrem Glück zwingen.«

Harvy sah kopfschüttelnd auf das Meer hinaus. »Um eine solche Summe für eine Katze ausgeben zu können, muss man schon verdammt reich sein. Ich möchte nicht wissen, was dieser Mancuso verdient.«

»Mit dem musst du kein Mitleid haben.«

Zusammen beobachteten sie, wie ein Kormoran mit einem Kopfsprung nach unten tauchte, im Schnabel etwas an die Oberfläche zerrte, das wie ein Seestern aussah. Der Kormoran verschluckte die Beute samt und sonders. Harvy starrte bedrückt auf den dicken Hals des Wasservogels. »Was mir Sorgen macht, ist Bob Bolletieri. Scheint ein guter Freund von Mancuso zu sein.«

»Der Journalist? Wenn deine Jungs heute Abend den Vertrag unterzeichnen, dann kann der schreiben, was er will.«

Jennifer hob die Hand, sie klatschten sich lachend ab, zogen die Kleider aus und sprangen ins Wasser. In den anbrandenden Wogen balgten und spritzten sie herum, hielten und drückten sich, tauchten und prusteten, um schließlich erschöpft zur Jacht zurückzuschwimmen, wo sie sich auf das Deck legten und sich von Sonne und Wind trocknen ließen. Klebrig vom Salzwasser lagen sie da, schmiegten sich aneinander, plauderten und träumten, beobachteten die Schäfchenwolken, die am Himmel aufzogen, die Möwen, die über dem Küstenstreifen kreisten.

Als der Himmel sich bezog und der Wind stärker wurde, setzte sich Harvy auf und schaute dem Kormoran zu, wie er etwas ausspuckte. Der Seestern sah aus wie eine Hand. Harvy rüttelte Jennifer, und auch sie sah das Ding, das auf dem Wasser zur »Ali Baba« trieb.

»Oh Gott!«, rief Jennifer.

Sie winkelte die Knie an, und Gänsehaut überzog ihre Arme. »Lass uns aufbrechen«, flüsterte sie.

Hastig schlüpften sie in ihre Kleider, Jennifer lichtete den Anker, warf den Motor an, und sie rauschten los in Richtung der Türme, die hinter dem kleinen schwarzen Fleck eines Dampfers am Horizont zu erkennen waren. Dabei flatterten Hunderte von Kormoranen auf, so dass sich der Himmel von den schwarzen Vögeln verdunkelte.

»Hell's Hand«, ging es Harvy durch den Kopf, als er sich noch einmal zu dem vermeintlichen Seestern umdrehte, der von den Wellen gegen den Strand von Sandy Hook getragen wurde, während die Meerraben ein aufgebrachtes Gekrächze hören ließen.

14

Mama Makeda strahlte, als die Gäste eintrafen, sie überschwänglich umarmten, mit blumigen Worten Glückwünsche und Geschenke überbrachten und ihr pralle Umschläge voller Dollars in die Hand drückten. Jeder wollte den anderen übertreffen, jeder wollte der Großzügigste sein, alle wollten ihre Hochachtung für Tony Tangerolis Mutter mit der größtmöglichen Summe ausdrücken. Tony stand stolz neben ihr und begrüßte jeden einzelnen der auf die Dachterrasse Strömenden mit ausgesuchter Herzlichkeit. Harvy, der das Treiben hinter Palmen verborgen beobachtete, erkannte berühmte Schauspielerinnen und ranghohe Politiker, den schmächtigen Jockey und einen berüchtigten Boxer, der beim Weltmeisterschaftskampf im Madison Square Garden seinen Gegner nicht bloß auf die Bretter, sondern gleich in ein Marmorgrab geschickt hatte. Überall amüsierten sich bildschöne Frauen in gewagten Cocktailkleidern, es wimmelte nur so von Beaus in maßgeschneiderten Anzügen und von Typen der Halbwelt, die sich an den afrikanischen Spezialitäten bedienten, sich mit exotischen Drinks in Stimmung brachten, ausgelassen tanzten und sich ungeniert an die Damen heranmachten.

Tony Tangeroli war ein perfekter Gastgeber für das Geburtstagsfest der Mutter, ein Mann von Welt, wie man ihn sich vorstellte, und genau dies machte Harvy eifersüchtig. Später würden er und die Raccoons auf der Bühne beim

Swimmingpool zu Ehren der Mutter aufspielen. Es war nicht einfach gewesen, seine Jungs davon zu überzeugen, dass sie hier auftreten mussten, schließlich war es genau das, was sie immer hatten vermeiden wollen. Erst mit dem Hinweis darauf, dass Mama Makeda als liebenswerte Mama Africa galt, hatte er sie herumgekriegt. Im Grunde hatten sie keine andere Wahl gehabt, jetzt, da ihr neues Album durch die Decke ging und sich Tony Tangeroli nur zu gerne in dem überwältigenden Erfolg sonnte.

Doch Harvy war nicht wohl bei der Sache. Jennifer war da, und er wusste nicht, ob er sie überhaupt anblicken durfte, wie er sich verhalten sollte, wenn sie sich begegneten. Zudem gab sich auf der Terrasse alles, was in der Unterwelt Rang und Namen hatte, ein Stelldichein. Wo führte das hin, wenn die Raccoons hier spielten? Flatterten ihnen bald weitere Angebote ins Haus, die sie nicht ablehnen konnten?

Mama Makeda zupfte ihn am Ärmel und riss ihn aus seinen düsteren Gedanken.

»Harvy?«

»Ja?«

»Ich bin Tonys Mutter. Schön, Sie kennenzulernen.«

»Freut mich. Herzlichen Glückwunsch zum Geburtstag!«

Er fühlte ihre weiche, kräftige Hand, die sich um seine schmiegte, als wolle sie ihn nicht mehr loslassen.

»Ich habe schon so viel von Ihnen gehört. Ihr neues Album ist der pure Wahnsinn.«

Harvy lachte. Die Wärme ihrer Hand beruhigte ihn.

»Es läuft bei mir von morgens bis abends. Meine absoluten Lieblingssongs! Darum habe ich Tony gebeten, Sie für das Fest zu engagieren. Ich bin so glücklich, dass Sie kommen konnten.«

»Keine Ursache«, sagte Harvy, während Mama Makeda ihn wie beiläufig am Unterarm fasste und sich bei ihm einhakte.

»Einen Drink?«, fragte sie.

»Sehr nett von Ihnen, aber nicht vor dem Konzert.« Tatsächlich hätte Harvy seine Sorgen liebend gerne heruntergespült. Aber jetzt brauchte er volle Konzentration. Es reichte, wenn die anderen Leute schon halb beschwipst herumhingen.

»Oder ein Häppchen?«

»Da kann ich nicht nein sagen.«

»Probieren Sie dieses Krokodilfleischkanapee. Es schmeckt himmlisch!«

»Krokodilfleisch?«

»Wir Afrikaner glauben, dass die Eigenschaften des Tieres, das wir essen, auf uns übergehen. Wir sind überzeugt, dass man zu dem wird, was man isst. Das Häppchen wird Sie ungeheuer stark machen, mein Lieber!«

Mama Makeda lachte laut auf, als sie Harvys verdutztes Gesicht sah.

»Keine Angst«, sagte sie, »Krokodilfleisch ist sehr zart. Es schmeckt wie Hühnchen mit einem Hauch von Fisch – eine Delikatesse.«

Harvy fühlte, wie sich sein Magen zusammenzog. Aber der Mutter des Paten konnte er kaum etwas abschlagen. Er lächelte und schob das hübsch garnierte Weißbrotschnittchen in den Mund. Es schmeckte gar nicht so schlecht, wenn er ehrlich war, schmeckte es sogar ausgezeichnet. Aber wenn seine beim Tierschutz engagierten Mitspieler erfuhren, dass hier Krokodilfleisch serviert wurde, würden sie sich weigern, ihren Instrumenten auch nur einen Ton zu entlocken, und dann hatten sie ein saftiges Problem – eines mehr an diesem schaurig schrägen Abend.

»Wie schmeckt's?«, fragte Mama Makeda.

»Nicht schlecht.«

»Es ist das Filet vom Schwanz. Pikant und knusprig, nicht wahr? Noch ein Zebra-Häppchen?«

Harvy zuckte zusammen.

»Danke, vor dem Auftritt möchte ich nicht zu viel essen, und Dinge, die ich nicht kenne, schon gar nicht.«

Mama Makeda nickte und fasste ihn sanft um die Taille. »Aber nachher schlagen wir zusammen zu, versprochen?«

Harvy spürte ihre weichen Hüften an seinem Beckenknochen.

»Klar. Nach dem Konzert lassen wir die Puppen tanzen.«

»Dann bis später, mein süßes Kroko«, sagte sie mit einem Augenzwinkern und tätschelte seinen Hintern.

Mama Makedas Manöver verunsicherten ihn. Harvy warf einen Blick in die Runde, um sich zu vergewissern, dass Jennifer nicht in der Nähe war. Aber er entdeckte nur Tony Tangeroli, der mit einer kaum Siebzehnjährigen herumturtelte, die ihre nackten Beine in schnürsenkellosen Turnschuhen lässig vom Hocker baumeln ließ. Von Jennifer war nichts zu sehen.

Er ging hinunter in das Apartment unter der Terrasse, wo sich die Jungs in einer geräumigen, mit allen Schikanen ausgestatteten Suite, die zur Garderobe umgewandelt worden war, für den Auftritt vorbereiteten. Die Zebra- und Krokodilhäppchen waren zum Glück nicht bis zu ihnen vorgedrungen, sie nippten an eisgekühltem Bier und hellgrünem Pisco Sour. Obwohl die Raccoons gerade sensationelle Erfolge feierten, fühlten sie sich sichtlich unwohl. Die eine Hälfte der

Leute schien nur auf dem Fest zu sein, um die andere Hälfte zu beobachten – während die einen ausgelassen feierten, drucksten die anderen verstohlen herum, schätzten mit Blicken den Wohlstand, den Wert und den Status der Ersteren ein, was eine unheimliche Atmosphäre ergab. Zudem war die Schießwut der Männer von Hell's Hand legendär, die Brutalität der Bande bekannt. Bei manchen konnte man die Pistole im Hosenbund oder in der Jackentasche förmlich riechen. Vor solch einem Publikum zu spielen war kein Zuckerschlecken. Harvy und seine Kumpels hatten ein mulmiges Gefühl, fürchteten Schlägereien und Tumulte. Sie hofften, dass die vielen eleganten Frauen, die sich auf der Party amüsierten, den Mob zähmten und zivilisierten. Und nicht zuletzt vergnügte sich ja auch die Hautevolee auf der Terrasse und nicht bloß Gangster – oder war das letztlich dasselbe?

Nachdem sie von Tony als die Shootingstars der Stunde angekündigt worden waren, die als Geschenk an seine Mutter hier auftraten, begann die Menge zu kreischen und zu johlen, und während die Jungs auf einem Boot zur Bühne über dem Swimmingpool ruderten, wurde die Terrasse zum Tollhaus und das Gedränge so dicht, dass manche mit einem Champagnerglas oder einem Cocktail in der Hand ins Wasser sprangen, um das Konzert von dort aus mitzuverfolgen.

Als alle Bandmitglieder auf der Bühne waren, begann Soul swingend ins Saxofon zu blasen, Slash unterlegte die Melodie mit dem Keyboard und Harvy rief: »Für das Geburtstagskind!« Er schnippte mit den Fingern, klopfte mit dem Fuß den Takt und hob an, das eigens für Mama Makeda kreierte Lied zu singen – das Lied vom Schwanz des Leoparden, den man nicht anfassen, aber wenn man ihn doch anfasste, nicht mehr loslassen durfte. Während des Songs war es mucksmäuschenstill, nach und nach aber stimmten mehr und mehr in den Refrain mit ein, zögerlich erst, dann immer lauter schrien alle aus voller Kehle »Mama Makeda Said«, so dass Tonys Mutter unablässig den Kopf schüttelte und ihr vor Rührung Tränen in die Augen stiegen. Sie hatte wohl gedacht, dass die Raccoons einfach ihre Hits herunterspielten, aber sie hatten sich für sie etwas einfallen lassen, und der stürmische Applaus, der nach dem Stück losbrandete und sich mit den Rufen mischte, die Mama Makeda hochleben ließen, wollte nicht aufhören. Harvy sah von der Bühne aus, wie selbst der Big Boss, der sonst kaum eine Miene verzog, vor Stolz und Zufriedenheit strahlte und seine Mutter, die vollkommen aus dem Häuschen war, liebevoll an sich drückte.

Tangeroli nickte Harvy wohlwollend zu. Aber war hier nicht alles Verstellung? War nicht alles falsch und Maskerade? Genügte nicht ein einziges falsches Wort, ein einziger falscher Ton, um von dieser Bühne geschossen zu werden und wie der große Gatsby blutüberströmt im Pool zu verenden? Harvy verdrängte diese Gedanken, während ihm zwielichtige Gestalten im Hintergrund lauernde Blicke zuwarfen. Er räusperte sich und stimmte *Rocking Raccoon* an. Das Krokodilhäppchen lag ihm schwer im Magen, und er spürte nicht nur, wie überschüssige Luft aus dem Bauch in den Mund strömte, sondern auch, wie etwas Saures sich in seinem Rachen ausbreitete und seine Stimme zu belegen drohte. Aber jetzt durfte sie nicht versagen, all dem durfte er keinen Raum geben. Er versuchte, sich zusammenzureißen, dachte daran, dass er nun nach afrikanischer Anschauung die Kraft eines Krokodils hatte und legte umso mehr Stimmgewalt in den Song, der sie vor Jahren zum Geheimtipp gemacht hatte.

Dann spielten sie die neuen Hits, mit denen sie nicht nur in den Staaten in den Charts gelandet waren, und die Leute johlten und tanzten dazu. Massive, wuchtige Kerle wirbelten Mädchen herum, ältere Herren bewegten sich ungezwungen auf der Tanzfläche, Mama Makeda wiegte ihre Hüften, klatschte in die Hände und stimmte in den Gesang mit ein, während im Pool exzentrisch frisierte Typen und mit Blümchenbikinis bekleidete Girls spritzend und prustend zur Musik kreischten.

Bei der ersten Zugabe entdeckte Harvy Jennifer, die nicht so flamboyant und wild wie sonst wirkte, dann aber stolz in seine Richtung schaute – zum Glück nicht an der Hand von Tony Tangeroli, sondern allein, etwas abseits des Geschehens. Als sie von der Bühne gingen und trotz des Geschreis nach Zugaben Pause machten und an ihren Bierflaschen und am Pisco Sour nippten, waren plötzlich Schüsse zu hören, Schüsse und Schreie, und alle fünf zuckten sie unwillkürlich zusammen. Entgeistert starrten sie sich an, nach dem ersten Schrecken warfen ihm die Jungs wütende Blicke zu – wo waren sie hier nur gelandet! Harvy sah fragend zu Tony, der ihm halb genervt, halb gönnerhaft ein Zeichen gab, sofort auf die Bühne zurückzukehren, offenbar waren es Schüsse in die Luft gewesen, Freuden- oder Warnschüsse, schwer zu entscheiden. Harvys Nackenhaare stellten sich auf, doch nach dem Moment der Bestürzung sprangen die Raccoons so rasch wie möglich auf die Bühne, legten sich noch einmal ins Zeug und spielten weitere Zugaben.

Danach war die Menge zufrieden, und während sie beim Verlassen der Bühne aufgeregt diskutierten, ob es bei dem dicht beflogenen Luftraum von New York nicht brandgefährlich war, in die Luft zu feuern, erhielt Harvy bereits das erste Angebot für einen Auftritt in Chicago bei einer, wie sich der kultiviert wirkende, wie Robert De Niro aussehende Mann ausdrückte, ›befreundeten Firma‹. Harvy verwies lächelnd auf den Agenten und das neue Management der Raccoons, doch das De Niro-Double (oder war es der echte?) ließ sich nicht abwimmeln, wedelte mit einem Packen Hundertdollarscheine herum, an dem ein Pferd erstickt wäre, bis Mama Makeda Harvy aus der Situation rettete, indem sie mit ausgebreiteten Armen auf ihn zuflog, ihn mit Tränen in den Augen umarmte und heftig an sich drückte.

»Das ist das schönste Geschenk, das mir je jemand gemacht hat«, schluchzte sie aufgelöst und presste ihn noch fester an ihren Busen, so fest, dass es ihm fast den Atem verschlug und De Niro es vorzog, sich zu verziehen.

»Nicht der Rede wert«, erwiderte Harvy und versuchte, sich taktvoll aus der Umklammerung zu lösen, was ihm nicht gelingen wollte. Er spürte Mama Makedas heißes Gesicht, die Tränen und die Schweißperlen auf ihrem Hals und ihren Backenknochen, die sich mit seinem eigenen Schweiß vermischten und ein kleines Feuchtgebiet zwischen ihnen entstehen ließen. Rundum rauschte es in einem Gewirr von Stimmen, Geheul und Gelächter, monotones Getrommel dröhnte aus den Lautsprechern, und der Geruch von Mama Makeda, die nach Kakaobutter und Kokosnuss duftete, drang in seine Nase. Schließlich gesellte sich Tony Tangeroli hinzu, gratulierte gentlemanlike zum Auftritt und bedankte sich für den Geburtstagssong.

»Was für ein Junge!«, schüttelte Mama Makeda immer wieder ungläubig den Kopf, Schweißperlen schimmerten wie Tau auf ihren Wangen, ihre feuchte Hand ließ sie auf Harvys verschwitztem Rücken ruhen.

»Ich wünschte Dad – Gott hab ihn selig – hätte das miterleben können«, sagte der Don und schnalzte mit den Fingern. Sogleich eilten von allen Seiten Kellner mit frischen Cocktails und Köstlichkeiten auf sie zu, boten Hummerspießchen und Wildlachstatar an. Sie nahmen sich Champagnergläser, und Mama Makeda stieß sanft mit Tony und Harvy an.

»Darf ich vorstellen, das ist meine Freundin Jennifer«, wandte sich Tony an Harvy, als Jennifer in einer Anwandlung aus Leichtfertigkeit und Souveränität dazutrat.

»Sehr erfreut«, sagte Harvy mit angehaltenem Atem und gab ihr die Hand.

»Schön, Sie kennenzulernen«, erwiderte Jennifer, die den Kopf verhalten entgegenkommend beugte, ihre Blicke die reinste Dunkelkammer. Harvy schienen sie zwischen Freude, Stolz und Ärger zu changieren. Vermutlich, weil Tony seinen unwiderstehlichen Charme spielen ließ und unverhohlen mit der schnürsenkellosen Siebzehnjährigen herumflirtete, während seine Mutter nicht aufhören wollte, Harvy in Beschlag zu nehmen. Dauernd streifte sie seine Arme und brach immer wieder in lautes Lachen aus, wenn er etwas von sich gab.

»Ein schönes Konzert«, sagte Jennifer, entschlossen, sich kurz zu fassen und es dabei bewenden zu lassen, es war zu gefährlich, sich hier zu unterhalten, es gab zu viele Augen, zu viele Ohren, auch wenn Mama Makeda jetzt von Gratulanten umringt wurde.

Tony sah Jennifer erstaunt an und warf ihr einen missbilligenden Blick zu, als hätte sie etwas Unbedachtes, ja Anstößiges gesagt. »Der Maestro hat mehr verdient als dieses Nullachtfünfzehnlob. Die Musik der Raccoons läuft ununterbrochen auf deinem iPod und du sagst ›ein schönes Konzert‹? Ein Triumph war's, ein Triumph der Kunst! Eine Emanation des Göttlichen! Eine Epiphanie!«

Tangeroli stemmte die Hände in die Hüften, setzte eine ernste Miene auf und schaute Jennifer verdrossen an. Hatte er etwas bemerkt? Zu ihm war er ausgesprochen freundlich gewesen, Harvy begriff nicht, was abging, wusste nur, dass dieses Gespräch so schnell wie möglich zu einem Ende kommen musste. Jennifer sagte nichts mehr, Tony verstummte, so dass die Unterhaltung abbrach. Peinliches Schweigen breitete sich aus, es wurde bedrückend, Befangenheit stellte sich ein, Tangeroli war plötzlich voller Grimm, Harvy lächelte verlegen in die Runde und schaute sich um, da packte ihn Mama Makeda, die sich ihrer Verehrer entledigt hatte, am Ärmel und führte ihn ans andere Ende der Terrasse, um ihm ihre Theorie des Essens von Raubtieren genauer darzulegen.

Aus den Augenwinkeln bemerkte Harvy, wie in der Zwischenzeit eine gewaltige Geburtstagstorte aufgefahren wurde. Jack Stracci, das leicht reizbare Oberhaupt der Familie, die das Glücksspiel, den Drogenhandel und den Schwarzmarkt für Edelsteine in New Jersey unter ihren Fittichen hatte, sollte die Ehre zufallen, sie anzuschneiden. Harvy schauderte. Die Straccis – das war die Bande, die ihn im Schlachthaus wegen der Kuriertasche aus dem Weg hatte räumen wollen. Deren Button-Man mit den Schweinen in die Tiefe gerauscht war. Während Mama Makeda über den verführerischen Geruch von Leoparden säuselte, lief es ihm eiskalt den Rücken hinunter. Mit einem Mal war er aufs Höchste alarmiert. Der Schweiß rann ihm nur so von der Stirn. Aber im nächsten Moment fing er sich wieder. An diesem Abend stand er unter der Protektion von Tony Tangeroli – wenn alles normal lief, hatte er nichts zu befürchten. Jemanden unter Tonys Schutz am Geburtstag seiner Mutter anzugreifen, war Selbstmord.

Von Jennifer hatte er vor dem Fest erfahren, dass sich die Straccis und die Tangerolis jahrelang bis aufs Blut bekämpft hatten. Beide Seiten hatten enorme Verluste hinzunehmen – da ein Sohn, der hinterhältig niedergemetzelt wurde, dort ein Bodyguard, der in den Sümpfen verschwand, dann der kaltblütige Mord an Tonys Vater, der mit einem Massaker an Straccis Brüdern beantwortet wurde, deren fünf Leichen im Keller einer Pizzeria wie Finger einer Hand angeordnet aufgefunden wurden. Doch in der Folge einer groß angelegten Razzia der New Yorker Polizei, bei der sich die beiden Clans vollumfänglich deckten, hatten sie sich darauf geeinigt, Friedensverhandlungen aufzunehmen, einen Schlussstrich unter die Fehde zu ziehen und den Vergeltungskrieg zu beenden. Ja, sie hatten sogar begonnen, auf gewissen Geschäftsfeldern zusammenzuarbeiten, sich kleine Gefälligkeiten zu erweisen und sich durch ihre politischen und juristischen Verbindungen gegenseitig Vorteile zuzuschanzen. Höhepunkt dieser neuen, friedlichen Koexistenz war, dass Tony Tangeroli Jack Stracci dazu auserkoren hatte, die anderthalb Meter hohe Geburtstagstorte anzuschneiden, die auf die Bühne über dem Swimmingpool gehievt wurde.

Unter stürmischen Ovationen kam Mama Makeda auf das Podium, und Jack Stracci hob, nachdem der Jubel verstummt war, zu einer kurzen Rede an, bei der er mit überschwänglichen Worten das fröhliche Wesen, die Weitsicht und die Weisheit von Tonys Mutter pries, die an diesem Abend alle und alles überstrahle. Er wartete einen Augenblick, um die Wirkung seiner Worte zu ermessen, fuhr sich mit der Hand durch das pomadisierte Haar, rückte die Krawatte mit den roten Feigen zurecht und fügte salbungsvoll an, dass er – als Dank für die überwältigende Gastfreundschaft der Tangerolis – eine Überraschung mitgebracht habe, ein Geschenk, man werde schon sehen, wem es zuteilwerde. Dabei bekamen seine Augen einen dunklen Ausdruck, unter dem gönnerhaften Wohltätergehabe drang der eiskalte Boss durch.

Nachdem Mama Makeda unter tosendem Applaus auf einen Streich die sechzig Kerzchen ausgeblasen hatte, umfasste Stracci mit beiden Händen ein Samurai-Schwert, schnitt die farbenprächtige Schokoladentorte an, die mit in Caramel getauchten Erdbeeren und Tausenden von Mandelsplittern verziert war, zog das Schwert aus der sahnigen Masse und reichte ihr das erste Stück. Darauf machte er einige Schritte zur Seite, hob mit der Spitze des Schwerts vorsichtig ein dunkelblaues Tuch auf, unter dem ein Käfig zum Vorschein kam, aus dem eine Ashera-Katze sprang, worauf zahllose »Aaahs« und »Ooohs« die Runde machten. Die Katze knurrte, als sie die vielen Menschen erblickte, zeigte sich aber weder beeindruckt noch erschrocken, sah sich vielmehr mit blinzelnden Augen neugierig um, sprang mit einem gewaltigen Satz von der Bühne und spazierte, als wäre sie ein Model, elegant den Rand des Swimmingpools entlang, stolzierte mit hoch gerecktem Schwanz ums Wasser, inspizierte auf leisen Pfoten, immer wieder innehaltend, gründlich und ohne Scheu jedes Detail des Beckens und der Gäste, musterte Robert De Niro und ließ ihn links liegen, um schließlich wieder auf die Bühne zu springen, genau vor Mama Makeda stehen zu bleiben, den Leopardenkopf an ihrem Bein zu reiben und sich auf den Rücken zu werfen. Mama Makeda drehte sich um und sagte zu Harvy, der in der Nähe stand: »Nimm du sie.«

15

Harvy schlenderte durch die weitläufigen Katakomben der Grand Central Station, wich hier und dort dem nicht abreißenden Pendlerstrom aus und stieß immer wieder auf Soldaten in wüstenfarbenen Tarnanzügen, die die Hauptgänge unauffällig im Auge behielten. Er erreichte die große Halle mit dem türkisen Dachgewölbe voll goldener spiegelverkehrter Sternzeichen, wie sie von Gott aus gesehen würden, legte den Kopf in den Nacken und betrachtete sie. Leichter Schwindel befiel ihn. Als dieser sich verzog, erklomm er die marmornen Stufen der Freitreppe, auf der junge Leute mit ihren Handys Selfies mit ihm schießen wollten, gab hier ein Autogramm, wurde da von einem Paparazzo abgelichtet, und fand sich schließlich im Apple Store wieder, wo alles begonnen hatte. Er fühlte das glatte iPhone in seiner Jackentasche und war glücklich. Ohne dieses Ding hätte er Jennifer nie kennengelernt, ohne dieses Ding wären die Raccoons noch immer der ewige Geheimtipp, den bloß ein paar Insider kannten.

Klar, es gab Momente, da vermisste er seinen Job als Barista im Coffee-Shop und mehr noch jenen als Bike Messenger auf den Straßen Manhattans – vor allem an Abenden wie jenem auf Tangerolis Dachterrasse. Melancholie überkam ihn dann, und ihm war, als wäre er in einen hoffnungslos falschen Film geraten. Aber im Großen und Ganzen hatte sich alles erfreulich entwickelt. Sie waren jetzt eine der gefragtesten

Bands, konnten sich ihre Gigs aussuchen und gut von ihrer Musik leben. Die Schlampigkeit und die Unprofessionalität von Raspberry Records gehörten der Vergangenheit an, der knallharte Überlebenskampf auch.

Es war nicht mehr nötig, von Zeit zu Zeit etwas mitgehen zu lassen. Nicht einmal mehr Kaffeemaschinen hatte Harvy geklaut. Er hatte sich, um nicht ungut ins Gespräch und bei Hell's Hand in Verruf zu kommen, äußerste Zurückhaltung auferlegt. Wenn er bei Doktor Cohen auf der Couch lag, ging es nicht mehr um gelegentliche Griffe, die mit dem neuen Promistatus sowieso kaum noch möglich waren. Vielmehr sprachen sie über seine plötzlich auftretenden Panikattacken, weil er Angst hatte, dass seine Liaison mit Jennifer auffliegen könnte. Es ging um den Schmerz, dass er seine Geliebte teilen musste, obwohl er bis über beide Ohren verliebt war, da es offensichtlich aussichtslos war, sie ganz für sich alleine zu haben. Und es ging um seinen Freund Jeff, den er verloren hatte – eine Wunde, die ihn schmerzte, eine Lücke, die nicht zu schließen war. Insgeheim hoffte er, dass sie wieder zusammenkamen, dass sich alles wieder fügen würde. Doch er wusste, dass bei dem Dickschädel Jeff das nicht wahrscheinlich war – die Geschichte mit dem geschredderten Cop würde er ihm nicht verzeihen.

Sonst aber hatte sein Leben eine erstaunliche Wendung genommen. Seinen finanziellen Engpass hatte er überwunden, die Schulden zurückgezahlt, die Existenzängste waren Schnee von gestern. Jetzt hätte er die zehntausend Dollar, die man von ihm erpressen wollte, locker zahlen können – vielleicht hätte Joe Garcia dann nicht sterben müssen und er wäre nicht zum Punchingball der Unterweltbosse geworden. Seinen Lebensstil hatte er trotz allem nicht groß verändert, das war nicht seine Art. Das viele Geld ermöglichte ihm zwar die eine oder andere Annehmlichkeit, wie ab und zu ein Abendessen in einem gediegenen Restaurant, ein paar Tage in den Bergen von Vermont oder eine Jahreskarte für die Spiele seines Lieblingsclubs – aber im Grunde war er bescheiden geblieben, bewohnte noch immer das kleine Apartment in Tudor City, kurvte noch immer mit seinem Rennrad herum und kaufte sein Lunch-Sandwich noch beim selben Mexikaner.

Harvy machte einige Schritte am Helpdesk vorbei, unter den riesigen Rundbogenfenstern, hinter denen Bauarbeiter auf einem Gerüst hin und her gingen. Gedämpftes Licht drang durch die Fenster in die Halle, was zusammen mit dem festlichen Licht aus den zahllosen Kronleuchtern und Kandelabern den Eindruck einer Kathedrale erzeugte. Zufrieden spazierte er zwischen den Holztischen hindurch, dachte an die Stracci-Katze, die bei Soul in Brooklyn residierte, dort gab es einen großen Garten, dort hatte sie Auslauf. Er betrachtete die neuen Apple Watches und die gerade ausgelieferten iMacs mit Retina Display. Auf einem solchen googelte er die US-Charts und fand das neue Album der Raccoons auf Platz sieben wieder. Platz sieben! Die Sieben war überirdisch scharf, eine solch scharfe Sieben hatte er noch nie in seinem Leben gesehen. Eine Welle des Glücks durchflutete ihn, vor Freude überkam ihn Gänsehaut. Sie hatten es geschafft. Das Eigentümliche war, dass sie keine andere Musik machten als zuvor – sie spielten nicht besser oder schlechter, nur waren sie durch die Umstände in neue Umlaufbahnen katapultiert worden. Einen Augenblick gingen ihm all die Bands durch den Kopf, die genauso viel Talent und trotzdem keine Chance hatten. Bei Licht betrachtet war dieses Musikbusiness eine perverse Sache – ein Haufen Hochstapler und Scharlatane, die über Erfolg oder Misserfolg entschieden, Zufall und Willkür in den Schlüsselrollen. Aber das war ihm jetzt egal. Wenn sie oben waren, waren sie oben, und das wollte er in vollen Zügen genießen.

Er ging zur Balustrade und beobachtete das bunte Treiben unten in der Halle, das Gewimmel und Gewühl um die Rotunde mit der Tiffany-Uhr in der Mitte: ein junges Pärchen, das sich innig vor dem Schalter des Tickethäuschens küsste, Geschäftsleute, die mit Aktentaschen vorüberhetzten, eine Frau mit einem Rollator, die gebannt zur Galerie hochstarrte, Touristen, die durch die Halle streiften und die Stuckaturen bestaunten, Reisende, die zu den Zügen rannten, Polizisten, die patrouillierten.

Trotz der fiebrigen Hektik strömte der Bau selbst eine unerhörte Ruhe aus. Seit er das iPhone eingesteckt hatte, kam Harvy immer wieder hierher, magisch angezogen, als wäre der Bahnhof ein Tempel und der Apple Store das Allerheiligste darin.

Als er genug von der Flut der Eindrücke hatte, wandte er sich ab und ging zu den auf den Tischen liegenden iPads. Er spielte auf einem Tablet herum, sah sich Jeffs Facebook-Seite an, war nahe dran, ihm eine Nachricht zu schicken, als an einem Tisch in der Nähe der Alarm losging. Er zuckte zusammen, beruhigte sich aber gleich wieder, diesmal hatte er sich nichts gekrallt und nichts zu befürchten – sein iPhone war perfekt präpariert. Sofort formierten sich hünenhafte Sicherheitsleute mit Headsets vor der Treppe beim Ausgang und untersuchten alle Hinausströmenden freundlich, aber bestimmt.

Harvy ließ ein wenig Zeit verstreichen, erkundigte sich beim Helpdesk im Schein eines angebissenen Apfels nach der

Lieferfrist für das neue Gerät mit dem überirdisch scharfen Display und reihte sich dann in die Schlange derjenigen ein, die den Laden verlassen wollten. Ruhig wartete er, rückte gelassen Schritt um Schritt vor, bis er bei dem glatzköpfigen Stiernacken angelangt und an der Reihe war, um sich abtasten und die Umhängetasche inspizieren zu lassen. Der verdrahtete Kraftprotz fasste ihn ins Auge, durchsuchte ihn, kontrollierte Kleider und Tasche, fand nichts, drehte sich rasch um, warf einen fragenden Blick zu den Polizisten, die hinter ihm auf der Treppe standen und nickten, und ehe Harvy sichs versah, klickten die Handschellen, und er wurde von drei mit Schlagstöcken, Gummiknüppeln und Pistolen bewaffneten Wachmännern abgeführt.

Er war schockiert, verstand gar nichts. Lauthals protestierte er, beteuerte, dass er nichts getan, nichts gestohlen habe, verlangte, einen Anwalt sprechen zu können, aber die Polizisten ließen nicht mit sich reden, gaben keine Auskunft, was vorgefallen war, zerrten ihn bloß stumm durch die Halle Richtung Ausgang. Passanten gafften das Grüppchen neugierig an, Schaulustige zückten ihre Handys und machten Fotos, Blitzlichter zuckten auf und blendeten ihn, ein Rockstar in den Fängen der Polizei, ein gefundenes Fressen für jeden Zufallspaparazzo.

Draußen wurde Harvy in einen gepanzerten Polizeiwagen verfrachtet und mit Blaulicht und heulender Sirene zur nächsten Wache transportiert. Auf dem Revier verlangte er nach einer Erklärung, wurde aber stattdessen von allen Seiten fotografiert, hatte sich splitternackt auszuziehen und wurde von einem grimmigen Beamten mit verschorftem Schädel bis zwischen die Pobacken untersucht. Dann wurde er in eine parkplatzgroße Einzelzelle gesteckt. Telefonieren hatte man ihm untersagt, das iPhone abgenommen. Er fluchte und schimpfte und schrie, das werde sie teuer zu stehen kommen, umklammerte die Gitterstäbe, rüttelte daran, trat wütend gegen die Holzpritsche und schlug gegen die Wände. Aber es nützte alles nichts. Er schmorte in der neonhellen Zelle und wartete darauf, dass ihm jemand sagte, was das alles sollte. Hatte der alte Chinese bei der Schrottpresse mehr gesehen, als in der Zeitung stand? Hatten sie Jeff erwischt, und Jeff hatte gesungen? Oder hatte es etwas mit den Vorfällen im Schlachthaus zu tun? Harvy begriff nichts, aber er begann, sich ernstlich Sorgen zu machen. Eben war er noch im siebten Himmel gewesen, eben noch hatten sie den Durchbruch geschafft, alles hatte sich zum Guten gefügt, und jetzt schien ihn eine Sturzflut von Schrecken ins Verderben zu reißen: Verhaftung, Schande, Untergang. Wenn Tony Tangeroli davon erfuhr, würde er einen fürchterlichen Wutanfall bekommen. Das Ganze durfte auf keinen Fall die Runde machen. Und er musste sehen, dass er hier so schnell wie möglich herauskam.

Angewidert wischte er die Krümel von der versifften Matratze, warf sich darauf, starrte auf die Flecken an den Wänden, die aussahen, als hätte jemand an die Wand geschmierte Exkremente nur unzureichend abgewaschen. Er starrte zur von grünem Schimmel zerfressenen Decke, an der eine nackte Neonröhre flackerte. Von draußen hörte er aufgeregtes Schnarren und Piepsen, krächzende, abgehackte Meldungen des Polizeifunks, die er nur zur Hälfte verstand. Schnarchen, Streit und Schreie aus anderen Zellen drangen zu ihm herein. Jemand schien zu onanieren, ein anderer wurde offenbar mit einer Spritze ruhiggestellt.

In seinem Kopf hämmerte es, der Schweiß rann ihm über das Gesicht, er fühlte, wie es in ihm brodelte. Was war bloß schiefgelaufen? Wenn er Jennifer anrufen könnte, wäre er wohl in kürzester Zeit frei. Sie würde eine Kaution hinterlegen, und er wäre draußen. Aber wegen Verdunklungsgefahr hatten sie ihm keinen Anruf zugestanden. Dieses harsche Vorgehen deutete darauf hin, dass man ihm Schwerwiegendes vorwarf. Wegen eines gestohlenen iPhones wurde man nicht so traktiert. Aber was hatte er getan? Nichts, was tausend andere nicht auch jeden Tag taten. Er war kein Gangster. Er war einem Erpresser und einem Angreifer aus dem Weg gegangen, mehr nicht. Er hatte sich das Recht herausgenommen, einige kleinere Umverteilungen vorzunehmen, aber das lag weit zurück. Nicht aus Boshaftigkeit hatte er das getan, sondern weil das System krank war, die Verteilung der Güter und der Gelder ungerecht und nicht ausgewogen. Was war daran falsch?

Er schüttelte den Kopf. Wenn er Pech hatte, würde er für den Rest seines Lebens zusammen mit Kinderschändern und Vergewaltigern sitzen, weil sie ihm womöglich zwei Morde anlasteten, die er nicht begangen hatte. War es das? Dann befand er sich in einer verdammt verzwickten Lage. So aussichtslos, dass nicht einmal Tony Tangeroli mit seinen Beziehungen etwas ausrichten konnte. Immerhin gab es Leute in diesem Land – mehr oder minder normale Leute –, die ein Leben lang unschuldig im Knast saßen.

Besorgt sah er auf die Krümel, die auf dem Boden verstreut lagen. Unter der Pritsche entdeckte er einen kleinen Edelstein. Er zuckte zusammen. Wurde er verfolgt? Der erste Mordversuch im Schlachthaus war gescheitert, mit der Katze war es weitergegangen. Da er von Tony protegiert wurde, stellte man ihm nun mit subtileren Methoden nach und versuchte, ihn einzuschüchtern. Offensichtlich hatten die Straccis nicht nur Gewährsleute bei Sony, sondern auch bei der Polizei. Er fluchte.

Was würde mit den Raccoons geschehen, wenn sie ihn einbuchteten? Konnten sie ohne ihn, den Leadsänger, überhaupt spielen und auftreten? War er nicht das Herz der Band? Ohne ihn würde sie auseinanderbrechen. Der durchschlagende Erfolg, der sich über Nacht eingestellt hatte, würde sich in nichts auflösen.

Eine Kakerlake wackelte die Bodenleiste entlang und verkroch sich in einer Mauerritze. Er pinkelte in einen Eimer und wartete. Aber es geschah nichts. Er legte sich das T-Shirt auf das Gesicht, um sich vor dem grellen Licht zu schützen. Am liebsten hätte er geschlafen und alles vergessen. Doch an Schlaf war nicht zu denken. Er war so aufgewühlt, dass er nicht auf der Pritsche liegen bleiben konnte.

Nach fünf oder sechs Stunden, als er schon glaubte, sie hätten ihn vergessen, hörte er Schritte, die näher kamen. Ein Sergeant erschien mit einem Bund Schlüssel, öffnete die Zellentür und entschuldigte sich für die Unannehmlichkeiten. In unmittelbarer Nähe von Grand Central war eine Bank überfallen worden. Die Männer hatten die Angestellten mit Schusswaffen bedroht, hunderttausend Dollar erbeutet und waren über die Straße in den Bahnhof geflohen. Mehrere Zeugen hatten der Polizei den Vorgang geschildert, und die Beschreibung eines der Täter hatte haargenau auf Harvy gepasst: wildes Haar, schwarze Lederjacke, blauer Schal, dunkelblaue Jeans, braune Turnschuhe. In der Folge habe es so lange gedauert, weil die Polizei mit verschiedenen Zeugen des Überfalls gesprochen und die Aussagen mit den unscharfen Videoaufzeichnungen verglichen habe, bis nach dem Prinzip des Ausschlussverfahrens klar geworden sei, dass Harvy nicht der Täter sein könne. Das habe halt Zeit gebraucht, sagte der Sergeant. Das Verfahren sei korrekt, wenn auch für Harvy unglücklich abgelaufen. Was geschehen sei, tue ihm aufrichtig leid. Selbstverständlich stehe ihm eine Haftentschädigung zu. Von den Tätern fehle im Übrigen jede Spur.

Harvy atmete erleichtert auf. Von den Kaffeemaschinen hatten sie also nichts mitbekommen. Vom Rest auch nicht. Er wusste nicht, ob er vor Freude schreien oder schweigen sollte. Er entschied sich dafür, die Klappe zu halten, nahm seine Umhängetasche und sein iPhone entgegen und trat blinzelnd hinaus ins Sonnenlicht.

16

Am nächsten Tag erschien ein großes Foto davon, wie Harvy in der Grand Central Station von Polizisten in Handschellen abgeführt wurde, auf der Frontseite der Pendlerzeitung, die bei allen Subway-Eingängen auflag. Unter der fetten Schlagzeile *Raccoon – Räuber?* folgte ein süffisanter, aus haarsträubenden Halb- und Unwahrheiten zusammengeschusterter Artikel, der ihm eine Reihe von Vorstrafen andichtete und behauptete, er sei schon seit Jahren unter polizeilicher Beobachtung, nicht zuletzt wegen seiner Nähe zum organisierten Verbrechen und zu Banden wie Hell's Hand. Jetzt stehe er in dringendem Tatverdacht, mit roher Waffengewalt eine Filiale der Chase Manhattan Bank überfallen zu haben. Beim Bild handelte es sich um ein Foto, das einer der Passanten in der Schalterhalle geschossen und an die Zeitung geschickt hatte. Geschrieben hatte den Artikel eine Praktikantin.

Harvy blieb die Luft weg. Ein Anruf der Redaktion bei der Polizei hätte genügt, um die Vorwürfe zu entkräften. Aber dann wäre der reißerische Aufmacher dahin gewesen. Konnte er eine Richtigstellung fordern? Vermutlich würde sie erst nach einer Woche versteckt und kleingedruckt auf der viertletzten Seite erscheinen. Hatte er mal gesagt, der Journalismus sei am Absaufen? Ziemlich untertrieben.

Wenig später rief der Button-Man von Hell's Hand an. Mit rauher Stimme erklärte er, dass Tony Tangeroli ihn unverzüglich zu sehen wünsche – im Keller des Wolkenkratzers in Hell's Kitchen, wo die Party stattgefunden hatte. Sein Tonfall jagte Harvy einen Schauer über den Rücken. Natürlich hatte der Boss das Klatschblatt auch gelesen.

Er telefonierte rasch mit Jennifer, die ihm Mut machte und sagte, er solle keine Angst haben, es werde alles gut gehen, schließlich habe er nichts Unrechtes getan, sie werde mit Paulie sprechen, der ihr keinen Wunsch abschlagen könne und für seine Sicherheit garantieren werde. Dann schwang er sich auf sein Rennrad und fuhr mit weichen Knien rüber zur Westseite. Langsam und vorsichtig trat er in die Pedale – in diesem angegriffenen Zustand war es nicht ratsam, das Tempo zu forcieren. Während er verstört die Madison hinunterradelte, ließ er sich das Ganze durch den Kopf gehen. Eigentlich hatte Jennifer recht: Er hatte nichts Unrechtes getan, die Sache war einfach dumm gelaufen. Aber vermutlich kratzte das Tony Tangeroli wenig, wenn Hell's Hand wegen ihm negativ in die Schlagzeilen geriet – notabene auf der Frontseite des überall herumliegenden Pendlerblatts, in das jeder, und sei es nur für fünf Minuten, die Nase hineinsteckte.

In der Lobby des Headquarters durchlief er die üblichen Sicherheitskontrollen, dann fuhr er, wie angewiesen, mit dem Lift in den Keller hinunter, wo Tony einen exklusiven Nachtclub betrieb. Der Button-Man nahm ihn unten mit steinerner Miene in Empfang und führte ihn zur Bar des verwaisten, karg beleuchteten Edel-Etablissements. Bartender war keiner zu sehen. Halbnackte Karyatiden säumten die Bar, mächtige Wandgemälde mit Höllenfeuer und Büßerszenen zierten das Gemäuer, Leopardenstatuen standen herum, und in einer Loge dämmerte die Kopie eines Caravaggio vor sich hin, auf dem finstere Schergen den vor der Martersäule ergeben gebeugten, massigen Körper Christi geißelten. Harvy setzte sich auf einen weichen Lederhocker, sah auf die leere Tanzfläche und die Zirkuskuppel, in der sonst Artisten auf Drahtseilen tanzten, und schaute bekümmert in sein blasses Gesicht im Spiegel hinter den Spirituosen. Aus einem Nebenraum drang unaufhörlich Gewinsel zu ihm, Schritte, gedämpfte Klagerufe, klägliches Wimmern. Er horchte auf und schauderte. War er ins Herz der Finsternis geraten? Er hörte einen flehenden durchdringenden Schrei, eine Peitsche knallte, dann verebbten die jämmerlichen Geräusche, die Schritte entfernten sich und Stille trat ein.

Nach zehn Minuten kam Tony Tangeroli aus dem anderen Raum, setzte sich neben ihn an die Bar und musterte ihn auf eine Weise, dass Harvy fast das Herz stehen blieb. Mit der Hand gab der Boss dem Button-Man ein Zeichen und dieser brachte die Zeitung herbei.

»Bist du immer noch mein Nigger?«, fragte Tangeroli frostig.

»Klar bin ich dein Nigger, Tony.«

»Dann erklär mir das, verdammt noch mal!« Wütend schmetterte er die Pendlerzeitung auf die Marmortheke. Harvy sah ihn treuherzig an und zeigte seine offenen Handflächen.

»Ich bin unschuldig, Tony. Ich habe nichts getan. Die Polizei hat mich aus Versehen festgenommen. Irgendein Passant hat mich bei der Verhaftung dummerweise fotografiert. Und die Journalistin hat eine Story zusammengebastelt, die von vorne bis hinten erstunken und erlogen ist.«

Tony wies den Button-Man mit einem Kopfnicken an, den Raum zu verlassen. Aus dem Nebenraum drang wieder leises Gewimmer. Wie von ferne war verzweifeltes Klagen zu vernehmen, und eine scharfe Stimme, die dem Wimmernden Ruhe befahl. Obwohl es in der Bar kühl war, lief Harvy der Angstschweiß über den Rücken.

»Solche Schlagzeilen können wir nicht gebrauchen. Jetzt schon gar nicht, wo wir ein großes Geschäft an der Angel haben. Dein Name ist mit unserem eng verbunden. Alles, was du tust, hat Einfluss auf unser Geschäft.«

»Ich habe nichts getan, Tony.«

»Ob getan oder nicht ist schnurzegal. Eine solche Schlagzeile darf es nicht geben. Unter keinen Umständen! Diese Schlagzeile bedeutet, dass das Riesengeschäft, an dessen Abschluss wir arbeiten, abschmiert.«

Harvy hob die Brauen. »Es tut mir leid.«

»Wenn wir das Geschäft verlieren, werde ich dir dein Sorry in die Eingeweide tätowieren.«

Die Tür zu einem der Nebenräume ging auf, ein heiseres Röcheln war zu hören, wie aus einer Folterkammer. Was widerfuhr den Menschen, die sich hinter dem Gemäuer mit den Höllenszenen befanden? Waren es Feinde von Hell's Hand? War das die Strafe, die auch ihn erwartete? Ein bärtiger Schlägertyp meldete, dass er den Job erledigt habe und auf weitere Weisungen warte. Tony hob das Kinn und schickte den Mann mit einer Geste nach oben. Dann wandte er sich wieder Harvy zu.

»Wenn ich noch einmal so was in der Zeitung lesen muss, werde ich dich eigenhändig mit einer Kneifzange und einem Lötkolben bearbeiten. Ist das klar?«

Harvy nickte und sah auf die von unten beleuchteten schimmernden Whiskeyflaschen der Bar.

»Ein solches Foto darf einfach nicht erscheinen. Wie sieht das aus – Harvy in Handschellen! Harvy als Räuber – und darunter unser Name! Warum hast du nicht die Jacke über den Kopf gezogen, so dass dich keiner erkennt?«

Harvy zuckte die Achseln.

»Warum hast du dich nicht gewehrt?«

Er wusste nicht, was er antworten sollte.

»Allen, die ein Foto machen wollten, hättest du das Handy mit einem Kick aus den Händen schlagen sollen. Verdammt, warum hast du dich nicht wie ein Mann verhalten?«

Tonys Gesicht war vor Wut verzerrt. »Wie ein Mann!«, schrie er voller Verachtung. Dann packte er ihn heftig an den Armen und rüttelte ihn.

»Aber du bist halt das verzärtelte Künstlerbürschchen«, fügte er spöttisch an, ließ ihn wieder los, schüttelte den Kopf und lachte. »Und darum bin ich auch so vernarrt in dich.«

Er machte eine Pause und sah Harvy voll wütender Liebe an. »Dieses eine Mal werde ich eine Ausnahme machen und beide Augen zudrücken. Da du mein Protegé und Patensohn bist und mir das, was du machst, so am Herzen liegt. Und weil wir Freunde sind und Freundschaft heilig ist und über allem steht. Ich werde eine Gegendarstellung auf Seite eins erwirken. Aber ich warne dich: Noch so ein Fehltritt, und du kommst dran!«

Harvy atmete auf. Er war mit einem blauen Auge davongekommen. Was auf die Redaktion zukam, wollte er sich lieber nicht ausmalen. Wie es aussah, hielt Tony immer noch große Stücke auf ihn – trotz des Artikels. Und trotz, nun ja, darüber wollte er lieber nicht nachdenken. Schon das Nachdenken darüber schien ihm gefährlich.

»Du bist Künstler und lebst nur für die Musik, der Rest interessiert dich nicht. Das ist großartig. Wir aber müssen ans Geschäft denken. Immer und jederzeit ans Geschäft. Vorlieben haben hintenanzustehen. Du weißt, Kunst bedeutet mir viel, bedeutet mir alles. Ich male gerne. Aber ich kann mich einschätzen. Ich bin ein Dilettant. Meine Bilder wird nie jemand zu sehen bekommen.«

»Du malst?«, fragte Harvy überrascht. »Was malst du?«

»Nicht einmal Jennifer weiß, was ich male.«

Malte Tony die nackten Ärsche seiner Opfer? Malte er abstrakte Kompositionen? Oder Stillleben mit Brombeeren und Äpfeln, Landschaftsszenen mit Füchsen auf Felsen, mit Eichhörnchen in bunten Wäldern? Harvy konnte es sich nicht vorstellen.

Tony tätschelte sanft seine Schultern, aus dem Nebenraum war wieder ein kaum vernehmbares Stöhnen zu hören. »Lass mich dir einen Rat geben. Als ich ein Knirps war, pflegte meine Mutter, die dich wie einen Sohn liebt und jeden Tag von dir schwärmt, zu mir zu sagen: ›Pflanze nie Erdnüsse, wenn ein Affe zusieht.‹ Das hat sich unauslöschlich in mein Gedächtnis eingebrannt. Im Musikbusiness wimmelt es nur so von Affen. Nimm dich also in Acht.«

Tony schwieg, und Harvy fühlte sich genötigt, etwas zu bekräftigen. Aber was?

»Keine Erdnüsse für Musikmakaken«, sagte er schließlich.

»Genau. Keine Erdnüsse.« Tony nickte. »Höchstens eins auf die Nüsse.«

Der Don starrte gedankenverloren in den Spiegel hinter den Spirituosen und zur Loge mit dem Caravaggio, die er für zehntausend Dollar den Abend vermietete – ohne Getränke, versteht sich.

Nach einer Weile sagte er: »Ich möchte, dass du meinen Anordnungen jetzt ohne Wenn und Aber nachkommst. Ich wünsche, dass du keine Dummheiten mehr machst. Ich wünsche, dass du mir, wenn ich Lust darauf habe, Gesellschaft leistest. Und ich wünsche, dass du, wenn du Zeit hast, mir bei außerordentlichen Geschäften als unabhängiger Ratgeber zur Verfügung stehst. Meinem Consigliere traue ich seit Längerem nicht mehr über den Weg – er redet mir zu sehr nach dem Mund.«

Harvy war überrumpelt. Wenn es so weiterging, würde er ihn bald öfter sehen als Jennifer, und es würde immer schwieriger, sie zu treffen. Die Vorstellung weckte gemischte Gefühle in ihm, die Sorgen schnürten ihm die Kehle zu, aber er musste sprechen, und es gab nur eine Antwort: »Okay, keine Macht den Makaken«, sagte er und wurde nach einer herzlichen Umarmung, bei der Tony ihn einen Prachtkerl nannte, vom Button-Man, der sich eingefunden hatte, zum Lift begleitet, während der Boss zurück in den Nebenraum ging, aus dem das Röcheln gekommen war. Jetzt blieb alles still.

Oben stand Harvy lange reglos da, holte tief Luft. Dann stieg er auf sein Rennrad und fuhr Richtung Osten zurück. Was war da unten im Nebenraum geschehen? Das Gewinsel und Gewimmer ging ihm nicht aus dem Kopf. Auf dem Heimweg fischte er sich aus einer der aufgestellten Boxen die Pendlerzeitung, die für so viel Aufregung gesorgt hatte, nahm sie zur Hand und überflog noch einmal den Artikel auf der Frontseite. Beim Lesen und Weiterblättern jagte es ihm einen kalten Schauer über den Rücken: Auf der letzten Seite fand sich ein Bericht über einen massigen Gangster aus der Bronx, der auf Rikers Island im Gefängnis saß und der im Verhör den Polizistenmord in der Schrottpresse gestanden hatte. Er schüttelte den Kopf. War die Welt vollkommen verrückt geworden? Warum gab der Mann einen Mord zu, den er nicht begangen hatte? Harvy fragte sich, ob bei dem Geständnis

Drogen eine Rolle gespielt hatten, Folter oder vielleicht auch eine perverse Form von Größenwahnsinn. Er fragte sich, ob man dem Bericht Glauben schenken konnte, nach allem, was auf der Frontseite stand. Doch das Pendlerblatt war, obwohl von vielen belächelt, zum neuen Leitmedium avanciert. Harvy war verwirrt und durcheinander. Immerhin bedeutete das Geständnis – falls es tatsächlich abgelegt worden war –, dass Jeff und er aus der Schusslinie waren und kein Verdacht auf sie fallen konnte. Ein Anflug von Erleichterung machte sich breit, und er freute sich vor allem für Jeff. Sollte er ihn anrufen? War es möglich, sich mit ihm zu versöhnen? In der Sturzflut von Unerfreulichem, die sich in den letzten vierundzwanzig Stunden über ihn ergossen hatte, war diese Meldung zumindest so etwas wie eine Rettungsboje.

17

Die Gruppe der in feinstes Tuch gekleideten Herren ging zur vollautomatischen Wiegestation, die das Gewicht jedes einzelnen Müllwagens, der ein- und ausfuhr, auf die Unze genau anzeigte, so dass die Abfallmenge präzis ermittelt werden konnte. »Ein Wunderwerk der Technik, wie die gesamte Anlage«, schwärmte Jack Stracci und rückte den Haifischkragen seines Hemdes zurecht. Mit federnden Schritten führte er die Gruppe weiter in die Annahmehalle und erklärte, wie die Lastwagen, die mit Lifter- und Presssystemen ausgerüstet waren, nach dem Wiegen in die Halle rollten, um die Hecklader zu öffnen und ihre stinkende Fracht in die Abladeschächte zu kippen. In den Schächten werde der Abfall mit Sperrmüllscheren und einem Brechwerk zerkleinert, dann über Rutschen in den gewaltigen Bunker befördert und dort gesammelt, gelagert und gleichmäßig durchmischt. Vom Steuermann hoch oben im verglasten Schaltzentrum werde er dann mit dem hydraulischen Greifkran zum Aufgabetrichter gehievt und in den Verbrennungsofen spediert: in das ewige, über zweitausend Grad Fahrenheit heiße Feuer.

Harvy folgte Straccis Ausführungen nicht ohne Interesse. Er war noch nie in einer Müllverbrennungsanlage gewesen. Und die Anlage vor den Toren New Yorks war nicht bloß wegen ihrer immensen Ausmaße und den unerhörten Müllmengen beeindruckend. Sie bot in jeder Beziehung Anschauungsunterricht – hier konnte man die dunkle Seite der Gesellschaft erleben.

Harvy fand Stracci aber alles andere als sympathisch und fragte sich, wie viele Leichen er hier schon hatte verschwinden lassen. Vielleicht hätte er nach dem Vorfall in der Wurstfabrik beinahe selbst dazugehört?

In Tonys Begleitung fühlte er sich jedoch sicher, da konnte nichts passieren. Den Boss der Bosse oder dessen Protegé anzugreifen war Selbstmord, das hatte ihm Jennifer immer wieder eingebläut. Letztlich ging es um einen Deal, ein großes Geschäft, das die Straccis mit Hell's Hand abschließen wollten. Tony hatte ihn gebeten, mitzukommen, um seine Meinung kundzutun – seine eigenständige Sichtweise, auf die Tony so viel Wert legte. Und darum besichtigte er jetzt mit gut einem Dutzend Gangstern – je zur Hälfte von Straccis und von Tangerolis Seite – die imposante Anlage.

»Müll ist Big Business«, hob Stracci wieder an, als sie in der Halle Helme erhielten. Harvy schnupperte herum, aber wegen des Unterdrucks war die Geruchsbelästigung hier unten erstaunlich gering. »Man stellt der Stadt Abfuhr, Entsorgung und Wartung in Rechnung – und verdient doppelt und dreifach, wenn verschiedene Distrikte für ein- und dasselbe zahlen.«

»Und warum wollt ihr diese Goldgrube verkaufen?«, fragte Tony Tangeroli skeptisch.

»Wir wollen uns auf unser Kerngeschäft in New Jersey konzentrieren – Drogen, Glücksspiel, Edelsteine. Da sind die Gewinne noch lukrativer. Müll macht Sinn, wenn man eine Baufirma hat. So wie ihr. Dann lässt sich der Bauschutt kostenlos entsorgen, ja man kann sich von der Stadt sogar dafür bezahlen lassen. Mit der Stadt könnt ihr es ja gut. Besser als wir.«

Stracci wies den Weg durch makellose, weiß getünchte Korridore. Ein kreisrundes, in Stahl eingefasstes Guckloch in einem Gang ließ sie in das Feuer spähen, das Tag und Nacht loderte. Die Flammen waren unendlich hell und höllisch heiß, selbst hinter Glas war die Gluthitze noch zu spüren. Harvy traten Schweißperlen auf die Stirn, als er durch das Loch in den Verbrennungsofen blickte. Instinktiv trat er einen Schritt zurück. Das Züngeln, Flackern und Knistern war so nah, dass er meinte, die Scheibe müsse bersten.

Ein Fahrstuhl brachte sie in schwindelerregende Höhe, zum Herzstück der Anlage – auf die Galerie im Müllbunker, neben der sich die wie ein Raumschiff anmutende, mit zahllosen Kontrollmonitoren und LEDs gespickte Schaltzentrale befand. Der Blick von der Galerie auf die gigantischen Müllberge war spektakulär: Mehrere tausend Kubikyard Abfall türmten sich in die Höhe. Müll jeglicher Art, in allen Formen und Farben. Plattgedrücktes, Kaputtes, Verwaschenes. Möbel, Windeln, Tüten. Plastik, Töpfe, Essensreste. Schleim, Schlamm, Socken. In dem heillosen Durcheinander meinte Harvy zwischen zerrissenen Verpackungen und einer verrosteten Ständerlampe ein braunes Kuscheltier auszumachen. War das nicht eine Katze? Dunkler Staub waberte durch die Luft, was im schummrigen Licht eine geheimnisvolle, fast mystische Atmosphäre erzeugte.

Der hydraulische Greifkran war unentwegt in Bewegung. Ohne Unterlass mischte der riesige Stahlgreifer den Abfall durch, indem er ihn von einer Seite zur anderen wälzte. Dann packte der Kranführer mit der Schaufel ein paar Tonnen und beförderte sie mühelos durch den Trichter in die Feuerung. Das Kuscheltier war zum Glück verschont geblieben.

»Im Moment ist nur ein Kran am Arbeiten«, sagte Stracci.

»Normalerweise sind es zwei. Der eine ist gerade in der Greifermaniküre.«

Die Männer in den blitzblanken Schuhen sahen mit ernsten Mienen dem Greifer zu, der im Einsatz war und eine tonnenschwere Ladung Müll Richtung Ausgabetrichter schwang.

»Da ist eine Katze«, sagte Harvy unvermittelt und deutete auf den Müllberg.

»Wo?«

»Da unten.«

Stracci ließ den Blick über den Haufen streifen.

»Ich sehe nichts.«

»Zwischen den Verpackungen und der Ständerlampe da rechts drüben. Ein Kuscheltier.«

»Ein Kuscheltier?«, fragte Stracci ungläubig. »Ah, ja, ich sehe es. Wir werden die Katze herausfischen und dir zuschicken.«

Während die Männer höhnisch lachten und einen Augenblick lang abgelenkt waren, schnellte Severo Zuccillo, der Button-Man der Straccis, mit einem Satz ans Geländer vor, wo Tony Tangeroli die kolossale Kranschaufel in Augenschein nahm, und wuchtete ihn von hinten mit einem heftigen Stoß über die Brüstung. Tangeroli schrie überrascht auf, als er über das Geländer durch die staubige Luft flog, seine Schreie hallten von den kahlen Bunkerwänden wider, bevor er mit den Füßen voran auf dem Müllberg landete, wo er zwischen verschissenen Windeln und verschmierten Papptellern Halt zu finden suchte und verstummte. Zugleich entbrannte oben auf der Galerie ein erbitterter Kampf: Die Leute von Hell's Hand stürzten sich wie Berserker auf die Straccis, die diesen unerhörten Vertrauensbruch begangen und sie in diesen Hinterhalt gelockt hatten, um die Vormachtstellung unter den Syndikaten an sich zu reißen, während die Straccis ihrerseits ohne Rücksicht auf Verluste Tangerolis engstes Gefolge angriffen. Schüsse fielen, Messer blitzten auf, Blut rann über Hemden und Anzüge. Wo war eigentlich Jack Stracci? Tonys Button-Man Paulie zielte mit einem Taser auf Severo Zuccillo – der von dem Projektil getroffene Brocken erlitt einen elektrischen Schlag, brach zusammen und blieb reglos am Boden liegen. Harvy rannte ans Ende der Galerie, um dort hinter einer Betonsäule in Deckung zu gehen und nicht in die hasserfüllte Abrechnung verwickelt zu werden. Er duckte sich, und während auf der Galerie der Kampf Mann gegen Mann tobte, sah er, wie sich der riesige stählerne Greifer dem aus dem Kopf blutenden Tony Tangeroli näherte, ihn vorsichtig packte und, auf mehrere Tonnen Abfall gebettet, im Zeitlupentempo in die Höhe hievte. Entsetzte Schreie gellten durch den Raum, Schreie von Tonys Leuten, die den Vorgang gleichfalls bemerkt hatten und unablässig Schüsse auf den Kranführer in der Schaltzentrale abfeuerten, deren Panzerglas sich aber nicht durchdringen ließ. Die Geschosse prallten allesamt an der kugelsicheren Scheibe ab und landeten als Querschläger irgendwo an den unverputzten Wänden des Müllbunkers. Ein mörderisches Brüllen hob an, ein ungeheurer Krach erfüllte den Bau. Harvy wusste, dass er abhauen musste. Sofort. Doch er starrte weiter auf den bärtigen Steuermann im blauen Arbeitsanzug, der sein Werk ungerührt fortführte, die Fracht mit dem Polypen langsam in die Höhe hob und sie mit ruhiger Hand Richtung Ausgabetrichter schwang. Harvy meinte ein letztes, nicht sonderlich lautes Ächzen Tonys zu vernehmen. Derweil versuchte Paulie, die Türe zur Schaltzentrale mit Stromstößen aus der Elektroschockpistole zu öffnen – vergebens. Sein Hitman John setzte alles daran, die Sicherungen aus dem entsprechenden Kasten herauszureißen und den Strom in der gesamten Anlage lahmzulegen – erfolglos. Jetzt hing die Ladung mit dem Boss der Bosse über dem Ausgabetrichter, wo eine Gluthitze herrschte. Wenn Tony Glück hatte, war er durch den Abfall ein wenig geschützt. Der Hitman hatte in der Zwischenzeit eine Axt aufgetrieben, schlug sie mit voller Wucht in den Spalt zwischen Tür und Wand des Schaltzentrums, so dass das Glas splitterte, barst und überall im Gebäude Alarmsirenen losheulten. Paulie zertrümmerte die Eingangssicherung, verschaffte sich Zutritt zum Kontrollraum und streckte den Bärtigen, als dieser die Arme des Polypen über dem Trichter gerade öffnen und die Fracht für immer entsorgen wollte, mit zwei gezielten Kopfschüssen nieder, so dass er blutend über dem Schalthebel zusammensackte und sich sein Bart augenblicklich rot färbte. Die riesige Stahlkralle blieb genau über dem glutheißen Trichter zum Verbrennungsofen stehen, doch Tony gab keine Schreie mehr von sich, die starken Gase hatten ihn vermutlich betäubt. Paulie zögerte. Das Problem war, den Greifer zu bewegen, ohne dass er sich öffnete und der Big Boss in den ewigen Flammen landete. Es durfte aber auch keine Zeit verschwendet werden, sonst verschmorte er oder erstickte in der gasgeschwängerten, sengend heißen Luft über dem Trichter. Paulie schob die Leiche beiseite, fasste das Schaltbrett mit den verwirrend vielen Hebeln und Knöpfen ins Auge und musste sich innert Sekundenbruchteilen entscheiden. Er hatte offensichtlich keine Ahnung, was er tun sollte, überflog die Apparaturen und hielt den Atem an – ein falscher Griff und Tony war tot. Der Button-Man entschied sich dafür, den Haupthebel sachte nach vorne zu ziehen. Einen Augenblick lang passierte nichts, dann bewegte sich die Stahlkralle langsam vom Trichter weg und schwebte ohne zu schwenken zurück in die Mitte des Bunkers über den riesigen Müllberg. Paulie seufzte erleichtert auf. Wie aber die Stahlkrake an den Seilen nach unten manövrieren, damit Tony gerettet werden konnte? Schon seit Längerem gab er keine Laute mehr von sich.

Derweil tobte die wilde Schießerei auf der Galerie weiter, Schuss folgte auf Schuss, ein Querschläger traf eine der Deckenlampen, worauf es knallte und Funken stoben, andere verirrten sich in Kühlwasserrohre, aus denen meterhohe Fontänen schossen, welche die gesamte Halle mit Wasser zu fluten drohten. Wenn weitere Rohre barsten, würde eine Sturzflut alles überschwemmen.

Noch immer steckten reichlich Kugeln in den Magazinen der Widersacher, noch immer waren die Straccis keineswegs besiegt: Vor allem Mikey Carbone entpuppte sich als unerbittlicher Kämpfer. Aus der Deckung beobachtete Harvy, dass Mikey Carbone aus allen Rohren um sich feuerte, und als der Hitman von Hell's Hand ihn von hinten beinahe mit dem Messer erwischte, entwand er sich wie eine Raubkatze, drehte sich um, brüllte wie ein Verrückter, wankte rasend auf den Angreifer zu, biss ihm das rechte Ohr ab und spuckte es, als wäre es vergammelter Fisch, angewidert auf den gefluteten Betonboden.

In der Zwischenzeit gelang es Paulie, Tony Tangeroli zusammen mit den mehreren Tonnen Abfall wieder behutsam auf dem Müllberg abzusetzen. Der Greifer schwenkte nach oben, Tony jedoch machte keine Bewegung. Der Schwerkraft gehorchend rutschte er auf dem Müll ein wenig zur Seite und abwärts, blieb dann aber zwischen Küchenabfällen und einem Haufen faulendem Schlamm reglos liegen. Wenn die Schießerei vorüber war, würde man ihn bergen können, sofern das Wasser, das sich in die Halle ergoss, nicht zu hoch anstieg.

Aus sicherem Abstand verfolgte Harvy, wie sich die Straccis, die noch auf den Beinen waren, auf einen Wink ihres Bosses, der beim Ausgang stand, fluchtartig zurückzogen. Offenbar rechneten sie sich ohne ihren Button-Man Zuccillo, ohne den bärtigen Capo, der den Kran gelenkt hatte, und so verwundet, wie sie waren, keine Chance gegen die Überzahl der noch kampfkräftigen Männer von Hell's Hand aus. Mit ihrem Rückzug gestanden sie ihre Niederlage ein, auch wenn nicht feststand, ob das Attentat auf Tony geglückt war oder nicht. An der uneingeschränkten Vormachtstellung von Hell's Hand würde sich vorerst nichts ändern – zumindest, solange Tony lebte.

Paulie hob Johns abgebissenes Ohr auf und watete mit Harvy in eilends herbeigeschaffter Schutzkleidung und mit Atemschutzmasken durch das steigende Wasser. Zusammen erklommen sie den nach Faulgasen stinkenden Müllberg und bargen den bewusstlosen, von schweren Verbrennungen gezeichneten Tony Tangeroli, der fast bis zur Unkenntlichkeit entstellt war: das verrußte Gesicht voller Brandwunden, die Wimpern, Augenbrauen und das Haar versengt, die Kopfhaut die einer Echse, die Hände geschwärzt wie verbrannter Toast. An seinem Schädel klebten welke Salatblätter. Vorsichtig trugen sie ihn nach draußen, legten ihn in der frischeren Luft der Annahmehalle unweit der Wiegestation auf einer Decke in Seitenlage und drehten ihn, da er nicht richtig zu atmen schien, schließlich auf den Rücken. Bevor die Ambulanz eintraf, war es Harvy, der sich überwand und ihn beatmete. Während er Tony durch die verkohlten Lippen unablässig

Luft in die Lunge blies, wurde ihm bewusst, in was für einen Wahnsinn er geraten war. Das fürchterliche Blutbad, all die Verletzten, all die Toten. Erschöpfung machte sich breit. Er hielt inne und schüttelte den Kopf. Sein Leben würde um einiges einfacher werden, wenn er jetzt aufhörte. Aber er machte weiter.

18

Kommt er durch?« Harvy strich Jennifer über den Arm.
»Ich weiß es nicht.« Sie zog die Augenbrauen hoch. Harvy sah die Spannung in ihrem Gesicht. »Die Ärzte haben ihn stundenlang operiert. Vom Oberschenkel wurde unversehrte Haut auf den Kopf, den Rücken und die Hände transplantiert. Dann haben sie ihn ins künstliche Koma versetzt. Wenn es gut läuft, wird er drei Wochen bewusstlos sein. Die Chancen, dass er durchkommt, stehen fifty-fifty.«

Sie machte eine Pause, seufzte, hob nach einer Weile wieder an: »Es sind nicht nur die Verbrennungen. Tony hat auch eine schwere Rauchgasvergiftung. Und eine lebensgefährliche Blutvergiftung.«

Harvy nickte.

»Die Ärzte meinten, du hättest ein dickes Kompliment verdient. Ohne dich wäre er nicht mehr am Leben.«

Harvy zuckte mit den Achseln.

»Vielleicht wäre es besser gewesen, ich hätte ihn nicht gerettet. Wer weiß, wie sein Leben aussieht, wenn er wieder zu sich kommt. Im Rollstuhl durch die Gegend fahren, höllische Schmerzen, und jeder, der ihn sieht, schreckt vor ihm zurück.«

»Du hast das einzig Richtige getan, Harvy. Tony wird dir unendlich dankbar sein.«

»Vielleicht wird er mich verfluchen.«

Sie schüttelte den Kopf.

»Er liebt das Leben zu sehr. Aber wenn er überlebt, wird er Rache wollen. Gnadenlose Rache an den Straccis.«

»Ich weiß nicht, ob das schlau ist. Aber verstehen kann ich ihn schon. Die Attacke war hinterhältig.«

»Tony ist selber schuld. Er hat nicht aufgepasst. Früher wäre ihm das nie passiert. Er ist unvorsichtig geworden.«

Harvy sah ihr unverwandt in die Augen. »Wie wird es mit Hell's Hand weitergehen?«

»Das ist offen. Paulie, der Button-Man, hat im entscheidenden Moment versagt. Er hätte Tony vor Severo Zuccillo schützen müssen. Das war sein Job. Dass er sich nicht als Boss eignet, weiß er selber. Dafür ist er zu unbedarft. Seine Muckis sind Gold wert, aber sein Hirn kannst du vergessen. Jetzt steht er unter Verdacht und fällt sowieso aus der engeren Wahl. Tonys Bruder Jason ist eine Niete: ein Frauenheld, der nur Muschis und Alkohol im Kopf hat – Selbstkritik gehört nicht zu seinen Fehlern. Einige Capos und Hitmen sind verbissen ehrgeizig, träumen vom Aufstieg bei Hell's Hand, streben an die Macht, aber ihnen fehlen das Charisma und das Zeug zum Don. John, der als kommender Mann galt und kniffflige Jobs ohne Wenn und Aber erledigt, hat ein Ohr verloren. Er hört nicht mehr richtig, keine gute Voraussetzung für Verhandlungen. Mama Makeda möchte lieber aus dem Hintergrund wirken, wie bisher. Sie hat mir ans Herz gelegt, dass ich das Zepter übernehme, solange Tony außer Gefecht ist.«

»Du?«, stieß Harvy aus.

»Du traust mir das nicht zu?«

»Doch, doch, natürlich, ich meine nur … Ist das nicht verdammt gefährlich?«

»Ich verstehe was vom Geschäft. Ich habe einen Master in Business Economics. Auf mich hat noch jeder gehört.«

»Das auf jeden Fall. Aber ein Boss in Nylonstrümpfen, ich meine, der Boss der Bosse in hochhackigen Schuhen und sexy Strümpfen – nehmen diese Kerle dich ernst? Das ist doch eine reine Machowelt.«

Jennifer sah ihn kühl an. »Willst du mich etwa auf Nylonstrümpfe reduzieren?«

»Nein, nein, ich … «

»Mit Nylonstrümpfen kann man jemanden erdrosseln.«

Harvy schluckte leer, sie lachte grimmig.

»Unterschätze uns Frauen nicht. Wir sind stärker als du denkst. Manche halten die Fäden in den Clans straff in der Hand. Ohne den Rat von Mama Makeda hat Tony gar nichts unternommen.«

»Aber die anderen Bosse werden schimpfen wie die Rohrspatzen und dich kaltstellen wollen. So wie Tony.«

»Dann werde ich ihnen die Antwort geben, die sie verdienen.«

Die unerwarteten Neuigkeiten alarmierten Harvy aufs Höchste. »Und was wird aus uns?«, fragte er voller Sorge.

»Es wird weitergehen wie bisher«, wiegelte Jennifer ab. »Aber du musst noch wachsamer sein, weil ich stärker im Fokus stehe.«

Harvy hatte kein gutes Gefühl bei der Aussicht, mit der Chefin eines Clans zusammen zu sein, auf dessen Tagesordnung Gewalttaten standen. Heimlicher Geliebter der Freundin des Bosses zu sein, war schon ein irrwitzig gefährlicher Hochseilakt gewesen. Nun war er näher am Verbrechen dran als je zuvor. Bleib ruhig, mahnte er sich, was sind die Fakten? Er überschlug seine Situation. Jennifer oder nicht Jennifer, das war die Frage. Was er tun würde, war mit einem Mal ganz klar.

»Aber was hast du vor? Wie wirst du gegen die Straccis vorgehen?«

»Das weiß ich noch nicht. Ich hatte noch zu wenig Zeit, um über eine Strategie nachzudenken. Aber ein deutliches Zeichen werden wir setzen, das ist klar. Wir müssen die Straccis in die Schranken weisen, sonst werden ihre Übergriffe immer skrupelloser.«

»Wirst du Morde anordnen?«

Jennifer sah ihn mit ihrem Engelsgesicht an. »Ich muss keine Leute umbringen, um Erfolg zu haben. Im Gegenteil: Ich werde mehr Karitatives in die Wege leiten. Bei unseren Einnahmen sind wir das der Gesellschaft schuldig. Wir werden Obdachlose, Kinderkrippen und Minderbemittelte unterstützen, nicht nur unsere Leute im Knast und Veteranen der Organisation. Natürlich werde ich ein bisschen Zeit brauchen, um in die neue Rolle hineinzuwachsen.«

»Ist es denn schon beschlossene Sache?«

»Der Familienrat tagt morgen. Aber wenn Mama Makeda dafür ist, wird sich kaum jemand dagegenstellen.«

Harvy musste leer schlucken. Er sah hinaus auf die Upper Bay. Mächtige Tanker und die orangefarbene Staten Island Ferry kreuzten durch die Bucht, dahinter umkränzte die goldgelbe Abendsonne die Freiheitsstatue. Von Jennifers Atelier in Red Hook, das sie unter falschem Namen erworben hatte und von dem niemand, nicht einmal Tony Tangeroli, etwas wusste, hatte man einen herrlichen Blick. Der geheime Rückzugsort lag direkt am Wasser, Wellen schwappten unablässig gegen das Gemäuer des alten Lagerhauses, vor dem Möwen auf modrigen Holzpfählen nach Beute Ausschau hielten.

Was Jennifer ihm gerade erzählt hatte, gefiel Harvy ganz

und gar nicht. Er fürchtete, immer tiefer in die Angelegenheiten des Clans hineingezogen zu werden. Er war kein Gangster und würde nie einer werden, auch wenn er die eine oder andere Kaffeemaschine hatte mitgehen lassen. Auf der anderen Seite war er noch immer bis über beide Ohren verliebt, fasziniert von Jennifers schillernder Persönlichkeit – mal funkelten ihre Augen gefährlich, dann schaute sie wieder sanft, mal wirkte sie furchtlos und unantastbar, dann wieder sensibel und verletzlich. Er mochte ihren leicht verruchten Charme, ihr Quäntchen Verrücktheit. Doch wo sollte das hinführen? Bei den Straccis musste man mit allem rechnen. Und die Straccis waren nur die Spitze des Eisbergs. Es gab andere Familien, die genauso mit der Macht liebäugelten und nicht weniger brutal agierten. Es gab aufstrebende Gangs in der Bronx, die vor nichts haltmachten.

»Wie geht's mit der Band?«, fragte Jennifer und riss ihn aus seinen düsteren Gedanken.

Er runzelte die Stirn und sah sie nachdenklich an. »Eigentlich gut.«

»Eigentlich?«

»Eigentlich, weil der überwältigende Erfolg Probleme mit sich bringt. Wir sind extrem gefragt, könnten jeden Tag auftreten, werden mit Interviewwünschen nur so überschwemmt.«

»Das ist doch cool.«

»Schon. Für mich stimmt es so, wie es ist. Eine fantastische Phase, die beste, seit es die Raccoons gibt. Wir treten bloß auf ausgewählten Festivals und in legendären Music Halls auf, Interviews geben wir fast keine. Slash und Spike würden viel mehr Angebote annehmen, jeden Abend spielen, den ganzen Medienklamauk mitmachen. Soul und Marvin hingegen sehnen sich nach den alten, ruhigen Zeiten zurück. Ihnen ist das alles zu viel. Der Stress, das ständige Reisen, die Begegnungen mit Veranstaltern und Fans, das Geschleime, das mit dem Erfolg verbunden ist, all das schlägt ihnen aufs Gemüt. Sie können nicht mehr einfach durchs Quartier spazieren. Sie sehen die Poesie und die Kreativität in Gefahr. Mittendrin stehe ich und versuche, die Band zusammenzuhalten. Es ist ein Balanceakt, dauernd das Gezerre von beiden Seiten auszugleichen. Das einzige, wo wir uns alle sofort einig gewesen sind, ist das Konzert im Central Park. Dass wir da spielen dürfen, uns in die Tradition von Simon & Garfunkel einreihen, ist phänomenal. Das wird eine Riesensache.«

»Euer Erfolg ist gigantisch. In jeder Bar laufen eure Songs, im Radio werden sie rauf und runter gespielt.«

Harvy grinste. »Das überrascht mich am meisten. Für solch einen Erfolg muss man in der Regel mit dem Mainstream schwimmen, aber das machen wir nicht. Dafür sind wir zu schräg und zu eigenwillig.«

»Und das alles nur wegen der Schur dieser schönen Ashera-Katze …«

»Geschadet hat es dem Biest jedenfalls nicht.«

Vom Fenster des Ateliers aus beobachtete Harvy, wie ein Polizeiboot mit Blaulicht durch die Bucht Richtung Verrazano Bridge jagte. Vielleicht waren die Straccis aufgeflogen, weil sie in den nahen Hafenanlagen Container voller illegaler Chinesen versteckt hatten, die in der Neuen Welt für teures Geld auf ein besseres Leben hofften.

»Der Erfolg bringt auch jede Menge Neider mit sich.«

»Wem sagst du das. Was meinst du, wer Hell's Hand alles zur Hölle wünscht? Die halbe Unterwelt, Polizisten, Politiker, Staatsanwälte – alle, die wir nicht schmieren und die nicht von uns profitieren. Alle, die die Zeichen der Zeit nicht verstanden haben und uns das Wasser nicht reichen können. Im Showbusiness wird es nicht anders sein.«

Harvy nickte. »Musiker, mit denen wir jahrelang zusammen auftraten, sind sauer, dass wir jetzt im Madison Square Garden und im Central Park spielen. In ihren Augen haben wir unsere Seele verkauft.«

»Ach Quatsch! Die nervt es doch nur, dass sie irgendwo in einem abgefuckten Schuppen in der Lower East Side vor sieben Betrunkenen spielen müssen und nach dem Gig noch angepöbelt werden.«

»So sind wir auch viele Jahre durch die Gegend getingelt«, sagte Harvy und lachte. »Nach einem Konzert in den Rocky Mountains wollten sie uns die Übernachtung nicht zahlen. Die Gage war mickrig und reichte knapp für ein versifftes Motel mit vier Kinderbetten voller Wanzen. Wir haben dann bei minus zehn Grad Fahrenheit auf dem Rücksitz in unserem Kleinbus geschlafen, alle dicht aneinandergekuschelt, damit wir nicht erfroren.«

Harvy schüttelte den Kopf. Wenn er zurückdachte an ihre ersten Konzerttouren, war da manch Aufregendes dabei, unvergessliche Abende und abenteuerliche Erlebnisse, aber auch einiges, worauf er gerne verzichtet hätte. »Wenn wir nicht im Voraus jedes Detail vertraglich regelten, konnten wir sicher sein, dass wir über den Tisch gezogen wurden.«

»Dieses Land ist auf Betrug gebaut«, sagte Jennifer achselzuckend. »Betrug ist die Triebkraft des Geschäfts. Betrug ist die Seele Amerikas.«

»Ist das nicht ein bisschen übertrieben?«

»Übertrieben vielleicht, aber wahr. Manhattan haben wir für 24 Dollar geklaut. Du musst endlich aufwachen, Harvy.

Wenn du dich hier nicht wehrst, kommst du bös unter die Räder.«

Ihr Ernst wich einer gewissen Verschlagenheit. »Aber ist es nicht auch ein Vergnügen, Betrüger zu betrügen?«

Sie lächelte schelmisch, öffnete ihre High Heels, schleuderte sie mit den Zehen gegen die Wand, um dann in schwarzen Nylonstrümpfen, mit denen man jemanden erdrosseln konnte, auf ihn zuzutrippeln, ihre Arme um seinen Hals zu schlingen und ihm mit ihren feuchtwarmen Lippen und ihrer Zunge ein Angebot zu machen, das er nicht ablehnen konnte.

19

Die kleine Privatklinik war schwer bewacht. Beim Eingang, überall im Gebäude, auf dem Stockwerk, auf dem Tony Tangeroli lag, wimmelte es nur so von Leuten, die für seine Sicherheit sorgen sollten. Jennifer hatte ganze Arbeit geleistet, um einen weiteren Coup der Straccis zu vereiteln. John, dem man das abgebissene Ohr nicht mehr hatte annähen können, patrouillierte mit einem dicken Kopfverband auf dem Korridor, und ein furchteinflößender Kleiderschrank hatte vor Tonys Zimmer Posten bezogen und ließ bloß medizinisches Personal und engste Angehörige passieren.

Da Harvy weder zur Familie noch zu Hell's Hand gehörte, hatte er eigentlich keinen Zutritt, aber als Tony aus dem Koma erwacht war und man ihm die Geschichte seiner Rettung erzählte, hatte er gewünscht, ihn zu sehen. Und so hatte sich Harvy zur Klinik aufgemacht und ging mit gemischten Gefühlen auf den Riesen vor Tonys Zimmer zu, der ihn an das kahl rasierte, stiernackige Kraftpaket vom Apple Store erinnerte, ließ sich von dem verkabelten Ungeheuer von oben bis unten abtasten und kontrollieren, bevor er sachte an die Tür seines Wohltäters klopfte, des gefährlichsten Mannes von Manhattan, dem er seit geraumer Zeit Hörner aufsetzte und dem er mit seinem beherzten Einsatz das Leben gerettet hatte. Als eine schwache, heisere Stimme »Ja« wisperte, trat er ein und traf auf eine sonderbare Gestalt, die er fast nicht erkannte: Wie ein Pharao einbalsamiert, von Kopf bis Fuß bandagiert lag Tony im Bett und sah ihn aus schmalen Schlitzen mit müden, aber vor Dankbarkeit leuchtenden Augen an.

»Ich stehe in deiner Schuld«, murmelte Tony und griff mit seinen eingewickelten Fingern vorsichtig, zärtlich beinahe, nach Harvys Hand, als dieser sich zu ihm an das von Monitoren, Sauerstoffflaschen und Infusionsschläuchen umstellte Bett setzte.

Harvy schüttelte den Kopf. »Du bist mir gar nichts schuldig, Tony. Das war doch selbstverständlich. Das hätte jeder getan.«

»Doch, doch«, insistierte Tony unter Schmerzen, offenbar hatte er Mühe, mit dem zusammengeflickten Mund zu sprechen. »Ich bin dir was schuldig. Die Kerle hätten mich verrecken lassen, wären froh gewesen, es hätte mich erwischt.«

»Das kann ich mir nicht vorstellen«, erwiderte Harvy und drückte behutsam Tonys Hand.

»Ich bin dir was schuldig«, wiederholte dieser und versuchte unter großer Anstrengung, sich aufzusetzen, ließ es aber bleiben, weil es offensichtlich zu schwierig war.

»Quatsch. Ohne dich müsste ich noch immer als Barista und Bike Messenger schuften, um über die Runden zu kommen. Wir müssten noch immer um jeden Cent von Raspberry Records kämpfen. Und wären nie in den Top Ten gelandet, hätten kein großes Konzert im Central Park vor uns.«

»Das zählt doch alles nicht!«, knurrte Tony. »Tausend Dollar mehr oder weniger, das ist doch egal. An einem guten Tag geb ich das als Trinkgeld, an einem schlechten wisch ich mir den Arsch damit. Was zählt, sind Freundschaft, Treue, füreinander einstehen. Du bist ein Freund, Harvy. Das ist das Einzige, was zählt.«

Tony blickte aus dem Fenster und sah auf die schnell vorbeiziehenden Wolken, die sich von Sekunde zu Sekunde veränderten, beinahe auflösten, um sich gleich wieder zu neuen Gebilden zu formen.

»Bei meinen Leuten bin ich mir nicht mehr sicher, wer tatsächlich ein Freund ist. Warum ist Paulie nicht dazwischengegangen, als Severo Zuccillo mich angriff? Warum haben alle gepennt?«

Tony sah düster in die Ferne.

»Ich hatte viel Zeit, um nachzudenken, Harvy. Geschäft ist Geschäft. Aber das war persönlich. Ich habe mit meinen Leuten gesprochen. Dabei sind mir Dinge zu Ohren gekommen, die mir gar nicht gefallen.«

Harvy zuckte zusammen.

»Jennifer hat ein Verhältnis.«

»Ein …?«

Tonys Augen verengten sich, die verbundenen Finger drückten fester zu. »Ich weiß nicht mit wem. Man munkelt, es sei einer von Hell's Hand.«

Harvy seufzte und drückte Tonys Hand, um ihn zu besänftigen.

»Ich kann ihr nicht böse sein. Sie macht einen hervorragenden Job. Ich liege seit Wochen im Spital. Es ist nur natürlich, dass sie eine tröstende Schulter sucht. Nein, ihr kann ich nicht böse sein.«

Harvy nickte. »Vermutlich ist es nur Geschwätz, ein dummes Gerücht.«

Tony schüttelte den Kopf. »Nein, das ist es nicht. Es gibt Indizien, dass es so ist.«

»Tatsächlich?«

Tony ging nicht darauf ein. »Der Hurensohn, der es mit ihr

treibt, ist tot. Ich hab ihn nur noch nicht erschossen. Er wird erst schmoren, schmoren, schmoren. Er soll darum winseln, den Gnadenschuss zu erhalten!«

Harvy wurde schlecht. Sein Gesicht hatte vermutlich dieselbe Farbe wie Tonys Verband – mit einem Stich ins Grüne vielleicht.

»Du hast mir das Leben gerettet, du bist ein Freund«, fuhr Tony salbungsvoll fort, »dir traue ich mehr als all meinen Leuten. Halt die Ohren offen, und wenn du etwas bemerkst, wenn dir etwas auffällt, lass es mich wissen. Du weißt, ich bin großzügig. Für deine Hinweise werde ich dich fürstlich belohnen.«

Harvy nickte und schluckte schwer.

»Danke«, sagte Tony, lächelte versonnen und versuchte, so gut es ging, Harvy zu umarmen, was sich bei den dicken Bandagen als nicht ganz einfach herausstellte. Dann gab er mit der Hand ein Zeichen, dass er müde war. Harvy verließ das Zimmer, um an dem Kleiderschrank, an Krankenschwestern, Gangstern und Ärzten vorbei an die frische Luft zu kommen. Auf dem Heimweg dachte er darüber nach, was ein Freund ist, ein richtiger Freund. Und er verspürte den unerhörten Drang, wieder einmal eine Kaffeemaschine mitgehen zu lassen.

20

Zwei Wochen vor dem Benefizkonzert im Central Park brachte Harvy kaum mehr einen Ton aus sich heraus. Kehlkopfentzündung war die Diagnose im Langone Medical Center. Seine Stimme zollte der Tour mit täglichen Auftritten in den letzten Wochen Tribut. Jennifer fand sein kratziges Krächzen zwar aufreizend, er selber aber war in heller Aufruhr. Hunderttausend Menschen würden auf die große Wiese des Parks strömen, vielleicht gar mehr als bei dem legendären Konzert von Simon & Garfunkel, es würde der gigantischste Gig, den die Raccoons je hatten, doch so stockheiser, mit dem Husten, dem heißen Hals und den Schluckbeschwerden würde er nicht singen können. Ein kleines entzündetes Knötchen hatte sich gebildet und sein Stimmband lädiert, trotzdem hatte er weitergesungen, hatte ihre Tournee nicht abbrechen wollen, nun war es geplatzt, sein Hals geschwollen und seine Stimme abgestellt wie ein Wasserhahn. Harvy fürchtete nicht bloß, das Benefizkonzert zu verpassen, er hatte panische Angst, die Stimme für immer zu verlieren, wovor ihn die Experten warnten, wenn er nicht achtgab oder sich einem Eingriff unterzog. Die Mienen der Ärzte verdüsterten sich, als sie seine seit Tagen massiv geschwollene Kehlkopfschleimhaut untersuchten, und was die Behandlung mit Medikamenten oder gar eine Operation betraf, gingen die Meinungen weit auseinander, ja widersprachen sich vollkommen. Nach dem Besuch bei den Spezialisten im Medical

Center verordnete er sich äußerste Schonung: nicht reden, nur schriftlich oder mit den Händen kommunizieren, kein Koffein, kein Alkohol, keine Zigaretten, kein Zucker, keine Zitrusfrüchte, keine Milch, kein scharfes Essen, stattdessen heiße Honiggetränke, Gurgeln mit Salbei und Reflexzonenmassagen an den Füßen, zwischen den Zehen und an den Ohrläppchen. Dazu trank er kannenweise Tee, legte feuchte Tücher über die Heizung und stellte kleine Wasserschälchen auf das Fensterbrett, um die Schleimhäute bei Laune zu halten.

Trotz alledem fühlte er sich elend, denn die Fortschritte – wenn sich überhaupt welche einstellten – waren minimal. So konnte er auf keinen Fall auf die Bühne. Vielleicht konnte er sogar nie mehr auf die Bühne. Seine markante Stimme, die laut *Rolling Stone* eine tolle Färbung und einen großen Umfang hatte: sie war weg. Er glaubte nicht mehr, dass sein strenges Regiment Früchte tragen würde. Dass er die eiserne Disziplin beibehielt, war mehr ein Akt der Verzweiflung denn der Hoffnung. Er sprach mit niemandem mehr, nicht einmal mit Jennifer. Sie hatten zwar heftigen Sex, aber als er kam, war zu ihrem Verdruss – anders als üblich – nur ein schwaches Röcheln zu hören. Das Benefizkonzert im Central Park zu vermasseln würde er sich nicht verzeihen.

Während dieser Phase des Rückzugs, die sich mehr wie eine Depression anfühlte, trudelten auf seinem iPhone jede Menge Mails von Kollegen ein. Sie schickten aufmunternde Genesungswünsche und drückten ihm die Daumen, dass es für das Konzert reichte. Es meldeten sich aber auch die Scones, mit denen die Raccoons bei Raspberry Records unter Vertrag gestanden hatten. Eine erfolgreiche Indie-Band, die seit zwei Jahren auf ihre Tantiemen wartete und wissen wollte, ob das, was die Raccoons mit ihrem letzten Raspberry-Album eingespielt hatten, auf ihr Konto überwiesen worden war. Harvys Antwort würde sie nicht beruhigen. Die Downloads auf iTunes und Google Play waren zwar abgerechnet, das Geld aber nicht überwiesen worden, der Rest aus CD-Verkäufen und Downloads auf Amazon und anderen Portalen überhaupt nicht saldiert worden. Offenbar waren die Raccoons nicht die einzigen, die über den Tisch gezogen wurden; wie es aussah, hatten sie jahrelang unter den Fittichen von professionellen Betrügern gestanden; Hochstapler, welche Musiker als Cashcows betrachteten, aus denen man mit einem bisschen Geschick und Geschleime ein nettes Auskommen herausmelken konnte. Was hatte Jennifer gesagt? Betrug ist die Seele Amerikas.

Aber der Ärger über diese abgebrühten Selbstdarsteller, die an Musik eigentlich gar nicht interessiert waren, verblasste angesichts des Erfolgs des neuen Albums der Raccoons. Und der Sorge, wie er wieder Kontrolle über sein Organ gewinnen, wie er Heiserkeit und Husten den Garaus machen und wieder zu Stimme kommen konnte. Um die garstige Realität auszublenden und sich zu entspannen, lag er zu Hause herum und hörte eines seiner Lieblingsalben von Etta James, lauschte dem Song *At Last*. Was ihn aber sonst bezauberte und mitriss, ließ ihn kalt, die Musik drang nicht in ihn ein, kam nicht zu ihm durch. Er sah sich schon auf dem Operationstisch, unter den Händen von Ärzten, die seine Stimmbänder vollkommen ruinierten. Einem seiner Kollegen war das passiert. Jeremy, der fantastische Sänger der Blue Blankets, hatte sich aus der Welt der Musik zurückziehen müssen, weil ihm eine Koryphäe der Otorhinolaryngologie im Brustton der Überzeugung zu einer Stimmbandoperation geraten hatte, bei der trotz ultimativer Lasertechnik etwas schiefgelaufen war. Aber das durfte er nicht denken, Harvy ärgerte sich über sich selbst, dass er diese Gedanken zuließ, und kam trotzdem immer tiefer ins Grübeln.

Als er schon glaubte, das Konzert im Central Park absagen zu müssen, als er sich und seinen Körper zu hassen begann, zeigten die Schonung und die verschiedenen Hausmittelchen endlich Wirkung. Zwei Tage vor dem Konzert gaben die Ärzte Entwarnung und grünes Licht für einen Auftritt. Harvy atmete erleichtert auf. Jetzt, wo es ihm besser ging, schwor er sich, jeden Moment des Konzerts voll und ganz zu genießen. Seit die Stimme wieder da war, fühlte er sich wie neugeboren.

Schon im Morgengrauen hatten sich die ersten Fans mit Klappstühlen, Proviant und Decken auf dem Great Lawn im Park versammelt, um sich die besten Plätze direkt bei der Bühne zu sichern – die Roadies berichteten von tumultuösen Szenen wie vor einem Apple Store, wenn ein neues iPhone lanciert wird. Nachmittags beim Soundcheck war bereits eine stattliche Anzahl Leute zugegen, und abends, als sich die Band im Backstagebereich auf den Auftritt vorbereitete, war der Geräuschpegel bedrohlich angeschwollen: eine vibrierende Mischung aus Reden, Trampeln, Klatschen, Kreischen und Johlen, ein Tosen, das wie eine Welle in die Garderobe brandete und über Harvy herfiel wie ein wildes Tier. Die Luft knisterte vor Spannung, die Vorfreude auf einen grandiosen Abend war fast körperlich zu spüren, etwas ungeheuer Prickelndes schien sich zusammenzubrauen. Hinter den Kulissen tigerte Slash hypernervös herum, um sich mit leicht zittrigen Fingern auf einem Glastisch im Bandraum eine Linie Koks reinzuziehen. Soul war die Ruhe selbst, saß wie ein

Yogi mit geschlossenen Augen im Lotossitz auf einer Ledercouch und meditierte seelenruhig, nur durch eine Gipswand getrennt vom hektischen Treiben der Techniker. Spike schluckte irgendeine Designerdroge, extrem starke Pillen, die er auf dem Schwarzmarkt erhalten hatte und die bei Panikattacken Wunder wirkten, während Marvin genüsslich an einer Bierflasche nuckelte und rauchte – seine Art, Stress abzubauen. Mit Backstagepässen versehene Journalisten wieselten vor der Garderobe herum und bemühten sich um Exklusivinterviews, flirteten mit Sicherheitsleuten, scherzten mit Roadies herum und schmierten dem Veranstalter Honig um den Bart, aber die strengen Manager von Sony schirmten die Raccoons kategorisch ab.

Harvy stellte sich vor, wie er in einer halben Stunde auf die Bühne rausgehen und im gleißenden Licht der Scheinwerfer vor dieses wogende Meer von Menschen treten würde. So viele Köpfe, so viele Fans. Jennifer würde da unten stehen, die Leute von Hell's Hand, womöglich die Straccis. Falls die Gangster zuschlagen wollten, würden sie nette Zielscheiben abgeben. Die unzähligen Gigs, die sie schon gespielt hatten, die jahrelange Erfahrung, die sie zusammengeschweißt und gestählt hatte, all das nützte ihnen jetzt nichts. Hier vor dieser gigantischen Menge zu spielen, fühlte sich an wie das erste Mal. Als wären sie noch gar nie aufgetreten. Aber wenn sie das hinkriegten, dann konnte sie nichts mehr aufhalten, dann würde selbst ein poetisch schräges Album mit nostalgischen Folksongs zum Renner werden.

Harvy trommelte seine Jungs zusammen. Derweil draußen die Spots justiert, die Kameras in Position gebracht und die Instrumente von den Roadies griffbereit platziert wurden, saßen sie noch einmal schweigend beieinander. Während der

Lärm immer lauter wurde, steckten die Raccoons die Köpfe zusammen wie Gangster vor dem großen Coup. Die Scheinwerfer wurden gedimmt, die Musik aus den Lautsprechern verklang, das Lärmen der Leute ging in rhythmisches Klatschen über, in einer Ecke wallte Indianergeheul auf. Noch bevor sie auf der Bühne standen, tobte das Publikum bereits. Die Sicherheitsleute sprachen unablässig in ihre Headmikros, nickten sich zu und gaben ihr Okay, die Roadies hatten ihre Arbeiten beendet, der Veranstalter machte Zeichen, dass sie raus sollten. Sie umarmten sich, gaben sich einen Ruck und gingen von der Hinterbühne nach vorne, worauf ein ohrenbetäubendes Gekreisch und Geschrei losbrach. Noch ehe sie einen Ton von sich gegeben hatten, war die Masse durch das Warten bereits auf dem Siedepunkt. Sie griffen sich rasch ihre Instrumente und legten gleich los mit *Rocking Raccoon*. Die höllische Hitze unter den Scheinwerfern trieb Harvy schon nach wenigen Takten die Schweißperlen auf die Stirn. Was er sah, war nicht viel, ein hin und her wogendes Meer von Köpfen, das sich in der Dunkelheit verlor, eine Masse, die bereit war, sich verführen zu lassen, und die er mit seiner Stimme, die Gott sei Dank zu halten schien, verführen würde. Er stand da und sang und hatte ein Lächeln in sich – er wusste, es konnte nichts mehr schiefgehen, die Musik beschützte sie. Live waren sie am besten. Die Angst verflog, angefeuert von der mitgerissenen Menge drehten sie richtig auf und jagten die Begeisterung, die ihnen entgegenwogte, in immer neue Sphären. Slash legte ein minutenlanges Solo hin, seine Beats gingen durch Mark und Bein, einige in dem Gewimmel delirierten, zogen sich tropfnass die Bühne hoch, um dort wie von Sinnen zu tanzen und sich, als die Ordner anrückten, mit ausgebreiteten Armen in die Flut von Händen zurückzuwerfen, die sie weitertrugen, bis sie in der Masse verschwanden, während in der Ferne Ambulanzen heulten und die Sanitäter alle Hände voll zu tun hatten.

Etwa in der Mitte des Sets, nachdem sie und das Publikum sich gegenseitig zu immer neuen Ekstasen hochgeschaukelt hatten, stimmten sie *Dance With The Leopard* an. Kaum waren die ersten Riffs des Songs verklungen, kaum hatte sich das Gitarrengewitter des Anfangs verzogen, spazierte vom linken Kulissenrand ein mächtiges Tier auf die Bühne. Auf gewaltigen Pranken trottete ein Schneeleopard geschmeidig ins Rampenlicht, begutachtete mit durchdringenden Augen das wogende Menschenmeer und die Raccoons. Die Menge schrie auf und begann zu kreischen, schien die Großkatze als Teil der Show zu betrachten, doch Harvy und den Jungs stockte der Atem: Nie und nimmer würden sie ein wildes Tier in einen Gig einbauen. Erschrocken schauten sie sich an, wussten nicht, was das zu bedeuten hatte. Das Tier blieb in der Mitte der Bühne stehen und brüllte, den Kopf zurückgeworfen, den Mond an. Es leckte sich die Pfoten ab, spreizte die scharfen Krallen, tatzte nach einem Mikrofonständer, klammerte sich mit einer Pranke an eine Verstärkerbox und schabte mit der anderen an einem Kabel. Von der Hinterbühne waren große Unruhe, Hektik und Aufregung zu vernehmen, die Raccoons hörten auf zu spielen, mehrere Security-Leute sprangen auf die Bühne und versuchten so verzweifelt wie ratlos, das imposante Tier in einen Container zu locken und auf diese Weise von der Rampe zu spedieren. Im Publikum herrschte nun Totenstille. Einer der Glatzköpfe zog eine Pistole, und obwohl ihn seine Kollegen lautstark warnten, dass das Tier geschützt sei und nie Menschen angreife, und ein tausendfacher Aufschrei durch das Publikum ging, zielte er auf die Flanke des Schneeleoparden und drückte kurzerhand ab. Das Tier wurde mitsamt dem Verstärker umgeworfen und auf den Rücken katapultiert, wälzte sich am Boden, ruderte mit den Beinen und bewegte die vorderen Pranken immer wieder nach hinten, wo die Kugel es getroffen hatte. Derart wild schlug es um sich, dass sich die Security-Leute nicht zu nähern getrauten. Die angespannte Stille der Menge schlug in vereinzelte Schreie um. Als sich der Schneeleopard langsam wieder hochstemmte, begannen die Zuschauer in den ersten Reihen auseinanderzustreben, doch es war kein Durchkommen auf den Seiten, von hinten drängten Schaulustige nach vorn. Unter Aufbietung der letzten Kräfte kam das Tier auf die Beine und lehnte sich schwankend und zitternd gegen die Box. Es blutete aus der Flanke, atmete schwer und schnell. Hellwach blickte es um sich, registrierte alles mit höchster Intensität. Harvy fragte sich, warum ihm der Sicherheitsmann nicht den Gnadenschuss gab, aber der Schütze war von seinen Kollegen beschimpft, unter Geschrei entwaffnet und von der Bühne gezerrt worden. Im Publikum brach Panik aus und die Menge drängte nach allen Seiten hin voller Todesangst weg und auseinander. Immer mehr Sanitäter tauchten auf und die Blaulichter verflossen ineinander. Harvy spürte, wie es ihm den Magen umdrehte. Schwach sah er das Menschenmeer, das sich lichtete, und ganz deutlich sah er die dunklen Flecken des Schneeleoparden, der sich kaum noch auf den Beinen hielt. Seine Jungs waren bereits hinter die Kulissen geflüchtet, er aber blieb wie angewurzelt stehen, konnte nicht glauben, was sich da vor ihm abspielte, an dem Tag, der ihr größter hatte werden sollen. Er schüttelte den Kopf und beobachtete, wie eine Träne aus dem Auge des Schneeleoparden quoll, wie die Raubkatze traurig blinzelte, bevor sie zu röcheln begann, sich krümmte und vor einem Notarzt zusammensackte.

21

Jennifer regte sich fürchterlich auf. Der Zwischenfall im Central Park, der Tod des Schneeleoparden, der Konzertabbruch und die bitterbösen Kommentare in den Zeitungen, die das Desaster dem organisierten Verbrechen in die Schuhe schoben, lagen ihr schwer auf dem Magen. Für sie war klar: Die Straccis hatten ihr nach der Attacke auf Tony Tangeroli eine weitere Warnung zukommen lassen. Unverfroren hatten sie den Schneeleoparden aus dem Gehege des nahen Central Park Zoo in ihre Gewalt gebracht und weggeschafft, hatten unterwegs Dutzende Wächter und Security-Leute geschmiert und ihn so auf die Bühne befördern können. Mit der Provokation, die die Raccoons traf, aber Hell's Hand galt, hatten sie untermauert, dass sie vor nichts zurückschreckten. Sie waren gewillt, den Kampf um die Vormachtstellung in der New Yorker Unterwelt mit Tony & Co. aufzunehmen. Der tote Schneeleopard war ein unmissverständliches Zeichen. Die Bande aus New Jersey sah sich als neue Nummer eins. Dass bei dieser Auseinandersetzung unter verfeindeten Gangs neben dem unschuldigen Tier ausgerechnet Harvy drangekommen war, machte Jennifer fuchsteufelswild.

Es war eine Politik der Nadelstiche, die bei Tony Tangeroli, der sich langsam erholte, aber noch immer in der Privatklinik lag, einen Tobsuchtsanfall auslöste. Als Jennifer ihm alles erzählte, versetzte ihn die Botschaft der Aktion in extreme Rage. Der versteckte Angriff auf seine Mutter und ihre

Leopardenweisheit war ihm nicht entgangen, und wenn es jemand wagte, Mama Makeda auf so perfide Weise zu attackieren, war er besonders empfindlich. Wären ihm nicht im wörtlichen Sinn die Hände gebunden gewesen, hätte er die unverzügliche Liquidierung der gesamten Führungsriege der Straccis angeordnet oder die Ausführung gar selber übernommen. So aber war er noch zu kraftlos, um einen überzeugenden Plan auszuhecken, schoss mit seinem Revolver erbost in die Deckenlampe und hoffte, während es tausend Splitter auf sein Bett regnete, auf Beistand von oben, um möglichst rasch wieder ins operative Geschäft zurückkehren zu können.

Solange dies nicht möglich war, hielt Jennifer die Fäden in der Hand. Es war keine leichte Aufgabe: Zwar machte sie mit neuen Geschäftszweigen für Heim- und Handwerker mehr Gewinn als Tony zuvor und war damit auf legalem Weg erfolgreicher, dennoch suchten die Straccis das vermeintliche Machtvakuum nach Tonys Ausfall zu ihren Gunsten zu nutzen und sorgten mit Übergriffen Tag für Tag für Unruhe. Hier wurde eine Boutique überfallen, da ein Baumarkt ausgeraubt, dort wurden Schutzgelder eingetrieben. Dem musste Jennifer Einhalt gebieten, sonst würden andere, von den Straccis aufgewiegelte Banden auf ähnliche Ideen kommen, und die Macht von Hell's Hand würde weiter erodieren. Diesen Machenschaften musste sie mit aller Entschiedenheit entgegentreten, damit es nicht zum brutalen Krieg unter den fünf großen Gangs von New York kam. Ein Krieg, der nach den Vorkommnissen in der Luft lag, sich monatelang hinziehen und einen mörderischen Blutzoll fordern würde, ein Krieg, der sie alle extrem schwächen, vielleicht ganz vernichten würde. So weit durfte es nicht kommen.

Harvy strich ihr sanft über die Stirn. Er hatte Jennifer noch nie derart angespannt gesehen. Auch er hatte nach dem Konzertabbruch einiges einstecken müssen. Spike und Slash hatten die Sache relativ gelassen genommen, Marvin und Soul hingegen hatten einen heftigen Streit vom Zaun gebrochen. Sie hatten Harvy vorgeworfen, dass er die Schuld für das Drama trage, und mit dem sofortigen Rücktritt aus der Band gedroht. Sie waren maßlos enttäuscht über die verpatzte Chance. Dass bei dem Fiasko ein geschütztes, vom Aussterben bedrohtes Tier ums Leben gekommen war, machte das Ganze für sie vollkommen unerträglich. Drauf und dran den Bettel hinzuschmeißen, waren sie über Harvy hergezogen, was das Zeug hielt. Er hatte mit Engelszungen auf sie eingeredet, sie zu beruhigen versucht, und nach Tagen des Hin und Her war es schließlich die finanzielle Vernunft, die die Band davor rettete, zu implodieren: Zurück zu den Zeiten mit mehreren Brotjobs wollte keiner von ihnen.

»Der Schneeleopard hat das Fass zum Überlaufen gebracht«, sagte Jennifer mit einem Ausdruck voller Kälte. Verächtlich sah sie hinaus auf die Schiffe, die durch die Upper Bay kreuzten, die Staten Island Ferry und die Ikea Ferry, die Scharen von Low-Budget-Kunden nach Red Hook brachte. »Ich werde einen Gipfel einberufen mit den großen Gangs der Stadt und allen Bossen der Unterwelt. Dort werde ich ein Friedensangebot unterbreiten, damit es nicht zum totalen Krieg kommt. Tony ist einverstanden. Er wünscht, dass du mich zu dem Gipfel begleitest.«

»Ich?«

»Ja, du.«

»Warum ausgerechnet ich?«

»Er hält große Stücke auf dich, das weißt du. Er möchte,

dass du einfach dabei bist und beobachtest. Du musst nichts sagen, nur dasitzen und dir das Ganze anhören. Du wirst niemandem ein Sterbenswörtchen über das Treffen verraten, sonst bist du ein toter Mann. Einzig Tony wirst du erzählen, was du gehört und gesehen hast.«

Harvy zog die Stirn kraus. »Gipfel waren noch nie so mein Ding.«

»Ehrlich gesagt, ist mir die Idee auch nicht geheuer. Ich möchte dich da nicht mit hineinziehen. Die Versammlung aller Bosse ist ein Haifischbecken. Es werden Gerüchte gestreut, Fallen gestellt. Die Straccis begehren offensichtlich auf und planen einen großen Coup. Aber vielleicht steckt auch jemand anders dahinter.«

»Mit dem Schneeleoparden bin ich irgendwie schon in die Geschichte hineingerutscht«, schüttelte Harvy den Kopf. »Aber die Sache gefällt mir nicht. Kann ich nein sagen?«

Jennifer hob die Brauen. Er konnte nicht. Tonys Wunsch hatte ihm Befehl zu sein, das Wasser unter der Brooklyn Bridge war tief.

»Aber wenn all die Bosse uns da zusammen sehen, gehen die Gerüchte dann nicht erst recht los?«

»Das fürchte ich auch. Aber du wirst dich wie ein Ehrenmann verhalten. Du wirst in keine Richtung etwas preisgeben. Eine gewisse Distanz wahren – weder zu zutraulich noch zu kühl sein. Als Boss der Bosse habe ich das Recht, einen Außenstehenden zu einem Gipfel mitzunehmen, wenn er sich zu absolutem Stillschweigen verpflichtet. Ich werde dich der Runde vorstellen, und damit hat sich's.«

»Und die Straccis?«

»Die Straccis werden erst einmal leer schlucken. Dann werden wir sehen. Du stehst unter meiner Protektion. Du kannst beruhigt sein: Bei einem Gipfel ist noch nie was passiert. Das wird dieses Mal nicht anders sein.«

Harvy rutschte nervös auf seinem Stuhl hin und her. Gerade noch hatte er den Schwelbrand in der Band gelöscht, die Formation vor dem Zerfall bewahrt, und jetzt musste er schon wieder den Feuerwehrmann spielen. War das nicht ein bisschen viel verlangt? Was sollte er mit diesen Gangstern, die mit allen Wassern gewaschen waren? Er hob fragend den Kopf und sah tief in Jennifers Augen.

»Na gut«, sagte er. »Wenn's für einen guten Zweck ist, werde ich mitkommen, ruhig auf meinem Arsch sitzen und ein bisschen schweigen. Ist sicher ein hübsches Kaffeekränzchen, wenn ihr Bosse euch trefft.«

22

Der Gipfel fand an einem Sonntagmittag in einer großen Kunstgalerie statt. Harvy, Jennifer und ihr Consigliere Costello fanden sich als Erste ein. Der Galerist, ein enger Freund Tonys, begrüßte sie mit warmer Herzlichkeit. Er umarmte Jennifer, lachte und scherzte mit Costello und war auch Harvy gegenüber ausgesprochen zuvorkommend. Als ihm Tony am Telefon erzählt hatte, Jennifer suche einen Ort für eine Sitzung der Bosse, hatte er ohne Umschweife die Galerie zur Verfügung gestellt – so sehr war er Hell's Hand verbunden, so sehr fühlte er sich in der Schuld seines Paten, dem er die Caravaggio-Kopie und manch anderes Gemälde vermittelt hatte.

An den frisch getünchten Wänden des lang gezogenen Saals hingen zeitgenössische Bilder von unschätzbarem Wert – ein Mann, der in einer tropischen Landschaft an einem Strand durch seichtes Wasser watet, während im Hintergrund eine Kaskade aus hellem Blau in dünnen Schlieren gleichsam aus dem Bild hinausfließt, eine in dunkle Farben getauchte Szene mit einem Staudamm aus bunten Steinen, vor dem zwei bizarr kostümierte Pförtner stehen, ein Polizist an einem nächtlichen, nur von seinem Wagen beleuchteten See, der die Hände hinter seinem Kopf zusammenschlägt und im Wasser eine Szene beobachtet, die der Betrachter nicht sehen kann. Hier sollte es besser keine solche Szene geben, ging es Harvy durch den Kopf.

Beeindruckt folgten er und Jennifer dem Galeristen in den oberen Stock, um in der dortigen Bar die letzten Details der Zusammenkunft zu besprechen. Eine alte, geräuschvolle Kaffeemaschine im Stil der Belle Epoque, mit einem Tassenwärmer aus Kupfer und Messing törnte Harvy mächtig an. Es duftete nach Kaffee. Häppchen, Hummerspießchen, Whiskey und Champagner waren bereitgestellt. Nur das Beste vom Besten – die Gäste sollten sich wohlfühlen. Womöglich witterte der Galerist das eine oder andere einträgliche Geschäft, waren doch die Leute, die in Bälde aufkreuzten, äußerst gut betucht und den schönen Dingen nicht abgeneigt.

Während die Kaffeemaschine brummte, trat Harvy an das gusseiserne Fenster und warf einen Blick auf die Straße hinunter. Ein privater Sicherheitsdienst mit eleganten, unter den schicken taubengrauen Anzügen vermutlich schwer bewaffneten Mittdreißigern sorgte dafür, dass sich die ehrenwerte Gesellschaft in Ruhe ihren Angelegenheiten widmen konnte. Im Vorfeld des Gipfels hatte Jennifer Harvy über alle Bosse ausführlich unterrichtet – bei ihrem Eintreffen konnte er sich nun selber ein Bild machen von den Teilnehmern dieses Familientreffens der besonderen Art.

Eine mächtige metallicschwarze Limousine fuhr vor, der behandschuhte Chauffeur im taillierten Sakko öffnete, die linke Hand auf dem Rücken, die hintere Wagentür, und heraus trat Frank di Angelo, seines Zeichens Chef des Syndikats, das in Queens und auf Long Island das Sagen hatte. Eine eindrucksvolle Erscheinung, wuchtig und braun gebrannt, von Kopf bis Fuß nach Geld aussehend, wobei sein breites Gesicht unter dem kurz geschnittenen weißen Haar etwas Friedliches, fast Gutmütiges ausstrahlte. Di Angelo durfte, so Jennifer, freilich nicht unterschätzt werden, war er doch mit seinen vielfältigen Unternehmungen vor allem im Wettgeschäft und im Pferderennsport äußerst erfolgreich. Er war ein Verehrer Tony Tangerolis und ein Typ, der mit dem Fälschen von Armani-Anzügen klein angefangen und schließlich mit den Wetten ein Vermögen gemacht hatte – ein nach außen stets liebenswürdiger Mann, der jedoch mit harter Hand seine Interessen verfolgte, sofern sie diejenigen von Hell's Hand nicht tangierten.

Als Nächster traf Habibullah Faruq ein, der Ranghöchste der arabischen Front, die in New York immer mehr an Bedeutung gewann. Habibullah, ganz in Weiß gekleidet wie einst der große Gatsby, entstieg einer lachsroten Stretchlimousine, im Schlepptau sein Assistent im hellbeigen Leinensakko. In seiner Rolle als Sultan der Unterwelt schien er sich pudelwohl zu fühlen und steckte den vor dem Eingang stehenden Leuten des Sicherheitsdienstes gut gelaunt Scheine in die Jacketttaschen. Seinen Reichtum verdankte er dem Rauschgift. Er war befreundet mit paschtunischen Stammesfürsten, hatte Mittelsmänner auf den afghanischen Schlafmohn- und Cannabisfeldern und schmuggelte im großen Stil Opium, Heroin und Marihuana in die USA. Sein Vermögen war kolossal, er hatte eine hübsche Frau und ein halbes Dutzend Kinder, man munkelte jedoch, seine wahre Liebe sei eine Dragqueen, die er in einem Club habe tanzen sehen. Lachend und mit weit ausgebreiteten Armen ging Habibullah Faruq auf Frank di Angelo zu, der vor der Tür eine Zigarre paffte, und sie umarmten sich wie alte Freunde.

Dann fuhren die Dons vor, die Chicago, Detroit und Cleveland unter ihren Fittichen hatten, blasse, mondgesichtige Männer, die Mühe hatten, in ihren Territorien für Ordnung zu sorgen. Mit ihren Goldkettchen um den Hals und den riesigen Uhren am Handgelenk hinterließen sie auf Harvy einen zweifelhaften Eindruck. Der Pate von Chicago wurde von dem Typen begleitet, der wie Robert De Niro aussah, der sich auf Mama Makedas Geburtstagsfest an ihn herangemacht und mit einem Packen Hundertdollarscheine herumgewedelt hatte. Jennifer hatte ihm erzählt, außer De Niro seien es ungehobelte Typen, die oft überhastet reagierten, keinen Sinn für den richtigen Zeitpunkt oder die Angemessenheit einer Aktion hatten. Bei den anderen Dons waren sie nicht sonderlich beliebt, da sie im Ruf standen, ihre Leute nicht im Griff zu haben. Selbst bei harmlosen Streitereien fuchtelten sie gleich wie wild mit den Schießeisen herum, weshalb die Todesrate in ihren Städten mit Abstand die höchste war.

Glamouröser waren die beiden Dons von der Westküste, die sich aus glänzenden Pontiacs schälten und in ihren farbigen Outfits, mit den gebleichten Zähnen und den wasserstoffblonden Assistenten ein gewisses Hollywood-Gehabe an den Tag legten – fehlten nur noch die Paparazzi. Aber von Gewicht waren auch sie nicht, wenn man Jennifers Einschätzung folgte, sie waren bloß gekommen, um Hell's Hand zu unterstützen und ihrer Treue zu versichern.

Dann traf Jack Stracci in einem rosaroten Thunderbird ein, und Harvy spürte, wie ihm das Blut in den Kopf schoss. Sogleich hatte er die Szene im Schlachthaus wieder vor Augen und den angeschossenen Leoparden beim geplatzten Konzert. War seine Band zum Spielball geworden in der Fehde zwischen den Straccis und Hell's Hand? Hatte man ihn für vogelfrei erklärt, jetzt, da Tony nicht mehr Boss der Bande war?

Allein Straccis Äußeres war furchteinflößend: Ein Koloss,

der vor Männlichkeit strotzte. Ein Drache fauchte an seinem Halsansatz, ein Piercing zierte die Adlernase. Seine blauen Augen unter den buschigen Brauen waren schwer zu deuten – mitunter changierte ihr Ausdruck von einem Augenblick auf den anderen von Sanftmut zu Wut. Jack Stracci galt als vollkommen unberechenbar. Seine Tobsuchtsanfälle waren legendär. In gewisser Weise verkörperte er die abgespeckte Version von Tony Tangeroli – weniger klug, weniger nüchtern, weniger kultiviert, mit seinem aufbrausenden Naturell jedoch umso gefährlicher.

Nach Stracci fuhr Shin Hai Wo in einem braunen Lincoln mit dunkel getönten Scheiben vor. Wo führte die Triade, die Chinatown beherrschte. Es gab kaum ein illegales Geschäft, in dem er seine Finger nicht mit drin hatte – er erpresste New Yorks chinesische Geschäftsleute, organisierte den Heroinhandel mit Shanghai, rekrutierte Legionen von mandschurischen Arbeiterinnen, die für nichts als ein Butterbrot Handys zusammenbauen mussten, und betrieb in einem Keller in der Mott Street heimlich ein Casino, das zugleich als Wettbüro für die spielfreudigen Chinesen diente. Eine schöne Stange Geld machte er mit dem Handel von Organen. Zudem besaß er eine riesige Froschzucht und belieferte die Restaurants und Fischhandlungen von Chinatown mit frischen Fröschen.

Shin Hai Wo war der ungekrönte König von Chinatown. Gleichwohl wirkte er unprätentiös und unscheinbar – er hatte ein schmales Gesicht und kurzes schwarzes Haar, außer einem großen Muttermal auf der Wange gab es nichts Auffälliges an ihm. Harvy staunte, wie verschieden die Typen waren, die sich einfanden. Dem einen sah man den Reichtum schon von Weitem an, der andere hätte ein Reisbauer aus dem

Herzen Chinas sein können. Zu tun haben wollte er mit keinem von ihnen.

Als Letzter traf Amerigo Carlucci ein. Ein schöner Mann in Krokodillederschuhen, einem eng geschnittenen Anzug in Haselnussbraun, mit einer aschfarbenen Haartolle, die alles, was Harvy an Rockabillyfrisuren kannte, in den Schatten stellte. Er schien der Typ zu sein, der jemanden lautlos umbrachte, um danach, völlig unbeeindruckt, in einer Bar einen Whiskey zu trinken. Amerigo Carlucci hatte Stil und die Aura eines verruchten Stars. Als er Jack Stracci begrüßte, grinste er. Carluccis Einkünfte stammten aus einer Vielzahl von Tattoo-Studios, in denen sein Geld aus Raubüberfällen und Prostitution gewaschen wurde. Man sagte ihm nach, er sei in gewerbsmäßigen Mädchenhandel verwickelt, aber da alle Zeugen und Beweisstücke aus der Welt geschafft worden waren, blieb es bei dem vagen Verdacht. Amerigo unterhielt eine Reihe von Schlägertrupps. Er besaß Anteile in Florida, Nevada und auf Kuba, war überdies in Kolumbien und Japan groß im Geschäft und eng mit der Yakuza verbandelt. Außerdem galt er als virtuoser Tattoomeister, der die Crème de la Crème des Showbusiness tätowierte. Neben Tony Tangeroli und Jack Stracci war er derjenige, der unter den Bossen das höchste Ansehen genoss. Begleitet wurde er von Maria Dolores Mariposa Vasquez, einer ehemaligen Miss Mexico, die das Anwaltspatent innehatte und als seine Consigliera waltete. Außer Jennifer war sie die einzige Frau bei dem Treffen. Sie war das Abbild einer schönen Frau, genauso, wie man sich eine Mafiosa vorstellte. Aber auf Harvy wirkte sie leer, ihr Lächeln war künstlich.

Zur Einstimmung wurden im oberen Stock Drinks und Kaffee serviert. Harvy weckte die Neugier, seine Anwesenheit sorgte für eine gewisse Nervosität und Unruhe, obwohl ihn manche von Mama Makedas Geburtstagsfest her bereits kannten. Jennifer stellte ihn als Freund der Familie vor. Die Dons schienen ihm gegenüber in gleichem Maße teilnahmsvoll wie unnahbar – gute alte Gangsterschule. Als sich alle begrüßt hatten – Jennifer und Jack Stracci beließen es, nach dem, was vorgefallen war, bei einem knappen Nicken –, begaben sich die Bosse und ihre Berater zum großen Tisch aus alten Schiffsplanken. Harvy setzte sich rechts hinter Jennifer auf einen Stuhl und bemühte sich, so unsichtbar wie möglich zu sein. Erfolglos: Jack Stracci warf ihm mit seinen eiskalten Augen einen durchdringenden Blick zu, und auch Maria Dolores Mariposa Vasquez sah immer wieder zu ihm herüber, aus Gründen, die Harvy verborgen blieben. Ihm war unbehaglich. Jeder beobachtete jeden mit Argusaugen. Als alle an ihren Plätzen waren, ergriff Jennifer das Wort.

»Liebe Freunde, ich weiß es zu schätzen, dass ihr euch Zeit genommen habt für dieses Treffen. Ich rechne euch hoch an, dass ihr teils von weit her angereist seid, um heute bei dieser Zusammenkunft mit dabei zu sein. Die Gefälligkeit, die ihr mir und Hell's Hand damit erweist, werte ich als ein Zeichen von Respekt und Verbundenheit – ein Zeichen, das mich zutiefst verpflichtet.«

Harvy machte das eine oder andere Grinsen aus, Amerigo Carlucci verzog den Mund zu einem maliziösen Lächeln, die Gesichter der meisten Anwesenden blieben jedoch ernst. Man wartete mit Spannung darauf, was diese Frau – die erste, die in der langen Geschichte der amerikanischen Syndikate ganz nach oben gekommen war – zu sagen hatte. Man beobachtete sie mit einer Mischung aus Bewunderung und Herablassung, suchte nach Zeichen von Schwäche, immerhin hatten Tony Tangeroli und Hell's Hand in letzter Zeit einige Kratzer abbekommen, schien aber überrascht und eingenommen von ihrer Stimme, ihrer Souveränität, der Ruhe, die sie ausstrahlte. Dass all diese mächtigen Persönlichkeiten Jennifer so viel Achtung entgegenbrachten, machte Harvy ein wenig stolz – umso mehr, als die Mehrheit dieser Typen unverbesserliche Machos waren, von denen man diese Wertschätzung nicht erwarten konnte. Im Grunde ließen sich diese Burschen nichts sagen, nichts vorschreiben, für sie gab es keine Regeln und niemanden, dem sie sich beugten. Aber wenn Tony Jennifer zum obersten Boss ernannte, dann hatten sie das, mochten ihre Bedenken und Vorbehalte auch noch so groß sein, zu akzeptieren. Widerspruch wäre in diesem Fall einem Todesurteil gleichgekommen – zumindest solange Tony lebte. Für manchen in der Runde war dies gewiss das größte Ärgernis: dass Tony den Anschlag überlebt hatte. Und dafür war Harvy verantwortlich – er konnte nur hoffen, dass außer Jennifer und Costello niemand darum wusste.

»Kommen wir zum Geschäftlichen. Wie ihr wisst, hat mich der Familienrat mit der Führung von Hell's Hand betraut. Leider haben sich in der nahen Vergangenheit ein paar unglückliche Dinge zugetragen, so dass ich mich entschloss, diesen Gipfel einzuberufen. Ich habe diesen Entscheid nicht getroffen, um mit euch zu streiten oder euch unter Druck zu setzen. Wir sind als Freunde zusammengekommen, und ich werde alles in meiner Macht Stehende tun, dass wir auch als Freunde auseinandergehen.«

Jennifer hielt inne, um zu sehen, ob jemand etwas entgegnen wollte. Ein dünner Rauchfaden stieg aus dem Bakelit-Aschenbecher auf, den Jack Straccis Consigliere, das Rauchverbot missachtend, vor seinen Chef gestellt hatte. Stracci machte ein nachdenkliches Gesicht, kratzte sich mit der Linken an seinem Nasenpiercing, blieb aber stumm. Niemand meldete sich, um etwas zu sagen. Habibullah Faruq rückte die Nelke in seinem Knopfloch zurecht, Amerigo Carlucci nahm einen Schluck von seinem Whiskey und blickte entspannt zu Harvy – vielleicht stellte er sich gerade das Tattoo vor, das er ihm gern verpassen würde. Der Don von San Francisco nickte mit dem Kopf, als ihm sein wasserstoffblonder Assistent etwas ins Ohr flüsterte.

»Wie konnte all das nur geschehen?«, fuhr Jennifer fort, um danach eine kurze Pause einzulegen. Sie sah ruhig in die Runde. Harvy fand sie überzeugend und unfassbar sexy. Ihm schien, dass sie bravourös in die Rolle des Chefs hineingewachsen war. Keine Frage, dass sie an Statur gewonnen hatte, seit sie an der Spitze von Hell's Hand stand. All die Schwergewichte, die sich an diesem Tisch nach ihr richteten, bestätigten ihm den Eindruck.

»Lasst mich die Geschichte rasch aufrollen, so wie ich sie sehe. Vor einiger Zeit kam Jack Stracci zu Tony mit der Bitte, ihn bei einem Unternehmen, das er zusammen mit anderen Syndikaten anstoßen wollte, zu unterstützen. Es ging um den Hafen von New Jersey, wo sich ein neuer Geschäftszweig rasant entwickelt – Menschenhandel. Ihr wisst, worum es geht: Billige Hilfskräfte aus Asien, Handlanger aus Mexiko, Prostituierte aus Osteuropa werden per Schiff in bewohnbaren Containern ins Land geschleust. Jack bat Tony um Geld und seinen Einfluss. Jacks Anliegen war, Hafenbeamte zu bestechen, Journalisten, Politiker und Richter zu schmieren, um das Geschäft reibungslos abwickeln zu können. Mit allem Respekt vor den Straccis antwortete Tony, dass er daran kein Interesse habe. Vielleicht mag er in gewissen Dingen etwas starrköpfig sein, aber er hat seine Prinzipien. Mit Menschenhandel hat er nichts am Hut. Er fügte an, dass er nichts dagegen habe, wenn die Straccis ihr Geld so verdienen wollten, und wies darauf hin, dass sich ihre geschäftlichen Interessen nicht in die Quere kämen. Jack Stracci hat dies in den falschen Hals gekriegt. Den Rest der Geschichte kennt ihr: Beim vorgetäuschten Verkauf einer Müllanlage hat Jack Tony umbringen wollen und in der Folge den Unfrieden über uns alle gebracht, der jetzt die Familien von New York umtreibt.«

Jack Straccis Kopf wurde rot und röter. Man spürte geradezu, wie sich etwas in ihm zusammenbraute, wie gewaltig er sich ärgerte, hier von einer Frau vor allen Bossen zum schwarzen Schaf gestempelt zu werden. Harvy fürchtete, dass er nächstens explodierte. Aber es war nicht Jack Stracci, der das Wort ergriff, sondern Jennifer, die den Faden wieder aufnahm. Mit Nachdruck fügte sie an: »Wie gesagt, ich habe dieses Treffen nicht anberaumt, um mich mit euch zu überwerfen. Jack Stracci hat seinen Button-Man Severo Zucillo verloren, ich habe Tony beinahe verloren. Wir sind quitt. Es macht keinen Sinn, bis ans Ende der Tage zu grollen und sich zu bekriegen. Das ist nicht die Art, wie wir Probleme lösen. Darum schlage ich einen Frieden vor. Lasst die Dinge wieder so sein, wie sie vor dieser unseligen Attacke waren. Ich habe nichts unternommen, um mich an den Straccis zu rächen, und ich werde das auch in Zukunft nicht tun, wenn dieser Friede eingehalten wird.«

Jennifer nahm einen Schluck Wasser aus dem Glas, das ihr Costello reichte. Sie räusperte sich, dann fuhr sie fort: »Tony geht es den Umständen entsprechend gut. Er ist noch nicht ganz auf dem Damm, aber er wird früher oder später wieder in das operative Geschäft einsteigen.«

Ein Raunen ging durch die Runde. De Niro hob die Brauen, sah fragend zu Harvy, reihum wurde getuschelt. Der große Mann war, das hatte man gewusst, nicht eliminiert, Jack Straccis Aktion war nicht von Erfolg gekrönt gewesen. Doch dass er wieder ins Geschäft eingreifen würde, das sorgte bei manchen für rauchende Köpfe. Harvy spürte, wie das Ansehen Jack Straccis auf einen Schlag schrumpfte, wie ihm vernichtende Blicke zugeworfen wurden – hätte er seinen Job richtig erledigt, hätte er Tony für immer oder zumindest für die nächsten Jahre außer Gefecht gesetzt, müssten sie nicht hier zusammensitzen und über Krieg und Frieden diskutieren. Dann wäre Hell's Hand derart geschwächt, dass sich die Umverteilung der Macht von alleine ergeben hätte.

Zu Harvys Überraschung war es nicht Jack Stracci, der Jennifer antwortete, sondern Amerigo Carlucci. Er strich sich mit der Hand sanft durch die Haartolle, sah kurz in die Runde und begann dann, ruhig und überlegt seine Sicht der Dinge darzulegen.

»Das mag alles stimmen«, sagte er, »aber es ist nur ein Teil der Wahrheit. Jennifer ist sehr taktvoll, doch sie gibt das Ganze leicht verschleiert wieder. Ohne Hell's Hand konnte Jack Stracci das neue Geschäft nicht lancieren und in die Gänge bringen. Tonys Weigerung hat die vielversprechende Unternehmung im Keim erstickt. Ohne die Hilfe wichtiger Beamter und Politiker, die sich nur von Hell's Hand beeinflussen lassen, läuft bei dieser Sache nichts. Jack Stracci waren die Hände gebunden. Tony hat einen Großteil der Verwaltung, der Justiz und der Politik in der Tasche. Aber wenn er uns nicht daran teilhaben lässt, ist das alles für die Katz. Er behindert unsere Aktivitäten, schadet uns, verhält sich nicht wie ein Freund. Er nimmt uns die Möglichkeit, unser tägliches Brot zu verdienen. In diesem Fall hat er ein Millionengeschäft zunichtegemacht. Ein Geschäft, das auf Jahre hinaus unerhörte Gewinne abgeworfen hätte. Es ist nicht mehr so wie früher, wo jeder einfach sein eigenes Süppchen kochte. Von Freunden erbetenen Beistand zu verweigern, ist ein feindlicher Akt. Natürlich hätten wir dafür auch eine hübsche Summe an Hell's Hand überwiesen, wir sind ja keine Gauner.«

Rundum war Gelächter zu hören. Jack Straccis Miene hellte sich auf, der Don von Chicago tauschte mit dem Don von Cleveland Zettel aus, der von Detroit warf schmachtende Blicke in Richtung Maria Dolores. Vereinzelt ertönte Beifall, es wurde geschmunzelt und gemurmelt, Bewegung kam in die Versammlung. Amerigo Carlucci aber hatte noch nicht geendet: »Freunde, wir müssen an einem Strang ziehen. Wir müssen Hand in Hand arbeiten. Nur so können wir alle das Leben führen, das wir leben wollen. Das ist der springende Punkt.«

»Die Sklaverei wurde vor hundertfünfzig Jahren abgeschafft«, wandte Jennifer scharf ein. »Für Tony mit seinen afroamerikanischen Wurzeln ist das heilig. Auch unser Geschäft hat Grenzen.«

»Warum moralisch handeln, wenn das ganze System unmoralisch ist? Wir wissen, dass wir mit normaler Arbeit nie den Wohlstand erreichen könnten, den wir haben. Die herrschende Ungleichheit ist enorm. Sie ist willkürlich und beruht auf Erbschaft, nicht auf Verdiensten. Darum sind Skrupel nicht angebracht. Bei dem Hafengeschäft füttern wir die Wirtschaft mit den Menschen, die sie braucht und die sie sich ohnehin holt. Nur dass die Gewinne in unsere Tasche fließen.«

Schweigen erfüllte den Raum. Carlucci sah lässig in die Runde. Der Rockabilly-Typ war ein anderes Kaliber als Jack Stracci. Carlucci hatte deutlich gemacht, dass er, falls man sich nicht einigen konnte, sich auf die Seite der Straccis schlagen würde – und das konnte für Hell's Hand den Anfang vom Ende bedeuten. Carlucci hatte auch der Möglichkeit einer Rückkehr zu früheren Zuständen eine Absage erteilt – und dabei allen Bossen vor Augen geführt, dass ihr Schicksal davon abhing, dass man sich gegenseitig half. Ganz nebenbei hatte Carlucci den American Dream als Lüge entlarvt: Die Geschichte vom Tellerwäscher, der zum Millionär wird, war ein Märchen.

Nervös blickte Harvy zu Jennifer. Obwohl die Stimmung zu kippen schien, wirkte sie weiterhin gelassen. »Freunde«, hob sie an, »wer Tony kennt, weiß, dass er Jacks Bitte nicht aus bösem Willen abgeschlagen hat. Das ist nicht seine Art. Wem von euch hätte er je eine Gefälligkeit verweigert?«

Sie sah fragend in die Runde. Niemand reagierte.

»Aber in diesem Fall konnte er nicht anders. Menschenhandel hält er für ein gefährliches Geschäft. Eines, das die anderen Vorhaben von Hell's Hand aufs Höchste gefährdet. Denn in diesem Land gibt es dafür in Verwaltung und Politik keine Fürsprecher: Die Angst, sich daran die Finger zu verbrennen, ist riesig. Beamte, die uns bei den Wetten, beim Müll oder im Baugewerbe zur Seite stehen, würden mit einer Organisation, die Menschenhandel betreibt, nicht mehr verhandeln. Und leider ist es nicht so, dass wir bei der Justiz oder der Verwaltung nur mit den Fingern schnippen brauchen, und die Richter oder Abteilungsleiter stehen stramm. Da überschätzt ihr Hell's Hand gewaltig. Mit diesem Geschäft würden wir uns einen Bärendienst erweisen. Aber wenn ihr alle überzeugt seid, dass dies der richtige und einzig mögliche Weg ist und nur so der Frieden wiederhergestellt wird, dann werden wir unsere Interessen hinter das Allgemeinwohl stellen und unsere Verbindungsleute ihre Beziehungen spielen lassen.«

Die Anspannung im Raum legte sich. Jennifer hatte im entscheidenden Punkt eingelenkt. Hell's Hand würde die Behörden bearbeiten, sich aber sonst aus dem Geschäft heraushalten. Im Gegenzug sollten die anderen Syndikate die Grenzen ihrer Territorien und Geschäfte akzeptieren – das Machtgefüge durfte nicht infrage gestellt werden. Ringsum wurde getuschelt, die Dons tauschten sich aus und besprachen sich leise mit ihren Beratern.

Schließlich war es Habibullah Faruq, der das Wort ergriff: »Wenn wir nicht in dieses Geschäft einsteigen, werden es andere tun. Es wäre verantwortungslos, die Millionen irgendwelchen Dunkelmännern zu überlassen. Wenn wir mitmachen, haben wir die Kontrolle darüber, was geschieht.«

Wo Shin Hai pflichtete Habibullah bei: »Ich bin vollkommen gegen Menschenhandel. Aber schaut doch nur, was in China passiert. Für die Wirtschaft sind die Wanderarbeiter überlebenswichtig. Das Potenzial ist ungeheuer. Darum ist es besser, wenn wir die Lokomotive sind. Dann können wir das Ganze perfekt organisieren – und aus einem schmutzigen Geschäft eine anständige Sache mit schönen Profiten machen.«

Alle pflichteten Habibullah und Wo bei. Andere Dons unterstrichen, dass einfach zu viel Geld im Spiel sei. Man sprach sich allseits gegen Menschenhandel aus und beklagte diese moderne Form der Sklaverei. Aber nach Amerika würden die Immigranten so oder so kommen, und letztlich helfe es den

Arbeitswilligen wenig, wenn sie wegen eines schlechten Settings zurückgeschickt würden oder im Gefängnis landeten.

Harvy wurde es unbehaglich – dass Jennifer bei diesen Geschäften mitmischte, verursachte ihm Kopfschmerzen. Immerhin hatte sie sich dagegen gewehrt, hatte schließlich, nur um Schlimmeres zu verhindern, einem Kompromiss zugestimmt. Nun stand sie plötzlich im Zentrum des Projekts.

Nachdem alle Dons gesprochen hatten, beriet man sich und beschloss, das Vorhaben im Hafen von New Jersey in die Tat umzusetzen – unter der Protektion von Jennifers Leuten, die den entsprechenden Beamten Entscheidungshilfen geben sollten. Im Gegenzug versprachen die Vertreter der verschiedenen Syndikate sich an die Regeln zu halten und nicht unbotmäßig ihre Gebiete oder Geschäftsfelder zu vergrößern. Die führende Rolle von Hell's Hand blieb unangetastet. Auf einer symbolischen Ebene war es ein Sieg für die Straccis. Alle Anwesenden hatten also das Gesicht gewahrt, was allseits zu einer Stimmung heiterer Entspanntheit führte.

Amerigo Carlucci wollte die Sitzung schon beenden, der Galerist zu Häppchen und Drinks an die Bar rufen, als sich Jack Stracci zu Wort meldete. Obwohl er der Gewinner des Gipfels war, schien ihm nicht recht wohl bei der Sache. Nachdenklich griff er sich an sein Drachen-Tattoo und sah voller Zweifel zu Jennifer hinüber: »Ich habe allem ohne Wenn und Aber zugestimmt und werde mit meiner ganzen Kraft alles mittragen, was wir vereinbart haben. Ich möchte betonen, dass ich gegen Tony Tangeroli keine Ressentiments hege. Was passiert ist, war nichts Persönliches, sondern rein geschäftlich. Aber wer garantiert mir, dass es bei Hell's Hand genauso ist? Vielleicht fühlt sich Tony durch das Abkommen über den Tisch gezogen? Wenn er wieder zurück im Business ist: Wird er nur auf den Moment warten, um mich lebend im Stützpfeiler eines frisch hochgezogenen Wolkenkratzers einzubetonieren? Ich bin bereit, den Tod meines Button-Mans und meines wichtigsten Capos zu vergessen. Aber kann Hell's Hand eine feste Zusicherung geben, dass der ausgehandelte Frieden auch tatsächlich Bestand hat? Dass er nicht in zwei, drei Monaten wieder über den Haufen geworfen wird, wie so oft in der Vergangenheit?«

Alle Augen richteten sich auf Jennifer. Krieg oder Frieden – das hing nun schon zum zweiten Mal von ihr ab. Sie räusperte sich, hob dann mit Bestimmtheit an: »Dieses Abkommen wird von unserer Seite eingehalten, dafür lege ich meine Hand ins Feuer. Solange ich das Sagen habe, wird niemand von Hell's Hand in der Vergangenheit wühlen, um Gewalt und Aufruhr zu schüren. Wir wollen in Ruhe unseren Geschäften nachgehen und uns, soweit möglich, gegenseitig unterstützen. Die Zeit der Abrechnungen und der unüberlegten Schritte ist vorbei. Wenn wir zusammenarbeiten, sehe ich eine erfolgreiche Zukunft vor uns. Ich freue mich, diesen Weg gemeinsam mit allen zu gehen. Auch mit den Straccis.«

Jennifer stand auf und ging um den Schiffsplankentisch herum auf Jack Stracci zu. Stracci erhob sich. Die beiden reichten sich die Hand und umarmten sich. Beifall brandete auf. Die Dons hoben die Gläser, die Gefahr eines Krieges war gebannt. Rundum beglückwünschte man sich zum Erfolg der Verhandlung. Harvy atmete auf. Er freute sich für Jennifer. Selbst Jack Stracci schenkte ihm nun ein Lächeln. Dafür starrte ihn Maria Dolores plötzlich finster an. Er wusste nicht, warum, aber egal, Jennifer hatte es geschafft, und Harvy konnte endlich aufstehen und sich die Kaffeemaschine genauer ansehen. Er ging zur Bar, begutachtete den Tassenwärmer aus Messing, der die Tassen perfekt temperierte, und erwärmte sich am Gedanken, das Belle-Epoque-Bijou mitgehen zu lassen. Während er seinen Fantasien nachhing, spürte er von hinten eine Hand an seinem Ärmel, der Geruch eines süßlichen Parfums stieg ihm in die Nase. Er drehte sich um und zuckte zusammen – es war die verführerische Maria Dolores Mariposa Vasquez, die sich mit der Zunge aufreizend über die vollen Lippen fuhr.

23

Harvy machte einige Schritte auf den offenen Holzsarg zu, der rundum mit Leopardenfell überzogen war. Es duftete nach Rosenblüten und Vanille. Diskret trat er näher, um das Gesicht zu sehen. Ein seidiger Glanz lag darauf, Schmerz war nicht auszumachen. Es sah aus wie das eines Menschen, der schlief. Augen und Mund waren geschlossen. Der Schrecken des Todes schien fern. Die fahlen, gelblichen Hände lagen friedlich gefaltet auf der Brust – die Hände, an deren Wärme Harvy sich gut erinnern konnte.

Der Leichnam war in einem weinroten Samtanzug mit perlmuttfarbenen Knöpfen festlich hergerichtet worden. Als alle Trauergäste ihre Aufwartung gemacht hatten, wurde der Deckel sorgfältig auf den Sarg geschraubt und das Behältnis versiegelt. Auf einer schnurgeraden Allee folgte Harvy dem Trauerzug, vorbei an Wiesen voller Grabsteinen, Statuen und Rhododendren, in Richtung des Apfelhains zum Familiengrab der Tangerolis. Unter dem stahlblauen Himmel leuchtete der Leopardensarg auf den Schultern der Träger, die würdevoll über die Allee schritten und deren schwarze Krawatten im Wind baumelten. Tony und Jennifer gingen unmittelbar hinter dem Sarg, gefolgt von den engsten Verwandten – Afrikaner, die Trommeln schlugen, tanzten und sangen, schluchzten, weinten und wimmerten, Italo-Amerikaner, die schweigend und mit ernstem Gesicht die Fröhlichkeit und Exaltiertheit der anderen erduldeten. Dann kamen die Prominenten, der

Bürgermeister, Stadträte und Senatoren, der Polizeikommandant sowie Stars vom Broadway, zahlreiche Freunde und Bekannte aus Hell's Kitchen, die Oberhäupter aller Clans samt ihren Consiglieri und Button-Men, ein endloser, nicht abreißender Zug von Trauernden, der vorbei an verwitterten Engelsskulpturen zur Grabstätte marschierte.

Bevor sie den Hain erreichten, war ein kojotenhaftes Heulen zu hören. Eine Familie schäferhundgroßer Präriewölfe sprengte aus den Büschen und passierte vor dem Trauerzug die Allee. Mitten auf dem Weg blieben die Kojoten, die zwischen all den Toten ein prächtiges Leben zu führen schienen, auf ihren dünnen Beinen stehen, als wollten sie die letzte Ehre erweisen. Einige der Trauergäste schreckten entsetzt zusammen, aber die Tiere mit den langen, struppigen Schwänzen suchten rasch das Weite und schlugen sich wieder in die Büsche.

Der Trauerzug kam zum Stillstand. Tony, Jennifer und die engsten Angehörigen nahmen neben dem von den Friedhofsgärtnern ausgehobenen, von üppigen Blumengebinden gesäumten Rechteck Stellung. Der Priester sprach feierlich ein letztes Totengebet, etwas Lateinisches wie De Profundis, die Worte Vergebung, Ehrfurcht und Seele waren zu hören, Glockengeläut, afrikanische Gesänge und Beschwörungen, dann wurde der Leopardensarg an Seilen in die rund sechs Fuß tiefe Grube hinuntergelassen. Jennifer unterdrückte mit Mühe ihre Tränen unter dem zarten schwarzen Trauerschleier. Sie und Mama Makeda hatten sich nahegestanden. Tonys Gesicht war versteinert. Es war das erste Mal, das er sich seit dem Anschlag wieder in der Öffentlichkeit zeigte. Zwar hatte er noch Brandnarben im Gesicht und auf dem kahl rasierten Schädel, aber er strahlte, trotz des traurigen Anlasses, eine ungeheure Kraft aus. Mit einem leichten Heben des Kopfes forderte er Harvy auf, sich zur Familie zu gesellen. Harvy gefror das Blut in den Adern. Er löste sich aus der Schar der Trauernden und stellte sich in die Nähe des Kopfendes der Gruft, nicht weit von Jennifer. Tony nickte. Dann trat der gefürchtetste Mann von Manhattan vor das Grab, murmelte ein paar Worte, warf eine Rose hinunter und bekreuzigte sich. Jennifer und die Verwandten taten es ihm gleich. Als alle Blumen in das Grab geworfen hatten, war Harvy an der Reihe. Er hatte Tonys Mutter gemocht und schickte ihr mit dem Strauß duftender Chrysanthemen seine guten Gedanken mit ins Jenseits. Er erinnerte sich, wie sie ihn am Fest zu ihrem sechzigsten Geburtstag hatte abschleppen wollen und wie er sich nur unter Vorschützen von Betrunkenheit aus ihren Fängen hatte retten können. Vermutlich war sie sein größter Fan gewesen. Jetzt lag sie, gebettet auf Leopardenfell, da unten neben ihrem Gatten.

Nach Harvy traten die Trauergäste aus der Politik gesetzten Schritts an die Gruft, warfen andächtig Vergissmeinnicht, Pfingstrosen und weiße Lilien auf den mittlerweile unter Blumen begrabenen Sarg. Tony begutachtete alle, die sich näherten, mit Argusaugen. Jeden einzelnen durchleuchtete er mit strengem Blick, ermaß minutiös, wie aufrichtig oder gespielt der Schmerz, wie echt der Respekt und die Ehrbezeugung waren.

Als sich die Oberhäupter der anderen Clans näherten, zeigte Tony nicht die kleinste Regung. Die Bosse flüsterten leise mit ihren Begleitern, steckten die Köpfe zusammen und tuschelten. Etwas Unheilvolles lag in der Luft, die Atmosphäre war angespannt. Habibullah Faruq näherte sich als Erster der Dons der Gruft, ließ eine rote Nelke hinuntersegeln und verbeugte sich respektvoll vor den Hinterbliebenen. Tony reagierte nicht. Frank di Angelo kam mit Tulpen. Di Angelos Augen, die hinter dünnen Brillenfassungen aus Titan in den Fettpolstern seines Gesichts zu verschwinden drohten, grüßten vorsichtig, was mit einer gehobenen Braue erwidert wurde. Harvy stellte sich vor, was passieren würde, wenn einer dieser Macker auf dem morastigen Erdreich vor dem Grab in seinen frisch polierten Lackschuhen aus dem Gleichgewicht geriet, ausrutschte und in die Grube fiel. Vermutlich würde Tony keine Sekunde zögern, seinen Revolver aus dem Jackett ziehen und den Schamlosen, der es wagte, die letzte Ruhe seiner über alles geliebten Mutter zu stören, vor den Augen des New Yorker Polizeichefs erschießen.

Während die Apfelbäume rauschten, als wollten sie Mama Makeda ein letztes Konzert geben, trat Jack Stracci zögerlich zur Grabstelle. Harvy spürte, wie die Luft geradezu knisterte. Er meinte zu fühlen, wie Tony, auf dessen Wangen die angespannten Muskeln hervortraten, den Finger unter dem Anzug am Abzug hatte. Jack Stracci hielt einen Strauß orangefarbener Sammetblumen in der Hand. Tony musterte ihn. Stracci warf ihm einen flüchtigen Blick zu, wartete einen Augenblick, weil ihm der Wind die Krawatte ins Gesicht wehte, dann warf er die Blumen in die Grube und bekreuzigte sich. Harvy schloss die Augen. Er war sicher, dass ein Schuss fallen würde. Aber nur das Heulen der Kojoten war zu hören, das von ferne herandrang. Als er die Augen wieder öffnete, war das Jaulen verstummt. Stracci nickte Tony zu. Tony verzog keine Miene.

Harvy beobachtete, wie sich eine Honigbiene an dem weißen Thymian gütlich tat, der in der Nähe am Rand eines Kiesstreifens blühte. Mücken tanzten über den Köpfen der

Bosse auf der Lichtung, die Schatten der Bäume wurden länger. Nach Stracci kam Amerigo Carlucci an das Grab. Der Rockabilly-Typ hielt Stiefmütterchen in der Hand und ließ von seinem Button-Man ein prunkvolles Gebinde in dem Kranz- und Blumenmeer niederlegen. Er wirkte ernst, aber nicht zu ernst, erledigte seine Ehrerbietung mit Grazie und Grandezza. Darauf warf Maria Dolores Mariposa Vasquez einen Strauß in die Tiefe. Sie machte einen eleganten Knicks, sah taktvoll zu Tony, wandte sich ab und blinzelte im Weggehen kühl zu Harvy, den das Ballett der Blicke zunehmend verwirrte. Schon in der Kirche hatte sie ihn mit aufreizend verächtlichen Blicken eingedeckt, die ein klitzekleines bisschen durchsickern ließen, dass sie eventuell zu haben wäre, was ihm zusetzte, wie ihm hier alles zusetzte – die Wiederauferstehung Tonys, Seite an Seite mit Jennifer, das schmerzverzerrte Gesicht seiner Geliebten, das verschwörerische Gewisper der Bosse. Am liebsten wäre er gleich verschwunden. Aber er war zum Leichenmahl eingeladen, und diese Einladung auszuschlagen wäre der erste Schritt zum eigenen Leichenmahl gewesen. Und dann noch Maria Dolores Mariposa Vasquez und ihre verdammte Schönheit. Aber war sie mehr als eine wunderschöne Frau, mehr als ihre Rolle, mehr als jemand zum Vorzeigen, war sie nicht leer und steif, ein bloßes Statussymbol? Und wollte er denn noch eine Gangsterbraut? Nein, nein, nein! Doch das Betörende ihrer Ausstrahlung ließ ihn nicht los, auch wenn er sich noch so dagegen wehrte, fragte er sich, ob sie zu knacken war.

Tony und Jennifer tuschelten miteinander, worauf Jennifer die Grabstelle verließ. Die Zeremonie ging weiter. Robert De Niro kam mit bunten Blumen und warf Harvy einen vielsagenden Blick zu. Aus dem Hintergrund tauchte Costello auf, trat an Tony heran und flüsterte ihm etwas ins Ohr. Er deutete mit den Augen auf Carlucci. Tony nickte. Dann verschwand Costello wieder, um mit Carlucci zu sprechen.

Nachdem alle Blumen in der Gruft und die Kränze niedergelegt waren, schippten die Totengräber Erde auf den Sarg. Die Trauergemeinde bewegte sich Richtung Ausgang. Die Politiker gaben acht darauf, nicht neben den Bossen zu gehen, während die Größen aus dem Showgeschäft deren Nähe geradezu suchten. Die Dons ihrerseits wägten genau ab, bei wem sie standen und mit wem sie sprachen, um ja kein falsches Zeichen zu setzen. Alle waren auf Haltung bedacht, jede Geste konnte gedeutet und falsch verstanden werden.

Auf dem Weg zurück wurden Handys gezückt, Nachrichten versandt und angeschaut. Mit beiden Händen wurden Mobiltelefone in die Höhe gehalten, um Fotos zu schießen, Zigaretten wurden angezündet, Hände geschüttelt. Die Leute sprachen gedämpft – ein ununterbrochenes, ersticktes Gemurmel, das sich in der kühler werdenden Friedhofsluft verflüchtigte. Da und dort bildete sich ein kleiner Auflauf. Es wurde gelacht, vor allem aber geraunt. Die Aufregung war groß, weil Tony nur so vor Kraft strotzte.

Während sich die Trauergemeinde im steten Stimmengewirr vom Apfelhain fortbewegte, legte der Wiederauferstandene tröstend seinen oberschenkeldicken Arm um Harvy, wie um ihm sein Beileid auszusprechen.

»Mein Freund«, sagte er väterlich, »ich danke dir, dass du gekommen bist.«

»Aber das ist doch selbstverständlich.«

»Nichts ist heute selbstverständlich. Bist du immer noch mein Nigger?«

»Ich bin dein Nigger«, sagte Harvy rasch, um keine Zweifel aufkommen zu lassen, und fühlte, wie Tony seine Hand auf seine Schulter presste.

»Schau mir in die Augen, Kleiner!«, sagte Tony ernst. Harvy blieb fast das Herz stehen. Dann blickte er hoch in die undurchdringlichen Augen seines Paten.

»Gut«, sagte Tony, nachdem er ihn lange betrachtet hatte, »ich habe einiges mit dir zu besprechen.«

24

Mit einer düsteren Vorahnung und einer beunruhigenden Beklemmung in der Brust fuhr Harvy zur Dachterrasse hoch. Beim Leichenmahl hatte Jennifer ihn kaum angesehen, geschweige denn mit ihm gesprochen. Nie war in ihren Augen so etwas wie Zärtlichkeit aufgeblitzt, nicht einmal verstohlen. Müde hatte sie ausgesehen, matt, mutlos, ihre Miene war wie erloschen gewesen. Das völlige Nichtbeachten kränkte Harvy, und es schien ihm gefährlich. Würde ihr auffälliges Ignorieren nicht den Verdacht wecken? Oder hatte Tony etwas gemerkt, und sie befand sich auf dem Rückzug? Waren Tony und Jennifer durch den Tod von Mama Makeda näher zusammengerückt? Erst jetzt fiel ihm auf, dass sie sich nach der Beerdigung nicht mehr gemeldet hatte. Vielleicht hatte er sie schon längst an Tony verloren? Maria Dolores Mariposa und ihre lockende Schönheit kamen ihm in den Sinn. Ob er sie einmal ...? Ein Schnaufen von Paulie, der ihn im Lift nach oben begleitete, riss ihn aus seinen Gedanken. Hör auf mit der albernen Schwärmerei, sei froh, wenn du nachher noch lebst, sagte sich Harvy und fröstelte. Auch Paulie war eine gewisse Nervosität anzumerken. Der Button-Man hatte nach dem Anschlag auf Tony um seinen Job, ja, sein Leben fürchten müssen. Als es hart auf hart ging, hatte Jennifer ein Wort für ihn eingelegt. Sie war überzeugt, dass er kein Verräter war und sich nicht von den Straccis hatte kaufen lassen. Schließlich war er für ein paar Wochen beurlaubt worden. Als beim neuen Button-Man Alkoholprobleme zutage traten, hatte Paulie die Aufgabe wieder übernommen. Aber er wusste, dass er unter Beobachtung stand. Ein Fehler, und er landete in einem Sumpfloch in New Jersey.

Oben wurde Harvy von Tonys Leibwächter Butch in Empfang genommen. Butch ließ ihn einen Moment warten. Durch die Palmen hindurch erspähte Harvy Tony zusammen mit einer aufreizend schönen Frau, die ihre gebräunten Beine übereinandergeschlagen hatte und sich neckisch eine Haarsträhne, die ihr über die Augen gefallen war, aus dem Gesicht pustete. Tony und die Unbekannte saßen in bequemen Korbstühlen – er mit Hut in einem eleganten weißen Sakko und einem weißen Hemd, sie in einem tief dekolletierten ingwerfarbenen Cocktailkleid aus Chiffonseide.

»Hunderttausend«, sagte Tony. »Bist du dabei?«

Die Schöne lächelte komplizenhaft. »Ja«, erwiderte sie verschwörerisch.

»Die Hälfte cash nach dem Arztbesuch, die andere Hälfte, wenn die Sache durch ist. Wiederhol den Auftrag, Schätzchen.«

Die Unbekannte stellte die Beine nebeneinander, strich ihr Chiffonkleid glatt und hob an: »Der Arzt stattet mich mit allem aus. Auf der Party schnappe ich mir den Kerl und schleppe ihn ab. Kurz bevor die Post abgeht …«

»Gut, Schätzchen. Mit einem Einzigen hast du noch nie so viel Geld verdient, nicht mal mit dem Präsidenten. Alles klar?«

Die Schöne nickte.

»Dann auf unsere Zusammenarbeit!«

Die beiden ließen ihre Champagnergläser behutsam aneinanderstoßen, es klang wie Hochzeitsglocken. In einem Zug leerten sie die Kelche, um dann aufzustehen und sich zu umarmen, worauf die Frau in ihren hochhackigen Schuhen und in ihrem raffinierten, eng anliegenden Kleid Richtung Lift stolzierte.

Als sie mit Paulie nach unten fuhr, schnippte Tony mit den Fingern, und Butch begleitete Harvy zu den Korbstühlen.

»Schön, dich zu sehen, Junge«, sagte Tony. »Wie geht es dir?« Ohne die Antwort abzuwarten, ließ er von dem südamerikanischen Dienstmädchen in einem hübschen spitzenbesetzten Babydoll zwei Old-Fashioned-Drinks bringen, strich einen Fussel von seinem Sakko, setzte sich eine modische Brille mit einer dünnen Metallfassung auf, die ihm etwas Intellektuelles verlieh, und sagte ohne Umschweife: »Setz dich und erzähl mir vom Gipfel.«

Harvy hatte Mühe, nach der Erscheinung in Chiffonseide wieder ruhig zu atmen, räusperte sich, sah hinüber zu den Palmen und zum Swimmingpool, wusste nicht, wo er beginnen sollte.

»Na komm, Nigger, raus mit der Sprache! Oder hast du was zu verheimlichen?«

»Nein, nein«, stotterte Harvy, während er einen leichten Schauder spürte, »es war nur, wie soll ich sagen, es wimmelte nur so von … ähm, merkwürdigen Männern.«

»Das kannst du laut sagen. Ein Haufen Arschlöcher. Die Mafia wäre eine wunderbare Sache, wenn nur die Mafiosi nicht wären. Aber was ist dir bei dem Haufen aufgefallen?«

Harvy zögerte einen Augenblick, nippte an seinem Drink, um dann entschlossen zu sagen: »Das Merkwürdigste geschah nach der Sitzung.«

Tony hob die Brauen und sah ihn ernst an.

»Die Consigliera von Amerigo Carlucci, Maria Dolores Mariposa Vasquez, die ehemalige Miss Mexico, kam beim

Kaffee auf mich zu und wollte mir einen Deal vorschlagen. Sie meinte, ich sei der heimliche Consigliere von Hell's Hand.«

»Der heimliche Consigliere von Hell's Hand!«, prustete Tony los, lachte schallend, schlug Harvy kräftig auf die Schultern, konnte sich kaum beruhigen, wischte sich Tränen aus den Augenwinkeln, um erneut von einem Lachkrampf geschüttelt zu werden. »Aber als Don Harvy hat sie dich nicht angesprochen?«, frotzelte er und wieherte wieder los. Als er sich gefasst hatte, fragte er streng: »Was für einen Deal?«

Harvy schüttelte den Kopf. »Ich weiß es nicht. Als ich ihr sagte, dass ich nicht der Consigliere von Hell's Hand bin, hat sie sich auf die Lippe gebissen und sofort damit aufgehört.«

»Mmh. Was glaubst du, wollte die Dame dir anvertrauen?«

»Keine Ahnung.«

»Streng deinen Grips an, Junge, ich habe dich nicht zum Vergnügen auf den Gipfel geschickt. Was ging da ab?«

»Schwer zu sagen. Erst dachte ich, dass sie Hell's Hand vorschlagen will, Jack Stracci umzulegen, damit der Carlucci-Clan und ihr beim Hafengeschäft fifty-fifty machen könnt.«

»Mmh.« Tony kratzte sich am Kinn. »Das wird es kaum gewesen sein. Wir sind am Hafengeschäft nicht interessiert.«

»Vielleicht wollte sie auch etwas anderes. Etwas, von dem ich nichts weiß.«

Tony nickte, sah ihn halb zufrieden, halb nachdenklich an. Er nahm einen Schluck von seinem Drink, dann fragte er weiter: »Und sonst? Was ist dir noch aufgefallen?«

Harvy sah auf die Eiswürfel in seinem Glas, die sich aufzulösen begannen. Der Whiskey stieg ihm zu Kopf – während ein heftiger Windstoß ihm die Haare durcheinanderwirbelte und bedrohlich schwarze Gewitterwolken über Hell's Kitchen aufzogen, spürte er, wie der Old-Fashioned zu wirken anfing, wie sich seine Zunge langsam löste. »Jack Stracci ist eine imposante Erscheinung. Sein bloßer Anblick ist furchterregend. Aber irgendwie kommt er mir ein bisschen beschränkt, ein bisschen einfältig vor. Amerigo Carlucci scheint mir wesentlich abgebrühter, intelligenter, gefährlicher.«

»Stracci ist nur ein Strohmann«, sagte Tony scharf. »Ein Hurensohn, der sich kaufen lässt. Darum hat er es nie nach ganz oben geschafft. Carlucci ist von anderem Zuschnitt. Amerigo ist mit allen Wassern gewaschen; einer, der nie auf der falschen Seite steht, die Fäden immer in der Hand hält. Hast du gesehen, wie galant er mir bei der Beerdigung sein Beileid bekundet hat?«

»Er hat Stil, ja.«

»Möglich, dass er Stracci benutzt, um Hell's Hand in die Knie zu zwingen. Aber vielleicht ist auch alles ganz anders. Vielleicht überschätzen wir ihn mit seinem Hillbillygehabe und er ist nicht viel mehr als ein pomadisierter Promistecher. Wie hat sich Jennifer geschlagen?«

»Grandios. Sie hatte alles im Griff. Sie hat diese exzentrischen Kerle wunderbar gebändigt. Als hätte sie nie was anderes getan. Ich kann mir nicht vorstellen, dass man das besser machen kann. Du kannst stolz auf sie sein.«

»Schön«, sagte Tony und sah ihn durchdringend an. »Lass uns über etwas anderes reden. In unseren Kreisen gibt es eine rote Linie, die nicht überschritten werden darf. Eine rote Linie, hinter der das nackte Entsetzen wartet. Du weißt, was ich meine.«

Harvy musste leer schlucken, er fühlte, wie sein Herz zu rasen begann.

»Meinst du, ich bin blind?«, fuhr Tony ihn an. »Meinst du, ich habe eure Blicke nicht gesehen?«

Harvy verschlug es die Stimme. »Ich … äh …«

»Für wie blöd hältst du mich eigentlich? Glaubst du, ich merke nicht, was hier gespielt wird?« Tony warf ihm einen vernichtenden Blick zu. Harvy konnte kaum atmen, seine Brust schnürte sich zusammen, er war gelähmt vor Angst.

»Hast du nichts zu sagen?«

Sollte er alles zugeben? Konnte er mit einem Geständnis den Kopf aus der Schlinge ziehen?

»Tony …«

»Schnauze!«, herrschte ihn der Big Boss an. Vor dem inneren Auge sah sich Harvy einbetoniert in den Stützpfeiler eines Wolkenkratzers, der gerade hochgezogen wurde. Wütend starrte Tony ihn an. »Du kannst nicht zwei Pferde mit einem Hintern reiten. Brenn dir das in deine verdammte Hirnschale. Eine Frau aus einem anderen Clan ist tabu. Eine Unverschämtheit, wie dich die Vasquez an der Beerdigung angemacht hat – an der Beerdigung meiner Mutter! Und du Anfänger schmilzt dahin wie Eis in der Sonne. Ich warne dich, Junge: Sollte mir zu Ohren kommen, dass du eine Affäre mit diesem mexikanischen Nachtfalter hast, dann werden deine Eier mit den Enten im Hudson um die Wette schwimmen. Ist das klar oder muss ich mich noch deutlicher ausdrücken?«

Harvy atmete auf, er nickte erleichtert und schüttelte fast gleichzeitig den Kopf, was war noch die Frage gewesen? »Ich will nichts von dieser Frau, glaub mir, Tony, ich habe nichts mit ihr und habe nicht die Absicht, etwas mit ihr anzufangen«, sagte er bestimmt.

»Die Gerüchte um euch halten sich hartnäckig, mein Lieber, und was meine Augen gesehen haben, haben sie gesehen.«

»Ich schwöre dir, Tony, ich habe nichts mit der Frau. Mag sein, dass sie betörend schön ist. Aber ich bin nicht der Typ für eine Miss Mexico.«

Tony sah ihn prüfend an, dann fasste er ihn am Arm. »Gut, ich glaube dir. Vertrauen ist alles. Aber du weißt, was dir blüht, solltest du gegen die Regeln verstoßen. Es gibt gute Gründe für diese Regeln. Sie sind nicht vom Himmel gefallen. Auch wenn du nicht Teil des Clans bist, so will ich, dass du sie einhältst. Denn wir haben dich wie eine Mama liebevoll aufgepäppelt, gefüttert, dir den Arsch gewischt und dich großgezogen – und wie jede Mutter ist auch Mama Mafia ungeheuer stolz auf dich und hat viel mit dir vor.«

Harvy nickte, gab sich zerknirscht und einsichtig. Tony räusperte sich. »Du kennst den zweiten Brief des Paulus an Timotheus?«

»Nicht so genau«, sagte er kleinlaut.

»Aber du kennst Timotheus, der Paulus auf seinen Reisen begleitete?«

»Schon, ja.«

»Paulus' engsten Mitarbeiter, den ersten Bischof von Ephesus?«

»Mmh.«

»Es gibt da eine Passage, die passt ziemlich gut zu unserem Gespräch. Sie geht ungefähr so: ›Ich warne euch, greuliche Zeiten stehen bevor. Es werden böse Männer kommen, die viel von sich halten, undankbare Verräter und Frevler, welche die Wollust mehr lieben denn Gott. Männer von zerrütteten Sinnen, deren Schande so scheußlich ist, dass noch bösere Männer Rache üben und sie mit blitzenden Eisen ihrer gerechten Strafe zuführen werden.‹ Ich hoffe, du hast mich verstanden. Nun gehe hin in Frieden, mein Sohn, und mach mir keine Schande.«

Wieder unten auf der Avenue steuerte Harvy die nächste Laterne an und lehnte sich zittrig dagegen. Er war komplett verschwitzt. Am liebsten hätte er gleich Jennifer angerufen, aber das war zu gefährlich. Nein, er ging nicht hin in Frieden. Er ging in heller Aufruhr.

25

Harvy musste die Ashera-Katze, die ihm bei Mama Makedas Geburtstagfest zugeschoben worden war und die er bei seinem Bandkollegen Soul in Brooklyn geparkt hatte, zu sich nach Manhattan zurückverfrachten. Die Katze hatte Souls Kleinen getatzt und angegriffen, und weil Souls Frau ein Baby erwartete, waren die zwei zum Schluss gekommen, dass die Katze weg musste.

Harvy transportierte sie in einem speziell für Asheras angefertigten Katzenkäfig, und während sie beide auf dem Rücksitz eines Taxis nach Manhattan gondelten, überkam ihn ein ungutes Gefühl. Traute Zweisamkeit mit der Stracci-Katze in seinem Studio, das war nicht gerade eine erfreuliche Aussicht. Die Katze zwischen all den Kaffeemaschinen und Fotoapparaten, eingepfercht im Apartment und ohne Möglichkeit, herumzustreunen, das schien ihm nicht tiergerecht. Bei Soul hatte sie immerhin einen Garten gehabt. Außerdem war er sich sicher – so wie das Biest ihn nun ansah und anfauchte –, dass sie ihn früher oder später beißen würde. Hätte er ihr doch nur ein Schlafmittel verabreicht. Das ständige Zischen war beängstigend und er vermochte sie nicht zu beruhigen, so dass ihm der Taxifahrer mit dem orangen Turban im Rückspiegel vorwurfsvolle Blicke zuwarf.

Im Grunde liebte Harvy Katzen, ja, er war ein Katzenmann, hatte sie früher oft fotografiert, war ganz vernarrt gewesen in die Nachbarskatze, die ihn hin und wieder in seinem

Apartment besucht hatte. Aber allein der Gedanke, dass diese Ashera von Jack Stracci stammte, verhieß nichts Gutes. Ein Danaergeschenk war das Tier, mochte es auch aus einer noch so exklusiven Zucht stammen. Was sollte er mit dem haarigen Monster anstellen? Bei Soul war die Ashera – von der kleinen Attacke abgesehen, die beim Spielen passiert war – mehr oder minder friedlich geblieben. Das eine oder andere Mal hatte sie auch Soul mit den Krallen zugesetzt, aber im Großen und Ganzen war sie eine allseits beliebte Schmusekatze. Auf jeden Fall brauchte sie wieder Familienanschluss, doch so viele Familien kannte Harvy auch wieder nicht. Er überlegte hin und her, erwog diese oder jene Freunde.

Plötzlich kam Harvy ein Gedanke, der verwegen war und wahrscheinlich in einem Fiasko enden würde, ihn aber im günstigen Fall zwei Fliegen mit einer Klappe schlagen ließ. Er bat den genervten Taxifahrer, an der nächsten Ecke anzuhalten, stieg aus, zückte sein iPhone und wählte die Nummer seines Kumpels Jeff, der ihm wegen des geschredderten Polizisten die Freundschaft gekündigt hatte.

»Hi, Jeff«, sagte er und kam gleich zur Sache: »Ich habe 25 000 Dollar für dich.«

»Wie bitte?«

»Ich schenk dir 25 000 Dollar. In Form einer Katze. Einer Ashera-Katze. Du magst doch Miezen, nicht wahr?«

»Eine Ashera-Katze?«

»Ja. Du kannst sie haben. Jemand hat sie mir geschenkt, aber in meinem Studio ist zu wenig Platz. Ihr habt eine geräumige Wohnung. Und sie könnte hoch auf die Dachterrasse. Ich glaube, das würde ihr gefallen.«

»Sind die nicht wild und gefährlich?«

Den Zwischenfall mit Souls Kleinem wollte Harvy nicht

aufbauschen, dem gesunden Menschenverstand nach war das ein einmaliger Ausrutscher gewesen. »Nein. Wenn sie dich ins Herz schließt, ist sie pflegeleicht. Soul und seine Frau haben nur gute Erfahrungen mit ihr gemacht.«

Jeff zögerte, Harvy hörte ein Knistern in der Leitung.

»Hör mal, Harvy …«

»Jeff, ich weiß, ich habe Mist gebaut. Ich hätte dich bei der Matratzensache nicht mit reinziehen dürfen. Aber zum Glück ist alles gut ausgegangen. Ich möchte meinen Fehler gutmachen und mich mit der Katze entschuldigen. Wenn du sie nicht leiden magst, kannst du sie jederzeit verkaufen. Sie stammt aus einer speziellen Zucht mit afrikanischen Servalen und ist 25 000 Dollar wert.«

»Aber du kannst doch nicht einfach …«

»Jeff, ich meine es ernst. Die 25 000 gehören dir. So oder so. Das bin ich dir schuldig.«

»Na gut«, knickte Jeff ein. »Bring sie vorbei, dann sehen wir weiter.«

»Super!«, erwiderte Harvy. »Ihr werdet eure Freude an ihr haben.«

In einem Drugstore um die Ecke kaufte er ein Sandwich und eine Schachtel schnell wirkender Beruhigungspillen, kehrte zum Taxi zurück, gab der Katze ein Stück von dem Adobo-Brötchen und eine halbe Xanax. Er hörte, wie die Zähne der Ashera die Pille zerkauten, wie sie leicht murrend stöhnte und sich nach und nach zu beruhigen schien. Zufrieden beobachtete er, wie sie sich einrollte und nur von Zeit zu Zeit noch leise klagende Geräusche von sich gab. Schließlich schlummerte sie ermattet ein. Kurz bevor sie bei Jeff eintrafen, wachte sie auf, besudelte sich mit Speichel, der ihr unkontrolliert aus dem Maul lief, und kotzte, so dass Harvy das

Taxi erneut anhalten ließ und den Fahrer bezahlte. In den Fontänen des Brunnens am Washington Square Park säuberte er sie und den Käfig, entfernte mit einem Erfrischungstüchlein alle Brechspuren und ging die letzten paar Schritte zu Jeffs Wolkenkratzer zu Fuß, wobei ihn einige Passanten trotz Sonnenbrille und Wollmütze erkannten und unbedingt Fotos mit ihm schießen wollten. Ihrem ungestümen Drängen konnte er sich nicht entziehen, achtete aber darauf, dass Katze und Käfig nicht mit auf die Bilder kamen.

Dann stand er vor dem Wolkenkratzer. Das Bauwerk mit seinen Hunderten von nahezu identischen Wohnungen umgab, wie so vieles in New York, ein Hauch von Kommunismus. Bevor Harvy sich beim Doorman anmeldete, vergewisserte er sich, dass sich die Ashera erholt hatte, und fuhr mit der Katze, die emsig ihr nasses Fell putzte, hoch zu Jeffs Apartment.

Als Jeff die Tür öffnete, ließ Harvy sie aus dem Käfig – sie zögerte erst, sah sich vorsichtig in der Wohnung um, inspizierte Raum für Raum, Möbelstück um Möbelstück, beschnupperte Vorhänge und Stühle und strich Jeff, als der in der Küche schließlich ein Schälchen Milch hinstellte, liebevoll um die Beine. Es ließ sich gut an mit Jeff und der Ashera. Sie war derart aus dem Häuschen, dass sie die Milch erst gar nicht trinken konnte, sie zitterte am ganzen Körper, ja selbst ihr Schwanz zitterte, auf eine Weise, wie Harvy es noch nie bei einer Katze gesehen hatte. Er fragte sich, ob sie an Epilepsie litt oder ob das die Folge ihres Brechanfalls war, ob sie sich vielleicht im ungünstigsten Moment wieder übergab, aber nach zwei, drei Minuten beruhigte sie sich und leckte die Milch gierig auf. Als sie danach Jeffs Frau Lory und der kleinen Linda possierlich um die Beine strich, sich wie ein

Schmusekater auf den Rücken legte und alle viere behaglich von sich streckte, da war der Handel praktisch getätigt: Lindas Begeisterung für die Katze war so überschwänglich, dass Jeffs skeptische Blicke nicht weiter ins Gewicht fielen. Die Ashera hatte ein neues Plätzchen.

»Wenn sie Probleme macht, kannst du sie verkaufen«, sagte Harvy.

»Nein! Nein! Auf keinen Fall!«, schrie Linda, und Harvy wusste, er hatte auf der ganzen Linie gesiegt. Gut gelaunt ging er ins Bad, um sich zu erfrischen. Wenn nicht alles täuschte, war er gerade daran, eine zerbrochen geglaubte Freundschaft zu kitten. Als er wieder herauskam, hatte sich die Katze auf die Kommode neben der Badezimmertür gelegt und bot ihm ihren Bauch zum Streicheln dar. Behutsam griff er in das flauschige Fell, und die Ashera, die im Taxi noch fuchsteufelswild gefaucht hatte, rekelte sich wohlig. Sie reckte sich, streckte die linke Vorderpfote aus, um auch Harvy sachte zu berühren, wobei sich ihre Krallen unglücklich am Stoff seiner Cordhose verhakten und sich nicht mehr lösen ließen, so dass sie glaubte, Harvy habe sie festgesetzt. Die Katze begann wieder zu fauchen.

In Tat und Wahrheit hatte die Ashera ihn festgesetzt. Harvy trat der Schweiß auf die Stirn. Wenn er die Pfote mit der Hand von seiner Hose nahm, würde sie ihn mit der anderen Pfote tatzen oder mit ihren spitzen Zähnen zubeißen, und das so wunderbar eingefädelte Geschäft wäre gestorben. Eine Weile blieb er einfach neben der Kommode stehen, aber das war keine Lösung, denn die Katze knurrte immer grimmiger, während sie sich aus den Rippen seiner Cordhose zu befreien suchte und ihr dies ein ums andere Mal misslang. Bewegen konnte er sich nicht, das hätte eine heftige und gefährliche Reaktion nach sich gezogen. Jeff, Tochter und Frau beobachteten die Szene gespannt. Harvy überlegte, die Hose vor allen auszuziehen und sich so aus der verfahrenen Situation zu retten, die Frage aber war, ob das gut ging oder ob die Ashera nicht auch das missverstand. Ratlos stand er da, als ihm die Katze zuvorkam, mit einem Ruck die Pfote aus seiner Cordhose riss und, nicht ohne noch einmal zornig zu fauchen, zu Boden sprang. Nach einem Moment der Ungewissheit – sie hatte sich kurz beleidigt unter dem Bett versteckt – kam sie wieder hervor und strich Linda und Lory um die Beine. Harvy ignorierte sie, aber das war ihm egal. Jeff hob die Brauen und wusste nicht recht, was er von dem Ganzen halten sollte – das Schauspiel hatte seine Zweifel nicht kleiner werden lassen. Zusammen betrachteten sie das Familienidyll mit der wieder verschmusten Stracci-Katze. Schließlich beschwichtigte Harvy: »Sind schon geheimnisvolle Kreaturen. Du kannst jeden irreführen, nur Katzen kannst du nichts vormachen. Die spüren, bei wem es stimmt.«

»Oder bei wem nicht«, erwiderte Jeff und gab ihm mit seiner Pranke einen kräftigen Klaps auf die Schulter.

26

So kann's nicht weitergehen«, sagte Jennifer, und Harvy hörte durch die Leitung, wie sie ein Fenster schloss. »Tony ist ständig gereizt, spricht fast nur in Kraftausdrücken und von Rache. Harvy, ich kenne ihn kaum wieder – selbst ich kann ihn nicht mehr beruhigen. Seine Selbstbeherrschung ist dahin.« Obwohl Jennifer spürbar aufgebracht war, dämpfte sie ihre Stimme. »Er denkt nur noch an Genugtuung. Auch zu mir wird er immer aggressiver, bis gestern hat er mich nie geschlagen. Wenn er etwas spitzkriegt von uns, wird es grausam enden. Harvy, wir müssen fliehen!«

»Flucht?«, erwiderte Harvy und verzog das Gesicht.

Jennifer flüsterte nun fast: »Tony ist nicht mehr berechenbar. Wir sind in Lebensgefahr.«

»Ich werde in den nächsten Tagen mit den Raccoons ins Studio gehen und das neue Album aufnehmen – eine einmalige Chance. Bei aller Liebe, ich kann doch jetzt nicht weglaufen!«

»Er hat mich geschlagen, verstehst du nicht, Harvy! Die Musik ist weiß Gott dein kleinstes Problem.«

»Jennifer, die Musik ist mein Leben!«

»Und was ist mit mir? Muss er mich erst verstümmeln, damit du endlich aufwachst? Harvy, wenn wir auffliegen, sind wir tot!«

»Wir dürfen eben nicht auffliegen.«

»Und wenn es doch passiert? Durch irgendeinen dummen Zufall?«

Ihm war mulmig zumute, die Diskussion gefiel ihm nicht. Jennifer war keine Frau, die hysterisch wird, hatte er immer gedacht. Aber vielleicht war ihre Hysterie ja gar nicht so falsch: Sie war nah dran an Tony, konnte die Situation realistisch einschätzen. Wahrscheinlich war sie auf der Beerdigung so bestürzt gewesen, weil sie damals schon gespürt hatte, dass Tony ohne seine Mutter haltlos und unkontrollierbar sein würde.

»Was schlägst du vor?«

»Wir müssen uns etwas überlegen, uns einen Plan zurechtlegen. Vielleicht müssen wir eine Weile untertauchen, bis sich alles beruhigt hat.«

»Untertauchen?«

Der Gedanke war ihm zuwider. Aber ihm war klar, dass es so nicht ewig weitergehen konnte. Mit den Raccoons lief alles wunderbar, ihr Erfolg war gigantisch. Eigentlich wollte er nur Musik machen, nichts anderes. Er wollte singen, auftreten, ganz und gar leben. Mit dieser Bandenwelt hatte er im Grunde nichts am Hut. Dummerweise galt das umgekehrt nicht: Auf geradezu diabolische Weise war die Unterwelt mit seinem Erfolg als Musiker verbunden. Und hatte er für diesen Erfolg nicht auch selbst alles über Bord geworfen, was ihm einmal heilig gewesen war? Ernüchtert lenkte er ein: »Ich wünschte, ich müsste es nicht tun, aber für den Fall der Fälle werde ich die Sache mit meinen Jungs besprechen. Ich kann mir nicht vorstellen, dass sie begeistert sein werden.«

»Es geht nicht um Begeisterung, Harvy. Es geht darum, zu überleben.«

War das der Preis für den Pakt mit dem Teufel – die Flucht? Das war nicht seine Art. Denn führte Flucht nicht immer mitten ins Verderben? Aber wenn er sich das Ganze durch den Kopf gehen ließ, kam er zu dem Schluss, dass Jennifer recht hatte. Die ganze Welt bestand aus Plänen, die einander entgegengesetzt waren. Ihr Plan musste einfach besser sein als der von Tony – wenn sie gut vorbereitet waren, hatten sie eine Chance. Und wenn er ein iPhone und Kaffeemaschinen mitgehen lassen konnte, warum nicht auch eine Gangsterbraut?

27

Wenn du eine Vision hast, musst du dafür kämpfen«, sagte Tony zu Harvy, während sie mit dem gepanzerten Hubschrauber über der Superjacht schwebten. »Wer will schon sein Leben lang die Träume anderer verwirklichen?« Sachte landeten sie auf dem Helipad und stiegen an Bord des Schiffes, das Mo Charms gehörte, einem wie ein Mandrillmännchen aufgeputzten silberlockigen Playboy, der dank der Unterstützung der New Yorker Syndikate mit Toilettenpapier ein Vermögen gemacht hatte. Der tiefgebräunte Mittsiebziger mit der blauen Sonnenbrille, dem offenen schwarzen Seidenhemd und dem weißen Brusthaar begrüßte sie überschwänglich auf seiner dreihundert Fuß langen Luxusjacht – ein schnittiger Schoner aus Teakholz, Mahagoni und Messing. Mo herzte Tony, legte seine Hand freundschaftlich auf Harvys Schulter, um ihnen euphorisch zu versichern, welche Ehre es sei, sie an Bord zu wissen.

Harvy hätte auf all dies gerne verzichtet, aber Tony hatte ihm nahegelegt, ihn auf diese Party zu begleiten, es sei das ultimative Lehrstück in Sachen Träume. Zum Glück war Jennifer nicht mit dabei, die das Wochenende bei ihrer Großmutter in Maine verbrachte.

Mo bat die beiden, auf den Hockern an der Bar Platz zu nehmen, wo eine Blondine in einem hübschen myrtengrünen Top mit einem strahlenden Lächeln Kaviar und Champagner servierte.

»Gentlemen, wisst ihr eigentlich, dass dies die teuerste Jacht der Welt ist?«

Tony hob bloß die Braue, als er seine rahmengenähten Schuhe auf den kunstvoll geschnitzten Fußstützen platzierte.

»Wie findest du ihn?«, fragte er, nachdem Mo weggegangen war, um andere Gäste zu begrüßen.

Harvy zuckte mit den Schultern. »Kann ich nicht sagen. Er wird schon okay sein.«

»Harvy, du musst lernen, Menschen besser einzuschätzen. Mo ist ein Vertreter der Gattung Trottel sapiens. Das Einzige, was er hat, ist Geld. Schau dir doch nur diese Bar und diese Leute an!«

Die halbe New Yorker Unterwelt hatte sich versammelt, um sich zu amüsieren. Harvy entdeckte unter den Gästen Amerigo Carlucci im lebhaften Gespräch mit einem Typen, der mit seiner riesigen anthrazitfarbenen Brille gut zu Amerigos aschfarbener Haartolle passte, und wenige Meter daneben, wie eine Göttin, die gerade dem Meer entstiegen war, Maria Dolores Mariposa Vasquez. Ihr Anblick machte ihn nervös, er hoffte, dass sie ihn nicht sah. Noch mulmiger wurde es ihm, als ein Katamaran an der Jacht andockte und Jack Stracci über eine Strickleiter an Bord stieg. Die beiden Dons grüßten sich mit einem reservierten Kopfnicken – nach allem, was geschehen war, staunte Harvy, wie cool und gelassen Tony blieb. Insgeheim wirkte er gar erfreut, vielleicht, weil er im Mittelpunkt des allgemeinen Interesses stand, die Gäste rundum Zeichen von Schwäche auszumachen suchten, nicht fündig wurden und ihm ehrfürchtige Blicke zuwarfen.

An einer halbrunden Bar am Bug des Schiffes bemerkte Harvy die unbekannte Schöne, mit der Tony auf der Dachterrasse jüngst einen Deal besiegelt hatte, atemberaubend, umwerfend, noch verführerischer als die Meeresgöttin. Sie amüsierte sich mit einer Gruppe junger Leute, war in ein munteres Getuschel verwickelt, das immer wieder von lautem Gelächter unterbrochen wurde. Tony und die Unbekannte würdigten sich keines Blicks, schienen sich aus dem Weg zu gehen, vielleicht hatten sie eine geheime Abmachung. Das meiste, was hier vor sich ging, verstand Harvy sowieso nicht – und wollte es auch nicht verstehen.

Während die Leute immer überschwänglicher feierten, die Musik immer lauter und die Stimmung zusehends frivoler wurde, stolzierte Jack Stracci mit hinter dem Rücken verschränkten Händen wie ein Sonnenkönig über die verschiedenen Decks, hielt sich, auf Beute lauernd, im Hintergrund, schritt langsam und selbstzufrieden zum Bug des Schiffes und peilte dort instinktiv Tonys Bekannte an. Mit seinen scharfen Vogelaugen sah er prüfend in ihre Richtung, versuchte, ihren Blick festzuhalten, und sprach sie, da sie seinen Avancen gegenüber nicht unempfänglich schien, an. Im Schein der flackernden Fackeln stach seine Adlernase hervor. Eroberungswille stand ihm ins Gesicht geschrieben. Harvy kam Luis Luciano in den Sinn, der mit Jennifer Tango getanzt hatte und dann von der Brooklyn Bridge gestürzt war, aber Tony schien das Ganze mit Wohlwollen zu quittieren.

Jack Stracci schirmte die umschwärmte Schöne mit seinen mächtigen Schultern von dem Zirkel ab, der sich eng um sie scharte, und schaffte es, sie diskret ein paar Schritte von ihrem Anhang wegzulotsen, um sich im Dämmer der unzähligen Windlichter ganz allein mit ihr unterhalten zu können. Straccis direkte Art, seine wilde Entschlossenheit schienen bei ihr Anklang zu finden, seine Scherze brachten sie zum Lachen. Harvy sah, wie angeregt die beiden miteinander sprachen, wie sich ihre Hände und Arme scheinbar zufällig berührten, wie die Umschwärmte dem Bandenchef gebannt zuhörte, immer wieder nickte und anmutig lächelte.

»Christina ist die heißeste Braut von Manhattan«, sagte Tony auf dem Barhocker. »Jack versucht seit Jahren, an sie heranzukommen. Er ist jedes Mal abgeblitzt, aber total vernarrt in sie. Er würde alles für sie tun.«

Mit einer Prise Pfeffer und einem Schuss Zitronensaft veredelte der Big Boss den vor ihm stehenden Kaviar, führte ihn mit einem Perlmuttlöffel zum Mund, bevor er Harvy anwies, mit ihm zu kommen. Durch verwinkelte Gänge führte er ihn zu einer luxuriösen Suite. Alles an dieser Kabine war erlesen. Ein Kamin aus Lapislazuli, alte schöne Eichenregale, handgeknüpfte Teppiche aus Muga-Seide, an der Wand ein Gemälde von de Chirico: eine einsame, lichtdurchflutete Straße, auf der ein Mädchen einen Reifen vor sich herrollt, ein langes weißes Gebäude mit schwarzen Arkaden, im Hintergrund der bedrohliche Schatten eines Mannes. Tony nahm, nachdem er das Sicherheitsschloss der Tür verriegelt hatte, das Bild mit dem spielenden Mädchen von der Wand. Dahinter kamen winzige Gucklöcher zum Vorschein, zwei in die Mauer eingelassene Glasaugen, durch die man unbemerkt in die Nachbarkabine blicken konnte.

»Zwei Millionen hat sich Mo diese Suite kosten lassen«, sagte Tony und schnalzte mit der Zunge, »das Schlafzimmer ist mit allen Schikanen ausgestattet, das Bad ein Traum aus Marmor. Mos Geschmack ist zwar nicht über alle Zweifel erhaben, wie du schon bemerkt haben wirst. Aber es ist der ideale Ort, um die Puppen tanzen zu lassen.«

Tonys Mobiltelefon schrillte zweimal mit einem Raccoons-Klingelton, um gleich wieder zu verstummen. »Es geht los«, sagte er mit verschwörerischer Miene, »schau dir das Ganze genau an. Es ist wie der Sommernachtstraum von Shakespeare, nur besser.«

Wie Schuljungen in einer Peepshow standen sie an der Wand und glotzten durch die Gucklöcher auf die andere Seite, wo sich die Tür öffnete und Tonys Bekannte Hand in Hand mit Jack Stracci in die Suite trat. Harvy hielt den Atem an. Christina glitt mit einer raschen Bewegung aus ihren Stöckelschuhen und verschwand mit einem Lächeln im Bad, während Jack Stracci die Pelzdecke und das Plumeau zur Seite schob und sich auf dem riesigen Bett der Länge nach ausstreckte. Tony wirkte mit einem Mal äußerst konzentriert und angespannt, aufmerksam beobachtete er jede von Straccis Bewegungen und schien das, was gleich passieren würde, kaum erwarten zu können. Harvy hatte ein ungutes Gefühl, aber es gab kein Entkommen, kein Zurück, die Tür war verschlossen, und so war er gezwungen mitanzusehen, wie Stracci sich vom Bett erhob und zum Bullauge tigerte, wo er Nägel kauend einen kurzen misstrauischen Blick nach draußen warf. Er schien nichts Beunruhigendes festzustellen, die Wellen schwappten wie immer gegen das Schiff, das leicht schaukelte. Als Christina aus dem Bad kam und ihre Handtasche neben der Orchidee auf dem Elfenbeinnachttischchen platzierte, war er voller Vorfreude und hatte nur Augen für sie – darauf hatte er Jahre gewartet, dieses Fest wollte er sich durch nichts und niemanden vermiesen lassen.

»Schau dir das an«, flüsterte Tony, »Jack ist zufrieden wie eine Quietschente. Er sieht aus, als müsste er sich die Hose zunähen, um sich zurückzuhalten. Zeit, dass wir die Samthandschuhe ausziehen.«

Tatsächlich begann Christina nun neckisch langsam die

Muschelknöpfe ihres Kleidchens zu öffnen, worauf Stracci auf sie zuging, sie leidenschaftlich auf den Mund küsste und ihr, ohne auf die Knöpfe zu achten, das luftige Kleidchen aus Seide vom Leib riss, so dass sie in dunklen Strümpfen und Unterwäsche vor ihm stand. Als Stracci die Venus so halb nackt sah, blickte er sie forsch an. Ohne lange zu fackeln öffnete sie seine Hose, griff hinein und nahm das leuchtende Gangsterglück in die Hand. Stracci schloss die Augen und stöhnte.

»Was für ein Trottel!«, flüsterte Tony und schüttelte den Kopf. »Aber dem Arsch werden bald die Augen aufgehen.«

Stracci schob Christinas Kopf zur Seite, entledigte sich seines verschwitzten Hemdes und der Hose, zog Christina zu sich hoch, packte sie an ihrem perfekten Hintern und stürzte sich wie ein wildes Tier auf sie. Zusammen fielen sie auf die Laken und wälzten sich ungestüm darauf hin und her. Schließlich gab sie seinem stürmischen Drängen nach und streifte ihren String ab. Nur noch im Push-up legte sie sich quer über das Bett, mit dem Kopf auf dem Kissen in der Nähe des Elfenbeinnachttischchens, auf dem ihre Handtasche lag. Noch bevor sie ihren Wonderbra geöffnet hatte, war er in ihr, stieß rasch und heftig und gab unablässig tierische Laute von sich. Stoisch ließ die Schöne das Ganze über sich ergehen, starrte zu dem prachtvollen Kristalllüster hoch und stieß, die Zehen reckend, hin und wieder einzelne Lustseufzer aus, obwohl sie der Typ gewiss anwidern musste. Als sie spürte, dass Stracci, der kaum mehr Luft bekam und wie von Sinnen stöhnte, gleich kommen würde, als sie merkte, dass er nur noch drei, vier Sekunden vom Höhepunkt entfernt war, streckte sie ihre rechte Hand Richtung Elfenbeinnachttischchen aus, griff erst versehentlich zur Orchidee, dann in ihre

Handtasche, tastete nach einem kleinen Kästchen, das wie eine winzige Fernbedienung aussah, und drückte den orangefarbenen Sensor. Genau in dem Moment kam Stracci, aus voller Kehle schrie er auf, so gewaltig war seine Lust, dass seine Schreie gar nicht mehr aufhören wollten. Harvy gingen sie durch Mark und Bein. Tony war höchst zufrieden. Stracci schrie und grölte und brüllte. Um seinem ohrenbetäubenden Geschrei ein Ende zu bereiten, zog Christina ein Tüchlein aus der Tasche und presste es Stracci auf das Gesicht. Sogleich verstummte er.

»Chloroform«, erklärte Tony, »immer gut, ein Beruhigungsmittel dabei zu haben.«

Schließlich stieß sie den Hünen, der aus seinem Unterleib heraus zu bluten schien, angeekelt von sich weg. Harvy konnte es nicht richtig erkennen, aber irgendetwas stimmte nicht mit Stracci. Dann streifte Christina Wegwerfhandschuhe über und zog seinen abgetrennten, blutverschmierten Schwanz aus sich heraus. Ungläubig starrte Harvy auf die Szene, wie sie dem Betäubten den Mund öffnete, ihm sein Glied hineinsteckte und sorgsam seine Lippen darum schloss, so dass nur noch die Eichel herausragte.

Harvy zitterte.

Christina ging ins Bad, um sich von Blut und Sperma zu säubern, zog das zerissene Kleid an, verwischte alle Spuren, steckte die Wegwerfhandschuhe in eine Tüte, stellte die Orchidee wieder ordentlich hin und warf einen letzten Blick auf Stracci. Dann kam sie durch eine geheime Tür, die in den Kabinenschrank eingebaut war, auf ihre Seite hinüber, wo Tony sie überschwänglich in die Arme nahm. »Gutes Mädchen«, sagte er anerkennend, »genau so habe ich es mir vorgestellt.«. Lächelnd nahm sie den Umschlag mit dem Scheck entgegen und ließ ihn in ihrer Tasche verschwinden. Tony führte sie beide bestens gelaunt über eine Treppe nach unten, wo Mos jachteigenes U-Boot auf sie wartete, um sie unbemerkt in Sicherheit zu bringen, bevor die Leute des Stracci-Clans Wind davon bekamen, was ihrem Chef widerfahren war.

»Laser, ferngesteuert. Der Arzt hat sie gestern präpariert«, sagte Tony wie beiläufig zu Harvy, während sie mit dem U-Boot unter der Jacht wegtauchten und sich aus dem Staub machten. Im engen Schlauch des Gefährts war die Luft stickig, es roch nach Diesel. Harvy blickte starr vor Schreck aus einer Luke, sah aufgewühlt auf die Blaubarsche, die vorüberrauschten, und fragte sich, ob das eine Warnung war, ein Vorgeschmack auf das, was auch ihn erwartete.

»Alles okay, Schätzchen?«, wandte sich Tony fürsorglich an Christina.

Diese zog sich mit dem Konturenstift die Lippen nach. Sie bürstete ihr langes Haar, nestelte dann in der Handtasche herum. Sie nickte Tony zu. »Die Orchideen waren schön.«

»Die habe ich extra für dich ausgesucht, Honeybunny. Ich weiß doch, wie sehr du auf Orchideen stehst.«

Das Bild von Stracci mit den vor Lust und Schmerz verdrehten Augen ging Harvy nicht aus dem Kopf.

»Mach nicht so ein Gesicht, Junge. Ich habe noch nie einen umlegen lassen, der es nicht verdient hat.« Tony sah ihn eindringlich an. »Und komm mir ja nie wieder mit dieser Mariposa Vasquez!«

28

Es fühlte sich gut an, wenn ein Song zum Leben erwachte. Die ganze Nacht hatten sie sich im Studio um die Ohren geschlagen, hatten gelitten und gelacht, und dann war das Stück plötzlich da: frisch und voll von jugendlichem Überschwang. Das war keine am Reißbrett entworfene Musik, die mit Pro Tools erzeugt wurde, sondern eine Aufnahme mit dem Spontanen und Unwiederholbaren einer Live-Session, ein Song mit kleinen Fehlern und Ungenauigkeiten – warm, unverfälscht.

Solche Gänsehautmomente mit seinen Kumpels zu teilen versetzte Harvy in ein Hochgefühl. Und es waren die einzigen Momente, in denen er nicht an Stracci denken musste. Es war das gemeinsame Üben und Spielen, das Harvy aus dem Loch holte, in das er nach dem Abend auf der Jacht gefallen war. Er wusste, dass die Gefahr, in der er schwebte, von Tag zu Tag zunahm. Einzig die Musik vermochte ihn aufzurichten, seine Beklemmung für Momente in den Hintergrund zu drängen.

Als sie das Stück eingespielt hatten, beschlossen sie, eine kurze Pause einzulegen, bevor sie sich an den nächsten Track des neuen Albums wagten. Obwohl sie nicht geschlafen hatten, waren sie von einer ungeheuren Wachheit und wollten die kreative Stimmung nutzen und einen weiteren Song aufnehmen.

Während die anderen ihren Durst löschten, ging Harvy auf die Toilette. Im hochmodernen Lokus aus Stahl und Milchglas erinnerte er sich an ihre Anfänge, wie sie in chaotischen, heruntergekommenen Studios ihre ersten Aufnahmen gemacht hatten – in miefigen Wohnungen mit einem heillosen Durcheinander von Kabeln am Boden, Eierkartons an den Wänden und Teppichen vor den Fenstern, die den Schall isolieren sollten. Wenn Lastwagen vorbeifuhren oder die Nachbarin wütend gegen die Decke hämmerte, musste die Aufzeichnung unterbrochen werden. Ging man auf das stille Örtchen, lief man Gefahr, sich auf der Toilettenbrille Filzläuse einzufangen, mitunter pinkelten Musiker auch einfach in die Ecke. Diese Zeiten waren zum Glück vorbei, obgleich Harvy auch mit einer gewissen Nostalgie daran dachte – nicht an die Filzläuse, aber an den Groove, den sie damals hatten, als noch niemand sie kannte: dieses Wilde und Abenteuerliche, dieses Unbändige und Unverfrorene.

Wieder im Studio schien Harvy der Moment gekommen, und er erklärte steif, möglicherweise bald eine Weile von der Bildfläche verschwinden zu müssen. Die Jungs waren entsetzt. Marvin schimpfte: »Jetzt, wo es wie am Schnürchen läuft, wo wir unsere Musik richtig unter die Leute bringen und unglaublich Kohle scheffeln können, willst du kneifen?« Fassungslos schüttelte er den Kopf.

»Wir haben so viel geopfert und du willst abhauen?«, stimmte Soul wütend mit ein. »Einfach davonlaufen, nachdem wir unseren Familien all das zugemutet haben?«

»Ich will nicht davonlaufen«, entgegnete Harvy, »glaubt mir, die Band ist mein Baby, nichts ist wichtiger. Aber es kann sein, dass ich meinen Kopf aus der Schlinge ziehen muss.«

»Das kannst du nicht machen«, wetterte Slash, »jetzt, mit dieser viermonatigen Tournee vor Augen. Das wäre Verrat. Ausgeschlossen.«

»Dann würden die Raccoons von einem Tag auf den anderen auseinanderfallen«, fügte Spike trocken hinzu. Empörtes Gemurmel machte sich breit.

»Leute, ich will euch doch gar nicht im Stich lassen«, beschwichtigte Harvy. Die Diskussion war ihm völlig entglitten. »Das letzte Wort ist ja noch nicht gesprochen. Kommt, lasst uns wieder Musik machen. Wir waren gerade so gut drauf.«

Der Ärger über Harvy war zwar nicht verraucht, aber die Jungs griffen trotzdem erleichtert zu den Instrumenten, um am Intro des zweiten Tracks zu feilen, und auch Harvy war froh, der Diskussion entkommen zu sein. Nach ein paar verhaspelten Anläufen gingen sie erneut ganz auf in der Musik, spielten verrückte Riffs, versuchten sich an einem neuen Beat und anspruchsvollen Rhythmuswechseln. Das Arrangement stimmte noch nicht, aber die Welt war schon wieder mehr oder minder in Ordnung, als das Studiotelefon läutete. Der Produzent rief Harvy in den Regieraum, Jennifer war am Apparat. Beunruhigt ging er durch die Glastür in den angrenzenden Raum hinüber. Hatten sie nicht ausgemacht, dass sie nicht im Studio anrief, wenn sie am Einspielen der neuen Songs waren? Jennifer sprach ohne Begrüßung, ihre Stimme zitterte: »Tony weiß alles. Du hast dein iPhone bei mir liegen lassen. Er stieß auf deine SMS, deine Mails.«

Harvy verschlug es den Atem.

»Paulie hat mich gewarnt. Er hat Tony noch nie so toben gesehen. Tony schäumt vor Wut und will uns beide umbringen. Wir müssen sofort verschwinden.«

Harvy war wie gelähmt, einen Moment verharrte er sprachlos, unfähig, etwas zu sagen. Dann, als er die Tragweite der Situation zu erfassen begann, stotterte er: »Und die Raccoons?«

»Harvy, wach auf! Die Raccoons haben so oder so keinen Sänger mehr. Entweder du gehst jetzt oder du bist tot!«

Harvy musste leer schlucken. Ein Leben ohne die Band, ohne die Auftritte und ihre Probe-Sessions konnte er sich nicht vorstellen. Ein Leben ohne Musik? Unmöglich. »Wir nehmen gerade das neue Album auf. Sony macht Druck, dass es möglichst bald erscheint.«

»Du Volltrottel! Meine Großmutter besitzt eine Blockhütte in Neufundland. Niemand weiß davon. Um die Hütte herum ist ein Garten. Wir werden Gemüse pflanzen und uns selber versorgen. Oder schaut sich der Herr Starsänger das Gemüse lieber von unten an?«

Sellerie statt singen? Lauch statt Live-Acts? Und war es in Neufundland nicht eisig kalt?

»Auf keinen Fall dürfen wir Spuren hinterlassen. Kein Handy, keine E-Mails, keine Kreditkarte, nichts«, fuhr sie fort.

»Ich weiß nicht«, wandte Harvy ein. »Ich weiß nicht, ob ich das kann.«

Ein Moment der Stille stellte sich ein. Dann sagte Jennifer leise: »Die Hütte ist unsere einzige Chance. Und wir müssen es sofort tun. Es sei denn, es gibt für dich kein ›wir‹ mehr.«

Harvy sprach nun ebenfalls leise. »Was schlägst du vor?«

»Die Flughäfen hat Tony unter Kontrolle, so kommen wir nicht aus der Stadt. Die Häfen kontrollieren die Straccis – seit dem Jachtvorfall herrscht Krieg, die würden Frikassee aus uns machen. Die größte Chance haben wir mit dem Zug. Wir treffen uns in zwei Stunden im Apple Store in der Grand Central Station. Wir nehmen die Metro-North nach New Haven. Dort schauen wir weiter, wie wir nach Kanada kommen.«

»Kanada? Da brauche ich meinen Pass. Den muss ich zu Hause holen.«

»Gut, aber sei vorsichtig. Tony wird alle Hebel in Bewegung setzen, dich lebend zu fassen. Er schwor Paulie, er werde sich persönlich um dich kümmern und dir eine Spezialbehandlung angedeihen lassen. Gib acht, wenn du das Studio verlässt. Paulie sagte, dass Tonys Leute bereits ausgeschwärmt sind.«

Hieß das, dass er bald schon seinen Schwanz im Mund hatte?

»Okay, dann in zwei Stunden im Apple Store in der Grand Central Station.«

Harvy hängte auf, eilte vom Regieraum ins Studio, um sich von seinen verdutzten Kumpels zu verabschieden, klatschte sie ab und stammelte eine Entschuldigung in ihre verwirrten Gesichter, als der Alarm losschrillte. Die keuchende Stimme des Hausmeisters schepperte durch die Gegensprechanlage und verkündete aufgeregt, dass Unbekannte den Eingang des Gebäudes gestürmt hätten, sich im Haus herumtrieben und dass alle sich in ihren Räumen verbarrikadieren und in Deckung gehen sollten, bis die Polizei eintreffe. Harvy überschlug seine Möglichkeiten und entschloss sich, nicht auszuharren, sondern über die Nottreppe und den Lieferanteneingang zu türmen. Hastig verließ er das Studio und rannte über eine von flackernden Neonröhren nur spärlich beleuchtete Nottreppe mehrere Etagen hinunter. Immer wieder blieb er, um Atem ringend, stehen, starrte vorsichtig in die Tiefe und nach oben, ob unvermittelt jemand in dem fensterlosen Schacht auftauchte, aber es war nichts zu erkennen. Er nahm an, dass Tonys Leute mit dem Lift in den zweiunddreißigsten Stock fuhren, um ihn im Studio in ihre Gewalt zu bringen, und dass eine Handvoll Typen den Haupteingang bewachte, so dass er auf der Rückseite des Hauses vielleicht eine Chance hatte, zu entwischen. Das Geräusch seiner Schritte hallte gespenstisch von den Betonwänden des engen Schachts wider. Auf halber Höhe schreckte er zusammen, von draußen waren aufgebrachte Männerstimmen zu hören, die unerbittlich näher kamen. Mit riesigen Sätzen sprang er über mehrere Stufen, strauchelte beinahe und verlangsamte seine Schritte wieder, um nicht zu stürzen. Stockwerk für Stockwerk lauschte er, sah im Halbdämmer des Treppenhauses um sich, immer auf der Hut, falls sich plötzlich eine Tür öffnete. In dem schummrigen Schacht war es kalt, die Lüftung rauschte, die Klimaanlage brummte. Weiter unten hatte jemand den Boden gewischt, es roch nach Putzmittel und Chlor. Gelbe Schilder warnten vor Rutschgefahr. Immerhin waren hier keine Überwachungskameras installiert. Wenn Tonys Leute den Wachmann in der Lobby überwältigt hatten und auf dessen flimmernden Monitoren auszumachen suchten, wo er sich aufhielt, würden sie ihn nicht sehen können. Anders würde es beim Lieferanteneingang sein, durch den er das Gebäude ein paarmal verlassen hatte, um Paparazzi und Groupies auszuweichen – dort hing eine Kamera an der Decke, an deren rot leuchtenden Laserpunkt er sich vage erinnern konnte. Auf dem Kontrollbildschirm in der Lobby würde er gut sichtbar sein.

Im dritten oder vierten Stock entdeckte er neben einem stinkenden Müllsack einen scharlachroten Schrubber, den er packte und mit dem er weiter nach unten stürmte, um im Halbdunkel vor dem Lieferanteneingang einen Moment zu stoppen. Er hielt den Atem an und horchte. Es war nichts zu hören, die Alarmsirenen hatten aufgehört zu heulen. Mit all seinen Sinnen versuchte er unter dem fluoreszierenden EXIT-Zeichen zu erspüren, ob sich jemand auf der anderen Seite der Tür befand. Sein Herz klopfte wild, ein undeutliches Gemurmel war plötzlich zu vernehmen, er hob den Kopf, spitzte die Ohren, Schritte, die sich entfernten, ein Getuschel, das schließlich verstummte. Dann war alles wieder ruhig. Eine ungeheure Stille. Nicht einmal ein Knacken. Er rührte sich nicht, ließ ein paar Sekunden verstreichen, legte die Hand sachte auf den Türgriff, drückte den Knauf, schmetterte die Tür auf, schlug mit dem Schrubber gegen die Kamera, die barst und zu Boden krachte, hastete an Stapeln von Pizzakartons, Whiskeykisten, Wägelchen mit folienverpackten Hummerhäppchen vorbei, stolperte fast über eine aufgeschreckte Katze, zwängte sich zwischen Mülltonnen und einem Mietlieferwagen durch eine Absperrung hindurch und gelangte mit großen Schritten endlich ins Freie, wo er den Arm hob, ein Taxi anhielt, einstieg und mit dem scharlachroten Schrubber in der Hand Richtung Midtown davonbrauste.

Der Verkehr am späten Nachmittag war dicht und zähflüssig, sie gerieten in einen Stau, blieben eingekeilt zwischen Lastwagen und Bussen stecken, kamen nur stockend voran. Harvy beobachtete, tief in den Sitz gesunken, so dass er gerade noch aus dem Fenster sehen konnte, was sich um sie herum tat, es beunruhigte ihn, dass sie im Schneckentempo über die laute, von pausenlos hupenden Fahrzeugen verstopfte Avenue krochen, aber dem schnauzbärtigen Fahrer mit dem grimmigen Blick war kein Vorwurf zu machen – wo sich eine Lücke auftat, drückte er hinein, wenn immer möglich wechselte er auf die schnellere Spur. Harvy ging es gleichwohl zu langsam, vor allem, da er beim Blick in den Rückspiegel eine metallicschwarze Limousine mit dunkel getönten Scheiben ortete, die ihnen in einigem Abstand unauffällig zu folgen schien. In Chinatown wies er den Schnauzbart an, in eine Querstraße abzubiegen und eine Runde um den Block zu drehen, doch die Limousine mit den getönten Scheiben ließ sich nicht abschütteln. Der Fahrer legte noch einmal einen Zacken zu, aber bei der nächsten Subwaystation bat er ihn, anzuhalten, bezahlte, legte den Schrubber, den er nicht mehr benötigte, auf den Rücksitz und wollte die Tür aufreißen, die sich jedoch nicht öffnen ließ.

»Machen Sie die Tür auf!«, rief Harvy, aber in dem Moment drehte sich der Schnauzbart nach hinten, sah ihn böse an und sagte in esoterischem Englisch: »Mister, nehmen Sie Ihren Schrupper mit!«

»Wie bitte?«

»Nehmen Sie verdammten Schrupper mit!«

Harvy sah auf die am Armaturenbrett angebrachte ID – dem Namen nach war der Typ Armenier oder Russe, irgendetwas aus dem Osten.

»Ich hassen Schrupper. Und ganz besonders rote Schrupper. Auf Scharlachschrupper sein allergisch.«

Ein Verrückter. In dieser Stadt wimmelte es von Verrückten. Harvy nickte und gab ein verständnisvolles Gemurmel von sich.

»Schrupper aus meinem Wagen und verpassen Sie sich!«

»Schon gut, schon gut«, beschwichtigte Harvy, der froh war, dass der Fahrer nicht mit einer Pistole herumfuchtelte. Aber wenn sich das Gespräch noch lange hinzog, würde die Limousine sie einholen. Er packte den Schrubber, der Schnauzbart entriegelte den Wagen, Harvy sprang auf das Trottoir, knallte die Tür zu, ging ein paar Schritte auf der Canal Street, wich Passanten aus und drückte einem verblüfften Chinesen, der vor seinem Souvenirladen Selfiesticks verkaufte, den scharlachroten Scheuerbesen in die Hand. Aufmerksam sah er um sich. Die Verfolger steckten weiter hinten im Stau fest. Mit großen Sätzen rannte er die Treppe zur Subwaystation hinunter, sprang über das Drehkreuz und trieb mit dem Strom der Leute durch einen gefliesten Tunnel, in denen die Schritte laut hallten, bis er auf dem Bahnsteig landete. Dort schlängelte er sich durch die Menge, die ungeduldig auf die Subway wartete. Das Chaos auf dem Bahnsteig gab ihm Sicherheit, das Gewimmel unter den grünen Terrakottaschildern, auf denen Blumen ein »C« umrankten, schützte ihn, zugleich war die Situation unübersichtlich und gefährlich – auch ein Angreifer konnte sich hier leicht verstecken.

An der Bahnsteigkante war ein Luftzug zu spüren, und Sekunden später rumpelte mit ohrenbetäubendem Getöse eine silbergraue Bahn der Linie Sechs in die Station. Die Türen öffneten sich, Leute strömten aus den Waggons, die Wartenden drückten hinein, Harvy sah sich noch einmal um und stieg in den zweithintersten Wagen. Die Türen gingen zu, ein Schwarzer quetschte sich mit aller Kraft zwischen die sich schließenden Türen und stemmte sie auf, so dass sich die Abfahrt des Zuges verzögerte. Aus den Augenwinkeln beobachtete Harvy, dass sich ein leicht hinkender Koloss mit rauchfarbener Sonnenbrille und gelocktem Haar, der ihm bekannt vorkam, im letzten Augenblick in den hintersten Waggon schob. War das nicht einer von Tonys Capos? Der Zug fuhr mit einem Ruck an, rauschte aus der Station heraus, bockte, fuhr schlingernd wieder los, quietschte, kreischte, rumpelte über Schienenstöße, als die Tür zum hintersten

Waggon aufgerissen wurde, der Mann mit der Sonnenbrille, die Stirn voller Schweißtropfen, in Harvys Waggon trat und die dicht an dicht gedrängten Fahrgäste musterte. Am anderen Ende des Wagens entdeckte er Harvy. Ihre Blicke kreuzten sich. Dann setzte sich der Mann wie eine Dampfwalze in Bewegung.

Eine Wand aus Menschen stand zwischen ihnen, aber das hinderte den Hünen nicht, sich hindurchzuquetschen, so dass Harvy keine andere Wahl hatte, als über die Kupplung in den nächsten Wagen zu flüchten, um sich dort an den zahllosen verschlafenen Pendlern vorbeizubugsieren und im vordersten Teil des Waggons einen Moment zu warten, ob der Capo ihm folgte. Gleichsam als Verlängerung seines Gedankens erschien der kolossale Lockenkopf, schwer schnaufend und sich den Schweiß von der Stirn wischend, wenig später im Wagen, so dass Harvy, während der Zug durch den höllisch dröhnenden Tunnel donnerte, mit wehendem Haar durch die Schiebetür in den nächsten Waggon sprang. Dort zwängte er sich durch einen Haufen Touristen, die sich auf Abenteuer in New York freuten, und blickte wieder zurück, aber Tonys Capo blieb ihm auf den Fersen, so dass Harvy immer weiter nach vorne floh, bis in den vordersten Waggon, wo er zwei bewaffnete Subway-Polizisten in schwarzer Uniform entdeckte und sich mit arglosem Ausdruck neben sie stellte. In ihrer Nähe fühlte er sich sicher. Als der Koloss erschöpft im Waggon auftauchte und die Situation erfasste, verharrte er reglos in einiger Entfernung – mit den Polizisten war es unmöglich geworden, die Waffe zu ziehen und sich auf Harvy zu stürzen.

Der Zug hielt beim Union Square, die Türen öffneten sich, Leute strömten hinaus und herein, die Polizisten blieben mit verschränkten Armen und versteinerten Mienen unter ihren Schirmmützen im Wagen stehen. Ohne es zu wissen, nagelten sie Harvy und den Koloss, die sich argwöhnisch beobachteten, fest. Nur wenn die Schutzmänner ausstiegen, konnte auch er hinaus – sein Leben lag in ihrer Hand. Station für Station fuhren sie weiter, der Capo behielt ihn misstrauisch im Auge und schien per Handy Verstärkung anzufordern. Harvy spürte, wie sein Herz hämmerte. Er spürte den Puls seiner Schläfe an der Chromstahlstange. Überall an seinem Körper rannen Schweißtropfen herunter. Wie sein Verfolger rang er um Atem. Wenn er jetzt eine falsche Entscheidung traf, würde er nie mehr eine Entscheidung treffen.

Unmerklich rückte er ein wenig zur Seite, so dass der mächtigere der beiden Polizisten ihm als Deckung diente. Um möglichst rasch in sein Apartment zu kommen, müsste er bei Grand Central aussteigen. Aber stiegen auch die Polizisten dort aus? Und war das schlau? Womöglich wusste der Lockenkopf, wo er wohnte, und ahnte, was er vorhatte. Bei der Dreiunddreißigsten Straße wartete der Typ ungeduldig darauf, dass sich die Türen schlossen und der Zug weiterfuhr, während er mit dem Handy vermutlich Tony zu erreichen suchte. Es bimmelte, das Zeichen zur Abfahrt. Harvy sprang im letzten Moment zwischen den sich schließenden Türen aus dem Waggon, die Türen schnappten zu, der überraschte Hüne versuchte vergeblich, sich dazwischenzuwerfen und sie aufzusperren. Machtlos blieb er mit den Polizisten im Zug zurück. Als der Lockenkopf mitsamt der U-Bahn aus der Station rauschte, atmete Harvy erleichtert auf und eilte unter einem grün glasierten Fayence-Adler, der die 33 fest in seinen Klauen hielt, zum Ausgang. Oben schlug ihm heftiger Wind entgegen. Er hob den Kopf und blickte sich vorsichtig um.

Autos, Fahrradfahrer, Passanten. Eine Frau, die ihren Mops spazieren führte, ein Mann mit Einkaufstüten. Nichts Verdächtiges.

Mit allergrößter Wachsamkeit pirschte er auf Schleichwegen zu seinem Apartment. Auch wenn ihm niemand zu folgen schien, machte er, immer wieder verstohlen Ausschau haltend, Umwege und schlug Haken. Er musste der Unauffälligste der Unauffälligen sein. An einer roten Ampel fühlte er plötzlich Müdigkeit, schließlich hatten sie die Nacht durchgemacht. Etwas Träges und Schweres drohte ihn zu Boden zu drücken, vor Müdigkeit hätte er umfallen können, aber jetzt war nicht der Moment, müde zu sein. Er dachte an den Fayence-Adler, der die 33 so fest umklammerte wie er sein Leben, und gab sich einen Ruck. Rasch ging er zur First Avenue hinüber, um vom East River her nach Tudor City zu gelangen, wo sich sein Studio befand. Gegenüber der UNO stieg er die Treppe zum nördlichen der beiden kleinen Tudor City Parks hoch. Im Schutz von Baugerüsten und vorbei an Limousinen, deren asiatische Chauffeure teils schlafend, teils die Windschutzscheibe putzend, mit laufendem Motor auf ihre zu befördernden Diplomaten warteten, schlich er sich auf leisen Sohlen zu dem denkmalgeschützten Wolkenkratzer, in dem er wohnte.

Er sah sich um, nahm die Straße in Augenschein, die geparkten Wagen, die Fenster der umliegenden Gebäude, dann schritt er entschlossen in die Lobby des altertümlichen Backsteingebäudes. Der Doorman begrüßte ihn wie immer mit einem Lächeln, machte einen Spruch zu seinem übernächtigten Aussehen. Nichts Außergewöhnliches. Tonys Leute schienen noch nicht da zu sein. Er atmete auf, benutzte aber nicht den Aufzug in den elften Stock, damit er nicht in der Falle saß, falls sich jemand heimlich ins Haus geschmuggelt hatte. Wie bei seiner Flucht aus dem Studio nahm er die Treppe, nur ging es diesmal nicht zweiunddreißig Stockwerke hinunter, sondern elf hoch. Harvy hielt sich am Geländer fest und nahm die Stufen mit entschlossenen Schritten. Als er oben auf die Tür zum Etagenflur stieß, machte er eine kurze Pause, um wieder zu Atem zu kommen und auf die andere Seite hinüberzuhorchen, ob sich jemand auf dem Flur befand. Nur das Klopfen seines Herzens hörte er, den Puls, der wie irre hochgeschnellt war. Unten wurde der Lift in Bewegung gesetzt, ruckelte langsam durch das Gebäude in die Höhe. Bevor der Aufzug oben war, öffnete Harvy hastig die Tür und trat in den Etagenflur. Der Flur war verlassen, alles war so wie immer. Auf Zehenspitzen ging er die paar Schritte zu seiner Wohnungstür. Der Lift ruckelte weiter. Aus Furcht, Tonys Leute könnten ihm in der Wohnung auflauern, blieb er einen Moment vor der Tür stehen und lauschte. Aber alles war ganz ruhig. Es war so still, dass er kaum zu atmen wagte. Geräuschlos steckte er den Schlüssel ins Schloss und drehte ihn sachte um. Mit der Hand auf dem goldglänzenden Türknauf hörte er, wie der Lift näher und näher kam. Es bimmelte, der Aufzug erreichte die Etage. Leise drehte er den Knauf und trat in sein Apartment.

29

Drinnen sah er sich um und warf einen Blick in die begehbaren Wandschränke. Niemand da. Auf der Stelle verriegelte er die Tür mit den wuchtigen Sicherheitsschlössern und beobachtete durch den Spion, wie seine Nachbarin pfeifend aus dem Lift kam und mit ihrer Einkaufstasche durch den Flur schlenderte. Er drehte sich um, griff sich auf der Anrichte ein großes Küchenmesser und schlich auf Samtpfoten zur Badezimmertür, falls sich jemand in der Toilette versteckt hatte. Er horchte. Nichts zu hören. Mit dem Küchenmesser in der Hand riss er die Tür auf – das Bad war leer.

Er atmete tief durch, legte das Küchenmesser zurück auf die Theke und suchte seinen Pass. Zusammen mit dem Bargeld, das in der Wohnung war, den Kreditkarten und dem iPad steckte er ihn in eine lederne Umhängetasche. Was brauchte er sonst noch? Die Wintersachen waren im Keller, das war zu gefährlich. In Neufundland würde er sich neu einkleiden müssen. Er naschte ein paar Heidelbeeren aus einem Schälchen, das auf der Anrichte stand – Heidelbeeren konnte er nicht widerstehen –, überlegte sich, was er noch in die Tasche packen sollte, als es plötzlich heftig polterte und gegen die Tür geschlagen wurde.

Er schreckte zusammen, einen Augenblick war er wie gelähmt. Gottlob war die Tür aus Eisen. Die Schläge und das Gefluche draußen wurden lauter, ein Schuss fiel. Er schulterte die Umhängetasche, öffnete das Fenster, trat auf die

Feuerleiter hinaus und kletterte auf der Rückseite des Gebäudes bis zum ersten Stock hinunter, ließ sich in den Innenhof fallen, nahm ein Kinderspringseil, das herumlag, knüpfte ein Lasso, warf es hoch über den Metallzaun des angrenzenden Spielplatzes, hievte sich am Seil die mehrere Yards aufragende Mauer hoch, überstieg den Zaun und verschwand an verdutzten Nannys und überraschten Kindern vorbei vom Spielplatz. Er landete auf einer Treppe, die ihn hinunter zur Zweiundvierzigsten Straße geführt hätte, auf der er direkt zu Grand Central gekommen wäre, aber das war zu riskant. Stattdessen ging er nach oben, querte die Zweiundvierzigste über eine Brücke, eilte den nördlichen Tudor City Park entlang, um zur unscheinbaren Dreiundvierzigsten zu gelangen. Er huschte an Polizisten vorbei, die zur Bewachung der israelischen Botschaft abgestellt waren, aber an der Ecke gemütlich plauderten, hinunter Richtung Grand Central. Er passierte zwei Blocks, die Kirche von Sankt Agnes, vor der Obdachlose herumsaßen und mit scheppernden Blechbüchsen um Geld bettelten, kam zu einem Straßenstand mit Zehn-Dollar-Hüten und billigen Kaschmirschals und erreichte bei der Lexington Avenue den von einer Hundertschaft von Glühbirnen beleuchteten Eingang des Grand Central Market, über dem ein riesiger brauner Adler auf einer weißen Kugel seine mächtigen Schwingen ausbreitete.

Wachsam sah er sich um und trat unter einem von der Decke hängenden umgekehrten Baum in den belebten Markt ein, wo ihm – wie eine Vorahnung seiner Zukunft als Gemüsegärtner – Blumenkohl, Gurken, Tomaten und farbenfrohe Peperoni entgegenleuchteten. Im Schutz der zahllosen Menschen, die hier flanierten und einkauften, schritt er an Fisch- und Fleischständen vorbei, an Gewürzen, Teemischungen und Käsetheken mit Köstlichkeiten aus aller Welt, als vom Eingang plötzlich Geschrei herüberdrang. Harvy drehte sich um und sah den beleibten Lockenkopf mit der rauchfarbenen Sonnenbrille und eine Handvoll Schläger aus Tonys Truppe, die ihn entdeckt hatten und sofort Schüsse in seine Richtung abfeuerten, so dass Orangen platzten und von den Gestellen fielen, schwere Glaskaraffen voller Kaffeebohnen splitterten, von den Verkaufstresen stürzten und der Boden im Nu von durchlöcherten Zitrusfrüchten, Kaffeebohnen und Scherben übersät war. In dem heillosen Durcheinander brach Panik aus, die Leute schrien, warfen sich, um den Schüssen auszuweichen, nieder, wichen zur Seite oder wurden brutal weggestoßen, versuchten zu fliehen und drückten sich im Tumult gegenseitig in die dicht an dicht aufgetürmten Delikatessen.

Harvy duckte sich, ging hinter einem Berg aufgeschichteter Cantaloupe-Melonen in Deckung, wartete einen Moment, schielte vorsichtig hinter den Melonen hervor, wagte sich aus der Deckung und rannte im Aufruhr der Flüchtenden Richtung Ausgang. Die Kugeln flitzten ihm nur so um die Ohren, der silbern schimmernde Fisch aus Metall, der über dem Ausgang hing, krachte scheppernd vor ihm zu Boden. Behände sprang er über den zerschmetterten Fisch, passierte einen Laden mit Luxusparfums und hechtete, die Verfolger im Nacken, über die Balustrade auf die Rolltreppe zum Dining Concourse hinunter, wo sich Dutzende von Takeaways und Restaurants befanden und Heerscharen von Reisenden, die sich verpflegen wollten. Während die Verfolger von der aufgeschreckten Menge beim Engpass der Rolltreppe aufgehalten wurden, jagte Harvy durch die unterirdische Halle an Theken mit dampfenden indischen und chinesischen Speisen, an Falafel-, Suppen-, Sandwich- und Sushi-

Ständen vorbei zu einem Grill mit sich drehenden Brathähnchen und versteckte sich schließlich instinktiv in der Herrentoilette, um Atem zu schöpfen und zur Ruhe zu kommen.

Keuchend sah er in der Kabine auf die Uhr – in zehn Minuten musste er beim Apple Store sein, in zwanzig fuhr ihr Zug. Sein Puls raste. Er versuchte, sich zu beruhigen. Eine Spülung rauschte, jemand wusch sich die Hände. Von draußen drang kein Geschrei herein, im Dining Concourse schien alles seinen gewohnten Gang zu gehen. Womöglich hatten Tonys Leute ihn aus den Augen verloren und suchten ihn woanders in den weitläufigen Gewölben oder die in Kampfanzügen patrouillierenden GIs hatten sie gestoppt. Mucksmäuschenstill harrte er in der Kabine aus, lauerte und lauschte auf Geräusche, die die Verfolger hätten verraten können: schnelle Schritte, laute Befehle, Aufruhr. Aber es war nichts zu hören. Als er sich sicher fühlte, öffnete er die Toilettentür einen Spaltbreit, spähte hinaus, stahl sich in die Halle mit den Restaurants, schlängelte sich an den vor den Brathähnchen und Dampfnudeln Wartenden vorbei und gelangte, geschützt vom Strom der Pendler, über eine Rampe nach oben in die Wandelhalle mit der goldenen Uhr, vor der sich gerade ein frisch getrautes Brautpaar ablichten ließ. In der weiten Halle mit dem spiegelverkehrten Himmel hätte er ein leichtes Ziel abgegeben, aber er kam auf der Seite heraus, wo sich der Apple Store befand, so dass er sich nur umdrehen und die Treppe hochmusste, dann war er bei Jennifer – falls sie es geschafft hatte und nicht von Tonys Schlägern geschnappt worden war.

Rasch ging er die Stufen hoch und schaute sich um. Von Jennifer keine Spur. Aufmerksam behielt er die Leute im Auge, spähte unruhig im Laden umher und in die Halle hinunter. Eine Frau mit halblangen schwarzen Haaren, die ein bisschen wie Jennifer aussah, eilte die Treppe hoch, aber das war sie nicht. Oder doch? Sie kam geradewegs auf ihn zu. Er schreckte auf. Als sie zwei, drei Meter vor ihm stand und ihn anlächelte, erkannte er, dass sie ihre langen Haare unter einer Perücke versteckt hatte. Erleichtert atmete er auf. Unter dem großen gläsernen Apfel, der hell erleuchtet über der Empfangstheke hing, fielen sie sich in die Arme und küssten sich, als wäre es das erste Mal.

»Ich dachte schon, sie hätten dich gekidnappt.«

»Keine Angst, so schnell kriegen die uns nicht.«

Verschwörerisch sahen sie sich an, aber kaum hatten sich ihre Lippen erneut berührt, war aus der Halle heiseres Gebrüll zu vernehmen, Harvy blickte auf und entdeckte den dicken Lockenkopf, der seine Leute lautstark zur Treppe dirigierte. Sie stürmten Richtung Apple Store, ein Schuss traf den gläsernen weißen Apfel, der in tausend Stücke zerbarst, klirrend zu Boden stürzte und sie, wären Harvy und Jennifer nicht im letzten Moment weggesprungen, beinahe erschlagen hätte. Geistesgegenwärtig robbten sie über die Fliesen, standen wieder auf, rannten an Holztischen voller iPhones vorbei, die jenem glichen, das er hatte mitgehen lassen, das sein Leben auf den Kopf gestellt hatte und weiter auf den Kopf zu stellen drohte. Unter einem rot leuchtenden EXIT-Schild hetzten sie durch einen Raum mit Stuckaturen in Richtung der seitlichen Galerie, wo sich unter gewaltigen Kristalllüstern die Genius Bar befand, an der bärtige Nerds mit dicken Hornbrillen die in Panik geratene Klientel zu beruhigen versuchten. An flimmernden Flachbildschirmen, silberfarbenen MacBooks und dem Kids Corner vorbei rannten sie, verfolgt von der Horde schwer bewaffneter Killer, die mit ihrem

Sturmlauf Entsetzen hervorriefen, immer weiter Richtung Michael Jordan's Steak House. Als Harvy und Jennifer am Ende der Galerie anlangten, krachte ein Schuss in den Kristallüster über ihnen, was einen Kurzschluss auslöste – es zischte und blitzte, bis der riesige, bedrohlich wackelnde Leuchter in einem Funkenregen erlosch. Sogleich begann auch das Licht der anderen Lüster und Lampen zu flackern, und für den Bruchteil einer Sekunde war die gesamte Grand Central Station, deren mächtige Fenster von Bauplanen verdeckt waren, in Finsternis getaucht. Der Tumult wurde immer größer. Harvy und Jennifer nutzten den Augenblick, um über das niedrige Marmormäuerchen am Ende des Apple Store auf die Rolltreppe hinunterzuspringen und über die stillstehenden Metallstufen hoch in das an den Bahnhof angrenzende MetLife Building zu fliehen, wo sie sich, außer Atem, in einem abgelegenen Korridor hinter Pfeilern versteckten, während in der Wandelhalle die Lichter, eins nach dem anderen, langsam wieder angingen und sich auch die Rolltreppe ruckartig wieder in Bewegung setzte.

Wenig später kamen die Killer, die Ellenbogen auf dem schwarzen Handlauf, fluchend die Rolltreppe hoch, suchten im Hauptgang, stöberten in Ecken und Nischen, versuchten verzweifelt, die beiden aufzuspüren, aber ohne Erfolg, bis der Lockenkopf Tony via Headset deutlich vernehmbar darüber ins Bild setzte, dass sie die Gesuchten aus den Augen verloren hatten. Aus der Reaktion des Lockenkopfs schloss Harvy, dass Tony ausgerastet war und ihn mit massiven Drohungen eindeckte. Im Glauben, die beiden wären nach draußen geflüchtet, verließen die Killer das MetLife Building überstürzt Richtung Park Avenue. Harvy und Jennifer atmeten tief durch, kamen aus dem Korridor, fuhren eng aneinandergeschmiegt auf der Rolltreppe in die Wandelhalle hinunter, wo mittlerweile Sirenen heulten und sich bei der goldenen Uhr Sanitäter um die in Ohnmacht gefallene Braut kümmerten. Hand in Hand eilten sie zwischen den aufgeschreckten Menschenmassen und einem kleinen dreirädrigen Polizeiscooter, dessen blinkendes Signallicht flüchtige Streifen von Rot und Blau in die Halle warf, schnellen Schritts zu Track 23.

Aus der prächtigen Halle kamen sie in die nüchternen unterirdischen Gefilde der Gleisanlage, wo ein überdimensionales Plakat mit dem Schattenriss einer Kaffeetasse prangte, passierten einen Chinesen mit einer kleinen Putzmaschine, auf der ein roter Schrubber thronte, rannten an Abfalleimern, Gepäckwägelchen und Postsäcken vorbei auf den heißen, dreckigen, von kaltem Neonlicht erhellten Bahnsteig, von dem in Kürze ihr Zug abfahren sollte. Rot leuchtete ihnen die Frontseite des Triebwagens entgegen, rot strahlten die Rücklichter des Zuges und verheißungsvoll rot funkelte die Anzeige »New Haven« am letzten Waggon.

Das Ziel vor Augen, stieg Erleichterung, ja ein leises Frohlocken in ihnen auf, leichtfüßig gingen sie auf dem schmalen Bahnsteig vor, um die erste offene Tür des Zuges zu erreichen, als hinter einem nackten Betonpfeiler, einen Revolver in der Hand, plötzlich Paulie auftauchte, so dass sie beide zusammenschreckten. Paulie wechselte einen Blick mit Jennifer – sie hatte ihm das Leben gerettet, er hatte es nicht vergessen. In dem Moment rauschte Tony Tangeroli mit wehendem Ledermantel auf dem Bahnsteig ein, rasend, aber erhaben, so dass ihm vor Schreck und Ehrfurcht alle Platz machten. Wie gelähmt blieben Harvy und Jennifer zwischen Paulie und Tony stehen. Ganz Mann von Welt kam Tony lässig in seinem tadellosen modischen Outfit auf sie zu. Seine erstaunlich feine rechte Hand umfasste beinahe zärtlich den Revolver. Für Sekundenbruchteile schauten sie sich an – Tonys Blick war unerbittlich und eisig.

»Game over!«, sagte er, ein Grinsen um die Mundwinkel. Die Angst schnürte Harvy die Kehle zu. Den Finger am Abzug winkte Tony sie auf die andere Seite des Bahnsteigs, als Paulie einen Schuss abfeuerte und Tony in die Hand traf, so dass dieser den Revolver zu Boden fallen ließ, mit schmerzverzerrtem Gesicht über die Plattform taumelte und vor ihren Augen mit blutüberströmten Fingern zusammensackte.

Chaos brach aus, Blaulicht, Paulie tauchte in dem Gemenge unter, Jennifer und Harvy erwachten aus ihrer Starre und sprangen, bevor die Türen sich ganz schlossen, in letzter Sekunde in den Waggon. Der Zug fuhr los, rumpelte den Bahnsteig entlang Richtung Freiheit. Wenn im Zug keine Gangster lauerten, hatten sie es geschafft und fuhren einem neuen Leben entgegen. Ein Leben mit Lauch und Bohnen zwar, aber immerhin.

Das Licht im Waggon flackerte und erlosch wieder, ein Vorgeschmack auf die Wildnis. Der Bandenkrieg war für Harvy und Jennifer vorbei, dank Paulie, der mit seinem Schuss auf Tony sein eigenes Todesurteil gefällt hatte. Würde die Lage sich beruhigen? Würden sie je nach New York zurückkehren können? In ihre Heimatstadt, die sie so sehr liebten? In der Harvy alles zurückließ, was sein Leben lebenswert machte?

Im Zug war es noch immer stockfinster. Atemlos tasteten sie sich im Dunkeln voran, drückten sich im Gang des Waggons dicht aneinander, umschlangen sich, aber die Anspannung löste sich nicht, der Schrecken steckte ihnen noch tief in den Gliedern. Und doch war auch Erleichterung da, riesige

Erleichterung. Harvy spürte die beruhigende Wärme von Jennifers Hand, atmete den wunderbaren Geruch ihres Nackens. Als sie zwei Notsitze im Gang ertastet und sich niedergelassen hatten, konnte er sie endlich ungestört küssen.

»Bis ans Ende der Welt?«, fragte sie erschöpft im schwachen Schein ihres iPhones, als ihre Lippen sich voneinander lösten. Er liebte sie über alles, aber er wollte auch nach New York zurück, zu seinen Jungs, seiner Musik, seinen Kaffeemaschinen.

»Jennifer, ich …«, stammelte er und brach ab. Er sah sie unter Tränen an.

»Volltrottel«, sagte sie liebevoll und küsste ihn erneut. Und dann war nur noch das Stampfen des Zuges zu hören, das Stampfen in den finsteren Katakomben der Grand Central Station, das ein bisschen wie Rockmusik klang.